几案清华

陈武 著

内蒙古文化出版社

图书在版编目（CIP）数据

几案清华 / 陈武著. — 呼伦贝尔：内蒙古文化出版社，2023.3

（中国好美文）

ISBN 978-7-5521-2165-0

Ⅰ．①几… Ⅱ．①陈… Ⅲ．①散文集—中国—当代 Ⅳ．① I267

中国版本图书馆 CIP 数据核字 (2022) 第 217626 号

几案清华

JI'AN QINGHUA

陈 武 著

责任编辑　白　鹭
封面设计　鸿儒文轩

出版发行　内蒙古文化出版社
地　　址　呼伦贝尔市海拉尔区河东新春街4 – 3号
直销热线　0470 – 8241422　　**邮编**　021008

排版制作　北京鸿儒文轩文化传播有限公司
印刷装订　三河市华东印刷有限公司
开　　本　880mm × 1230mm　1/32
字　　数　190千
印　　张　9.75
版　　次　2023年3月第1版
印　　次　2023年5月第1次印刷
书　　号　ISBN 978-7-5521-2165-0
定　　价　58.00元

目录

探梅帖

曾园，现在叫曾赵园。但我习惯叫它曾园。

我不是第一次来了。每次来都有不同的感想。曾经有一次，是参加常熟朋友的作品首发式，和李惊涛、张亦辉两位好友，在常熟作家王晓明、潘吉、皇甫卫明、葛丽萍等的陪同下玩了小半天，当时正是夏天，荷花正开，我们在湖边、曲桥等景点照了相，大家呼呼啦啦走过，嘻嘻哈哈开心，没能好好感受江南私家园林的建筑趣味和细节之美。但荷花的娇艳和大家的快乐，还是深刻地留在记忆里。

这次来曾园，是在近午时。可能是冬日之故，又接近春节吧，园子里几无游客，我一个人漫步在园子里——那可真是漫步啊，那些建筑，那些廊榭，那些亭阁，各色小桥和看似不规则、实际很讲究的湖泊，那些拐拐角角里的花圃、苗木、碑刻、太湖石，我都有充足的时间和它们对视、交流了。有许多茶花还在开放，不少蜜蜂也在花蕊里采蜜；还有蔷薇，居然也有待放的花骨朵儿，真是不依时节乱开花啊。而花开当时的，当然是蜡梅了。曾园的蜡梅不是一株两株，而是很多株，有的在曲廊侧，有的在假山边，有的在湖亭畔。花开得很盛，满枝满树，花香四溢，在阳光下细看，蜡梅花的花蕊中真的现着隐约的蜡光。更为难得的是，蜡梅的树干，那弯曲的走势、高度和树冠的造型，居然和周围的主景十分协调，我怀疑这是园艺师的有意为之。

和蜡梅怒放形成对应的是红梅的不事张扬。

曾园里有许多株梅树，树干不像蜡梅那么老虬奇拙，分布也更密集些，桥头、湖边、廊下、绿地、苗圃里，都有。因时令还早，梅花还没有开放，只有个别得风得雨又朝阳的枝条上，鼓出了颗颗蕾芽，小的如粟米，大的如豆粒，有的花蕾已裂了一条缝，红叶初现、着势待开的样子。我思忖着，看来要等些时日才能开放了。古人称赏梅曰"探梅"。这个"探"字用得好，因为梅花的开，不是在固定的某日，就算同一棵树上，同一根枝条上，也是逐渐地开，探探才有情有致。既然是"探梅"而来，不候我开放也只能是顺其自然了。但还是心生遗憾。就在这时，我已步入一个小院，猛一抬头，被霞光晃了一下眼，呀，一树的红梅，正在怒放！

这种惊喜来得太快，情感上还没有准备好似的，心情大好起来。

　　这株梅花算不上有多老，但树形高大，枝条伸出屋檐数米，一根根斜伸的枝条上，梅花错落有致地开放。我注目观望，或全开，或半开，花形都很美，香气也淡淡的。为什么别处的梅都没有开，独独这一株怒放呢？可能和它独处一个院落有关吧，院深墙高，有两个门，南为正门，西为侧门，梅树生在主建筑的廊前，又靠近东墙，风进风出，阳光普照，所以它比别处的梅开得早。这真是个好地方，如果主人在室内读书，透过格子窗棂，能看见伸下来的串串梅花，还有什么琐事可烦？为了保留这美好的时刻，我拿出手机，连拍了数张。

　　从小院出来，心里还都是梅花——好心情真是有延续性的。走到湖畔长廊尽头的茶社，要了一杯虞山绿茶，还拿了几本杂书，坐在廊下，翻闲书，饮香茶，任阳光照在我的身上。而湖的另一侧，那个小院里，梅花正开，馨香飘散，整个曾园的梅花，仿佛瞬间全开了一样，香气一直萦绕。曾朴当年写作《孽海花》，在这样的环境里，会不会被梅香所扰呢？且不去管他了。我现在就在曾家，喝着他家的茶，不再有别的心思了。

　　我在朋友圈发了探梅的照片，整个九宫格里全是梅花——就仿佛好酒好茶要和好朋友分享一样，我要和朋友们分享早开的梅花，果然，不消数分钟，就有上百人点赞了。我觉得不过瘾，又分别给家人和公司的同事群里分享九宫格里没有的数十张梅花。

从曾园到街上，在附近一家小馆子里用餐，要了一碗米饭，一碟水芹炒香干，一碟青菜炒香菇，一大段清蒸咸鱼，一瓶黄酒。包括黄酒在内，一共才36块钱，真心不贵。觉得这都是沾了梅花的光，便把酒菜也拍了照片，发到公司的群里去了。马上就有同事说："陈老师的一天：游山玩水、赏梅赏景、品茶小读、享清淡营养美味……美美的生活；我们的一天呢？"另一个同事跟道："嫉妒！"哈哈，隔着手机，我都能感受到他们和我一样的快乐！

2019 年 1 月 22 日于常熟旅次

那片湖

屋里冷气太冷，肩膀被吹疼了，出去转转，晒晒太阳。

五月的阳光，确实很好。天很蓝，空气很透，冷气吹疼了的肩膀在五月的阳光下很舒服。想起 20 世纪 80 年代的一首诗，其中有这样的句子："你来人间一趟 / 你要看看太阳 / 和你的心上人 / 一起走在街上。"此时的心上人，就是我的影子。我跟着我的影子，走进城市楼群间的一条小巷，穿过小巷，又穿过小巷深处的宿舍区，从通往农展馆的小门，进入了湖区。我知道这里有片湖，还是在二十多年前，那时我一个朋友住在这一带。那年冬天，大年初二，我来北京玩，住在她家，就是农展馆南里的一幢楼里。朋友曾带我在这里走湖，在冬阳下，沿湖走了数圈，说些什么话，至今一句也记不得了，走湖的情景也似乎模糊了。但她说她不想在北京了，想去国外看看，这个意思我还记得。能想起这片湖，偶尔惦记着它，自然的，也会想起那个朋友。

农展馆湖区的杨树特别高大，行走在树下的便道上，那些交叉的小径并没有扰乱我的记忆，轻易就找到了湖边，沿着石阶而下，身边的假山上，爬满了金银花的藤蔓，黄白两色花儿在湖风的吹拂下，向我展开笑颜。我也跟团团簇簇的花儿笑了笑，便被眼前的湖景吸引住了。湖不小，比我印象（记忆）中的湖要大多了。湖有三个区域，分别被石拱桥、曲桥和廊亭所隔，三个湖区的湖水可以互相流动。我沿着湖边的栈道，边走边观赏湖景，湖中有一簇一簇的芦苇，还有成片成片的菖蒲，在空旷的水域上面，漂浮着两三块竹筏，一块竹筏上卧着两只白鹅，一块竹筏上卧着一只绿头的野鸭。湖边的树很杂密，杨树、柳树都有，也有些低矮的灌木。正行走间，突然响起"啪啪啪"的声音，一只绿头野鸭从树丛里飞出来，从我头顶上空飞过，落进了湖中，湖水溅起了一行亮亮的水花。紧跟着，另一只芦鸭也飞进了湖中。这突发的景象让我惊喜，野鸭宿在树上，我还是头一次见到，而且是在大都市的繁华区域。

带着这样的喜悦，继续前行，但见水里的植物，像是经过精心布局的，先是叶子墨绿肥厚的睡莲，花儿开得正艳；睡莲下的湖水中，一群群鱼儿在游戏；接着是清新、俊朗的菖蒲和芦苇，单株亭亭，成片亦有风致。在临岸的湖水中，有两三只野鸭在悄无声息地寻觅着食物，它们并不着急，轻轻浮着水，从从容容，旁若无人，不知不觉就游进了芦苇深处。待极目远看，一只大鸭子，领着十几只小鸭子，正从疏疏密密的芦苇丛中游出来，大鸭子领头，小鸭们似乎并不省心，欢欢闹闹，东一头西一头，有两三只还把头扎进水里，撅着小尾巴嬉闹。在远处的芦苇荡中，有两只黑色的水鸡，个头不大，其中一只，一头潜进水中，过了一会儿才从另一片水域冒出来。我看着它们，心生欢喜，用手机拍了几张照片。我和朋友第一次"走湖"的时候，是在大冬天，看不见这样的好风景。但她现在所在的意大利，也有好风景，从她发在朋友圈里的照片上，能看到异域的风光也是挺好的。

沿湖走了一圈，边走边看，边看边拍，中午的阳光在湖面上闪闪烁烁，我的"走湖"也行将结束。在一片嫩绿的荷叶下，我又看到了那群鸭子，大鸭子和小鸭子们。我向着湖水扩了扩胸，伸了伸腰，耸了耸肩，踢了踢腿，全身活动了一下，感觉这儿的一片水，感觉水里这些寻常的植物和动物，心说，真好！我想把这里的好，想把那些照片，发几张给那个旅居意大利的朋友看看。发还是不发呢？

2019 年 5 月 25 日于北京地铁六号线上

望秋水

　　潮白河在流经燕郊西的时候，拐了个 S 形的大弯，水面顿时宽阔了许多，水色便有些浩渺之势，像一个湖湾。

　　站在十三楼的窗前，能看到这段河的全景——从潮白河大桥，到 S 形河湾的最后一弯处，这段距离有三四里吧。河湾消失的地方，仿佛草书中潇洒的飞白，婉转逶迤，只需一闪，便隐逸在天际里了。此时已是夕阳西下即将落山的时候，远天溶溶的暗紫色正缓缓地淹来，水面上便洒满了落霞，也映现着落霞的微红。河对岸成排的大柳树的倒影，落在水里，像极了一幅写实的油画。没有风，天是晴的，也是蓝的，蓝得很透。河水静静的，比蓝天更蓝、更深幽、更静谧。这种日子不是很多，难得遇上一回。更难得的是，河湾处，有两只小船，小小的，像两片落叶。深秋了，应该有落叶的。但今年热天延续的时间久，国庆节时还穿短袖、T恤，落叶便迟迟没有来。彼岸和此岸的柳树还是绿的，柳是垂柳，那绿浓郁得很，一棵树一个团，一团一团，像水墨中吐出的烟云。看来这绿还要有几天，于是便有这两只小船来应景。

小船我曾在河边遇到过，是两艘黑色的橡皮船，不大，只能容一人在船上下网作业。那天也是黄昏，我在河边散步，看到他们在河面上逮鱼，便停下看了一会儿。这段河是这个湾的最宽处，从此岸到彼岸，大约有三四百米。下网逮鱼的地方，水面平静，近岸的水里和岸上都有柳树，浅滩处还有丛生的杂草和瘦黄的芦苇，一条小路延伸进枯萎的杂草里——这样的地理环境应该算是湿地了。一棵临水的大柳树下，有人在垂钓。我顶佩服垂钓者，不仅有钓鱼的技巧，关键是有那份耐心，能一坐几个小时不动，两眼还高度紧张地盯着鱼漂。在垂钓者身后不远，有一个长椅，我坐到长椅上，看河里徐徐移动的小船，看水上的微波，看深邃的水。水底看久了，便感觉这片水有些神秘，不知道水底暗藏些什么。水妖、水鬼、水怪，是大人们吓唬小孩子的。我们小时候常被这样恐吓。现在，明知道没有这些妖魔鬼怪，也对望不见底的水底世界心生敬畏和恐惧——水底的世界也是世界，鱼虾们自不必说，还有其他的水生物，那一定也是惊心动魄的世界吧？我的四周全是柳树。这些柳树生长在河湾里，得风得水，长势很好，长长的柳枝垂下来，在诗人和文人的笔下就是风景了。没错，写柳的人很多，古今中外都有，诗词歌赋都有。

不久前还读到丰子恺的一篇散文《杨柳》，他老人家还把自己的小屋命名为"小杨柳屋"，小杨柳屋和朱自清、夏丏尊、朱光潜、匡互生为邻，在白马湖畔的春晖中学里。有那么一段时间，小杨柳屋是沪杭一带年轻文人向往的地方，知名的文人也愿意去探访，俞平伯、叶圣陶就曾去小住、讲学。丰子恺还画柳。他画柳的画比文章还出名。他也写过一篇《秋》，对这个季节甚是喜欢，文章中写道："我只觉得一到秋天，自己的心境便十分调和。非但没有那种狂喜与焦灼，且常常被秋风秋雨秋色秋光所吸引而融化在秋中，暂时失却了自己的所在。"无独有偶，周作人也写过一篇《杨柳》，通篇读下来，没有对杨柳做过一点儿的描写，不过是借杨柳来发表一通关于国文考试的感慨罢了。我曾去过几次"家家泉水户户垂杨"的济南，和济南的朋友逛大明湖。也是秋日里，细碎的柳叶开始飘落，我们就坐在柳树下看大明湖的秋水，看秋水里的秋荷，"四面荷花三面柳，一城山色半城湖"，这是大明湖里某幢建筑上的一副对联，现在不知还在不在了。我们面前的秋水很静，残荷很残，不禁想起李商隐的一首诗："荷叶生时春恨生，荷叶枯时秋恨成。深知身在情常在，怅望江头江水声。"这大约就是很多人悲秋的原因吧。

　　我不想借题去感慨什么，也不想写杨柳，却在"望秋水"的名目下说到了杨柳，还有残荷。至于秋水，确实是值得一望的，闲看秋水心无事嘛。看秋、望秋，和清明前后踏青一样，也是古代文人的一大喜好，许多古画上也有这类题材的呈现，这里不再多说。

　　我眼前的潮白河是从北部的燕山山脉流来的，原本应该浩浩荡荡，因为有了上游的水库和闸坝的控制，流经燕郊的时候，河道宽了，水便静了，没有了在大山狭窄河道里的湍急和火气，流成了湖泊的模样，怕也不是河水所愿吧。这却给我们带来了好风景，可以在高楼上一望。我喜欢在工作疲劳的时候，伫立窗前，看潮白河那一弯一扭的从容气象。它像一条蓝色的丝巾，两岸的成行柳树，便是它的飘带了。我在写这篇小文的时候，多次走到窗前，朝潮白河眺望，看那一湾盈盈秋水，淡淡眉山，忽然间，一只白鹭，从河湾处飞起，向另一处更宽的河湾飞去。白鹭能在这里过冬吗？或许是迁徙途中落单的吧？我不免又担心起来。

　　　　　　　　2019 年 10 月 27 日于燕郊潮白河畔

言子巷

　　从西言子巷口进入，在窄窄的千年老巷里行走，有点儿别样的感觉，不像是行走在江南繁华的城市里，仿佛走进了远古的时代，走进了陈年的历史中。巷子两侧的建筑缺失现代气息只是表象，让我们眼睛及精神发生错觉的，是言子。言子是春秋时代的人物，是孔子数千弟子中唯一的南方弟子，他编论语、论孝道、行礼教、倡大同，足迹遍及江南，正是他"道启东南""文开吴会"的学术功绩，江南文化才有了源头，才汩汩不息地流到今天，才涌现出诸如黄公望、钱谦益、柳如是等一代代风流人物，常熟这座城市才显得既古老又充满鲜活的朝气，也更有了文化的气息。

　　在通往东言子巷的十字巷口，有一座双眼古井，我偶遇一个年轻的少妇正在浣衣，她从一座井口里打水，手里紧紧攥着一根提桶的绳索，正用力向上提拽，身姿柔韧而协调，满满一桶清冽的水提上来了，倒进一旁的洗衣盆里。在她一侧，有一根晾衣绳，绳索上晾晒着刚刚洗好的衣服。她在井台劳作的背景是粉墙黛瓦的院落，墙内还有露出枝梢的桂花树，满枝的桂花让小巷里飘荡着香气。如果不是身穿时尚的牛仔裤和白毛衣，还以为她是从某个深宅大院里走出来的帮佣，除了浣衣，还会做些女红、手工和其他杂务。没错，这就是江南老街里的日常，古旧的气息中，透着青春和活力。

向东走千把米，进入东言子巷，入口不远，便是言子旧宅了。

言子是常熟人，常熟关于言子的元素，除了言子旧宅、言子巷，还有言子墓。

言子墓及其附属建筑在虞山公园里，我和常熟的作家潘吉、浦仲诚、皇甫卫明等文友多次去凭吊、瞻仰过，从山下过文学桥，就是长长的言子墓道。这文学桥是有点儿讲头的。一是，这里的"文学"不是现代意义上的文学，特指言子所擅长的文献学。二是，旧时文学桥下的影娥川，仙娥曾在川里泛过舟。而影娥川更是琴川七弦溪流的发源地。过文学桥，沿着石阶拾级而上，言子墓就在半山腰上了。我们每次来，总会遇到凭吊的人，我猜，他们也和我们的心情一样吧。沿着言子墓道边的小道散步，潘吉会讲他小时候在这一带玩耍的经历，讲在山坡林下寻找一种野果子，果子长在根部浅土里，不知从哪个朝代延续下来的传说，说这种果子被发现后，会瞬间逃掉，潘吉和小伙伴们就特别警惕，注意力高度集中，发现果苗后，会一个飞跃扑上去，迅速扒开山土，取出果子，直接吃了。这果子真是神果，大约也带着虞山的精气吧。潘吉家的老宅和读书的学校离言子墓不远，外婆家更是住在言子巷附近，小时候几乎天天穿过言子巷，来言子墓一带游玩，或许是受言子学术和思想的浸染吧，他举手投足和言谈话语中，也有一种儒家的做派。这次他陪我穿越言子巷，来到言子旧宅参观，一路上不断地给我讲言子，讲言子巷，讲言子旧宅，讲言子的学术和思想，讲言子对儒家文化的贡献。言子巷不长，是一条古老的窄窄的小巷，听潘吉的侃侃而谈，我却感觉到这条小巷像一条很长很长的河，从远古的远古流来，向未来的未来流去，生生不息。

我们进入言子旧宅，潘吉一行陪着我们且走且听小姚的讲解，言子的形象和思想渐渐地在我脑海中清晰起来。

言子旧宅修复不久，正式对外开放也就几个月，但不少幢房子和建筑都是言子的后人留下的。我们进入第一进院子，就被庭院的精致所感染，每一段墙，每一片瓦，每一扇窗，包括门挡、石阶、廊柱、砖地等细节之处，都不像是新修过的，都像是远古的旧物，蕴含着无尽的历史。解说员小姚是学图书馆学的研究生，是专门为言子旧宅开放而引进的人才，她气质端庄大方，讲解风格平稳，不疾不徐，气息流畅，和旧宅的文化氛围特别吻合、匹配。

记不得是哪进院子里，有一棵黑柿子树，树干高大，比屋顶还高，枝叶茂盛，在墨绿色的叶子底下，藏着一个个大大的青黑色的柿子。现在已经是十月中旬了，北方的柿子都变红了，而黑柿子反而更青，并泛着釉光。其他几进院子里，分布着言子塑像、几块厚重的石碑和几口千年的古井，碑和井都是原物，特别是其中的一口古井，称墨井，更是两千多年前言家曾经使用过的，井口上的太湖石，已经被绳索勒出数道深深的凹痕。据小姚讲解，现在井水还可以饮用，就仿佛言子的思想千古不息一样。

从言子旧宅出来，我们再次行走在言子巷里，不知从哪里飘来一阵阵浓郁的桂花香。

2019 年 10 月 22 日于燕郊潮白河畔

燕园小坐

和老浦去燕园喝茶。

燕园在一条旧巷子里。

在繁华的城市街区，像燕园这种旧时的私家园林，堪比大熊猫一样稀缺和珍贵了，就连周边的这些短弄旧巷，也仿佛一本陈年的册页，很是耐看的。徜徉其中，禁不住会勾连起心中的一丝怀念和一点愁绪。

走进燕园，就是回廊。回廊一侧的粉墙上，镶嵌着一块块黛色的碑刻。沿着回廊，是一个秀雅的院落，一眼所见，便是水池和假山。江南园林的山水，历来都是主人的寄怀之处，体现的是主人的情趣和修养。我修行不够，只能看个热闹和大概。这一泓水，临着一壁太湖石堆砌的假山，山和庭院及建筑就拉开了距离，有了舒服的空间感。有水有山，就叫湖山了。欣赏湖山，不是瞄一眼就能体会其意趣的，得和湖山会心交流。我们知道，瘦、漏、透、皱是米芾概括的品石标准，带有美学意义，如果分开来讲，每一字都能讲出一大通道理。但这是指单品的太湖石。如果连缀成湖山，似乎这四字标准就不够了。我们眼前的湖山，像一幅写意的水墨画，又像是动感十足的群舞。但我知道，说湖山像什么，总是低级的，总是无趣的。最高级的，是只在意会之中，只需心灵感受。我便对老浦说，咱们就在这儿喝茶吧，品茶，品水，品湖山，空气中还萦绕着桂花香，可以闲坐很久的。岂料，茶馆的主人不允，大约这样会影响其他游园者吧。

于是，我们只能在她指定的地方喝茶了。

这便是园子的另一处院子，四周都有回廊，有几个门通向周围的亭台楼榭，这些景点都很有说头。听老浦介绍，燕园共有十六景，随便一数，就有"燕谷""诗境""一希阁""五芝堂""十楼""绿转廊""引胜岩""三婵娟室""童初仙馆""梦青莲花庵""竹里行厨"，等等。每一景都会让人联想些什么，都想流连很久。如果可能，我想在这些馆、室、楼、廊里都坐一坐，喝喝茶，看看书，闻闻花香。当然，这是不可能的。但我们喝茶的这地方，也是风景绝佳之所，不仅有回廊花窗可看，远处还有一本芭蕉，和芭蕉对角的，是几棵修竹。而我们茶桌的上方，就是一棵开满金黄色花儿的桂花树了。

茶上来了。茶是好茶，虞山碧螺春。我和老浦分边而坐。

老浦小声地跟我说着什么。我有点儿开小差，只顾看着杯子里碧绿的叶子慢慢地舒身，看水色慢慢地变绿，闻茶香和桂花香相互中和而产生的异香了。但，似乎说什么也不重要，老浦见我没有反应，便也静默了。此时的院子里，只有我们俩。不对，还有一院花香。

我和老浦是经常一起喝茶的。老浦写一手好散文，近二十年来，又专心研究黄公望，成果同样丰硕。我每次来常熟，他都要抽出时间，和我一起游园闲逛。我们去过宝岩，去过尚湖，去过剑门，去过小石洞，去过翁氏故居，去过黄公望纪念馆，去过兴福寺，每到一个地方，都会喝茶闲坐，有一搭没一搭地说些话。这次来燕园，是我的提议。常熟的好地方，我大都去过了，只有这燕园，我是久闻其名而未谋其面，这次来看看，果然名不虚传，园子虽然不大，却特别幽雅宁静，私家园林的所有元素都有，又突出了山。仅假山就有三处，且风格各异。"燕谷"的山，搭制精妙，宏伟大气，浑然天成，像个健壮的男子汉。前文所述的"梦青莲花庵"前的湖山，是大自然的信手偶成，自然而俏萌，像极了温婉的少女。另一座山更加别致，山顶有曲径，有亭，曰"赏诗阁"，还有蜿蜒的山洞和一湾池塘。在这样的环境里喝茶小坐，偷得浮生半日闲，真是快意。

突然飞来一只鸟，藏在我们头顶桂花树的枝叶里，畅快地鸣叫，好听极了。我们抬头看它，它也在看我们，歪歪脑袋，继续叫。它的样子有些好笑，是在和我们说话吧？见我们没有搭理它，便不作声了。就像我和老浦，我们坐着，开始时，还轻声慢语地聊几句，然后，突然就不作声了。

现在，在燕园闲坐的，不只是我和老浦了，还有这只鸟。

对了，老浦叫浦仲诚。

2019 年 10 月 18 日于常熟虞城酒店

昙花开了

昙花一现，只是听说过，没有亲眼所见。这次在北戴河休假疗养，中国作协创作之家的院子里，有一盆昙花，开花了，只一朵，花朵不小，带着柄。如果只看花，像某种菊，又不全像。它真有个性，不去张扬，不去炫耀，在静夜里，在月光下，在夜蝉的鸣叫声中，就这么悄悄开了。

院子里有盆昙花，起先我并不知道。7月9日（2019年）报到那天，在院子里散步，步行到人工小瀑布那儿，看到涓涓的溪流之后，又看到高台之上有几株高大的黑松，苍老的枝干上，一层层鱼鳞一样的树皮支支棱棱的，老气沧桑，诉说着岁月的轮转和四季的更迭。树上挂满陈年的松果，我仰视着，期望能落下来一颗，供我把玩——当然的，它没有听到我的心语。放眼看我身边的几盆花，有一缸荷，数朵荷花开得正好。有几盆月季我也认得。但那盆不起眼的盆植，并未让我瞧得上，稀松平常不说，还像没有发育好似的，无形无状，枝叶也不茂，只是在一片阔大而肥厚的叶子上，生出一个寄生的东西，有点儿像花骨朵儿。我好奇地想，是一种病变吧？

是夜，我在灯下写作。夜渐渐深了，我也累了，来到院子里活动下筋骨，呼吸呼吸新鲜空气。但见月亮当空，星星高远，夜露浓浓，海边刮来的凉风一阵一阵的，很让人惬意。

在静夜灯色里，那缸荷旁，立有一人——是同期疗友。

"来啦？"我礼貌地招呼道。

他拿着手机，正对着一朵花儿拍照——没错，孤零零的一朵花儿，和月色一样清澈。

我满心奇怪，夜深了，为何要拍一朵花儿？便小心靠近，想看个究竟。未等我开口，对方压低嗓子道："看，昙花，难得啦！"

昙花？我马上想到后边的"一现"。立即凑近观赏，这不是我白天见到的、以为是叶子上的那个寄生物吗？原来是传说中的昙花？没错，正是，它尽力挺起身姿，开有小碗口大，最外层的花瓣细长，尽力向外伸展、扩张，里层的花瓣儿也层层叠叠的，不算艳丽，却有种不凡的气度。

疗友告诉我，一会儿就败了。

一会儿是多久？

不到天亮吧。

这么短暂！我顿生惋惜之情。

据说，昙花只在夜里开。你想看到它的芳容，只能在夜里静待，而且，你也不知道它何时开。白天时，那叶上的骨朵儿，挂着，形如钩，看不出它要开的意思，像是故意装着糊涂。如你稍不留神，它已经败了。过程并不重要，开和不开也不在意别人的心情。它为什么不像别的花儿那样虚张声势呢？就比如它身边缸里的荷花，早早就从莲叶间竖起一根高高的细茎来，顶着一个花苞儿，肉眼可见地一天天地开放，而且，清晨开放，晚上又闭合了，第二天一早，再度开放，反复多日，像一部冗长的连续剧，需要各种俗气的铺垫，才好收尾。而昙花，就着月色和露气，开了；就着月色和露气，败了。从开放到结束，像一个精致的短篇小说，惊艳地开头，惊艳地收尾，不拖泥带水，华丽的瞬间，留下无尽的思索。其实，这么比喻也不恰当，或者不能算公平，花儿不让人细细欣赏还算花儿吗？只开一瞬，等待的是缘吗？如能相遇，是缘，不遇，也是缘。我替昙花圆个场。

但是，待白天再去复观（已经蔫了），我又疑惑了。这盆昙花，有点儿像多肉植物，仙人掌不是也在肥厚的叶片上开花吗？而且，不知在哪里读过一篇文章，说昙花只开二十分钟左右，真可以说是"一现"之花了。而创作之家的昙花，能开五六个小时。五六个小时，还算"一现"吗？总之，能一睹此花的芳容，确实是难得的机缘啊。

2019 年 7 月 17 日于旅途中

去平谷看桃花

四月刚到，我心里便如这春天一般，蠢蠢欲动起来——这都是因为去年的桃花饼。顾名思义，桃花饼，就是用桃花做馅子的一种饼。我在常熟吃过桂花饼，在昆明吃过玫瑰花饼，在连云港吃过鲜花饼（据说也是玫瑰花馅），没有吃过桃花饼。去年春天，桃花盛开过后，编辑部的同事们说起已经结束的平谷的桃花节，说到桃花节上的桃花饼，说桃花饼如何如何好吃，勾起了我的馋瘾，便想尝一尝。怎奈桃花节已过，桃花饼也不是随时都有（感觉过了花期的桃花饼就没有滋味了），便说了大话，说明年一定要吃一次新出炉的桃花饼。这话说过了一年，心里也惦念了一年，可见人的欲望有多强大。如果能欣赏到灿如烟霞的桃花，再吃到美味桃花饼，那真是一举两得的美事了！

四月五日这天是清明节，我转了两次公交车，直奔平谷而去。

公交车出城之后，感觉不对，郊外的田野上，并没有绿意，树也光秃秃的，隔着窗玻璃看到的疑似桃树的枝头，虽有春的讯息，却不见桃花踪迹。怎么回事？通过微信，问家住平谷的同事曹姑娘。曹姑娘告诉我，桃花要到四月中旬才开。我这才猛然想起，北京的气候，比南方要迟一周多，我们那里的桃花，清明一到就开了，到锦屏山南的桃花洞看桃花，成为清明踏青的重要活动之一。《围城》里有一章，说到方鸿渐在春天里去看苏小姐，对春花有一段描写："苏家园里的桃花、梨花、丁香花都开得正好，鸿渐想现在才阴历二月底，花已经赶早开了，不知还剩些什么，留作清明春色。"这说明上海的花期更早。还有呢，无论桃花洞的桃花，还是苏家园子里的桃花，还是目前公园或绿化带里的桃花，都属于观赏类桃花，和平谷大片栽植的作为果品的桃花根本就是两回事，后者开花更迟些。看来不怪桃花迟开，是我太性急了。

桃花是看不成了，心里不免有些失落，怪自己计划不周，缺少调研。好在曹姑娘微信又到了，她建议我去看平谷的大溶洞，还告诉我乘车的路线和注意事项，特意关照我不用租洞口的军大衣，溶洞里并不冷。亿万年前形成的溶洞，我只在电视里看过，其真实面目我还没有机会目睹。好吧，看不成桃花，看看大溶洞，也算失之桑榆，收之东隅。

通往大溶洞的是一辆小型公交车，出平谷城区不久，便弯弯曲曲地行驶在林子里。林子居然就是桃林！那真是一片连着一片，不知道尽头和边际在哪里的桃林啊，除了穿插于林间的窄窄的柏油路，还有临近村庄的竹片栅栏（可能用于挡隔牲畜吧），没有多余的杂树或杂物。我想象着，要是桃花开了，那真的就是花海了。爱花的人都知道，看桃花，一定要看密植成林的桃花，那大片大片一望无际的灿烂，才叫云蒸霞蔚，才叫如火如荼，才是桃花之美！《诗经》有句曰"桃之夭夭，灼灼其华"，应该就是这个意思吧？

桃是有不同品种的。我对于园艺、果木都是外行，只知道桃花有单瓣和复瓣两大类，桃有黄桃、春桃、水蜜桃、美人桃等，花果山上有冬桃，据说夏秋开花结果，十一月经霜后食用才甜蜜可口，我没有见过，也没有吃过，听说而已。有一种桃叫碧桃，属于稀见品种，其花叫千叶桃花。宋代才子秦少游有词云："碧桃天上栽和露，不是凡花数，乱山深处水萦回，可惜一枝如画为谁开？"宋代诗人情种多，秦少游为谁感叹不得而知。有一年去高邮寻访汪曾祺的足迹，到文游台去瞻仰秦大才子，还和朋友们背诵了这首词，探讨了碧桃是否就是蟠桃，那可是桃中极品啊。

平谷的桃子我倒是吃过。每年的夏天，桃子便是时鲜水果之一，北京的大小超市里都有，有的专门标有"平谷"的字样。在6号线草房站地铁口附近，也会有临时的摊贩，叫卖平谷的大桃子，桃子上还留着鲜活的桃枝，看着就像刚摘下来的，一斤只称两三个，我都会买来尝鲜。曹姑娘也会带些到公司的办公室里，大家分而食之。

如今我就穿行于平谷的桃林中，虽然没见到心仪已久的桃花，看到如此壮观的桃林，想象那一树连一树、一枝连一枝、一花连一花的红，想象那些参观的人的脸，也映成了桃花脸，也算不虚此行了。在路边，在桃林中，偶尔会出现一块空地，空地上有简易的棚子，棚子下有铁皮柜或水泥台，棚子上方有"欢迎来平谷看桃花"等字样——这里应该是桃花节期间的观景点和游客集散地了。要是开花时节再来，彩云堆枝，红霞照眼，人流如织，在花海里寻找、品尝桃花饼，再有美酒一壶，就算"为君沉醉"一回又何妨？

有了桃林的穿行之乐，仿佛看过了桃花一样，早先的郁闷烟消云散，心情大好，至于前方的大溶洞，能给我带来什么样的印象和感受，已经不重要了。

2019 年 4 月 7 日于北京草房

玉兰花香不等人

曾经两次去东磊延福观看玉兰花，都没能赶上好时辰。

第一次太早，还是在正月中旬，我就迫不及待地去了。本来约了两三个好朋友，人家都有事。我只能坐了公交车，独自前往。通往延福观的路我是熟悉的，十多年前去过，二十多年前也去过，从山下攀爬，不消多久就到了。本来，看花是随缘的事，花香人自来。不知怎的，今年突发奇想，觉得看玉兰花，还是赶早的好。或许是太早了，树上的花，还只是一个蕾，还不能称之为花。个别朝阳的方向，蕾要大一些，泛着青白。蕾虽没有张嘴，但那欲开的势，已经有了。月未圆，花半开，是说人生境界的。现在花还不能说是半开，我就来寻芳踏青了，看着满树满树密密的花蕾，想象花开时一片白云堆枝的样子，心里还是有着许多的期许和盼望，溢漾于心头的美好也泛滥着，尘世间的许多烦扰，跟着也荡然无存了。

第二次去看花，是在四月二日，本以为清明还未到，花期应该正好。相约的朋友也都投缘，一路谈说着，来到延福观。未曾想，这次又晚了点儿，花已经落了几天，枝头只残留了几朵，花瓣耷拉着，似乎在顽强地多停几时，等着最后一批观赏者，树下的落花亦已经褪去光洁，一副沦落成泥的样子，让人平添一丝哀愁。我们虽心生遗憾，总算是赶上了花期的尾巴，面对着残花仔细观赏，居然也能看出不同的美来。比如，枝头刚落下花瓣的地方，小小的蕊还在，呈小小的宝塔形，毛茸茸的嫩黄中，现着青绿的颜色，叶子出来了三四片，只能称为叶芽，将花蕊簇拥半包着，像是另一朵花。我们一边欣赏，一边啧啧称奇。大家忽又对树干上那朵白花钦佩起来——饱经风霜的老虬主干的一侧，只开一朵花，花光还在，闪着玉色的光，又仿佛雕上去一样，棱角都很分明。没想到一直关注这朵花的，是延福观的曹道长，还是在花骨朵时，他就拍了数张照片。他看我们把手机对准那朵几乎是唯一还处在最好花期的玉兰花拍照时，便把他存在手机里的照片发给我们看，真是太美了，白色的花骨朵饱满地挺立着，像画上刻意的一笔，有一点儿云影，又仿佛罩在雾中，清透而温润，似乎能触摸到那别样的冰清玉洁。而此时完全绽放的花朵，尽情地展示着它的花容月貌，毫不吝惜地把它的微光和芳香留给清风，留给月影，留给自然，也留给赶晚了花期的我们。

　　两次看花，虽然不是最佳时节，却都看出了不一样的品质来。但，我还是要说，有花能看早些看，玉兰花香不等人。

　　　　　　　　　2018 年 4 月 5 日于海州秀逸苏杭

爱玉冰

由于新冠肺炎疫情被隔离在家，心浮气躁，不能安神，更无法做事。翻闲书消磨光时，看到林海音的一篇短文曰《爱玉冰》。这富有诗意的篇名一下子吸引了我，认真读过，很受启发。林海音文笔朴实，叙事稳当，有名篇《晓云》《春风》《台北行》《城南旧事》等名世，号称"宝岛文学的祖母"。这篇短文仍然不失其风格，娓娓写道："在许多乡土冷饮中，最叫座儿的应当是'爱玉冰'，它是一种冻子，加入甜汁喝，每碗只要一毛钱。"林海音的这篇文章写于1950年5月末，那时候的台湾用的还不是新台币，但一毛钱也是不贵的。难怪林海音说它是"难登大雅之堂"的"马路天使"了。接着又进一步介绍道："爱玉冰的原料是一种植物叫爱玉子的，不过它还有许多别名，如'玉枳''草枳子'，台北大半叫它做'澳浇'，但'爱玉冰'三个字好像更能引起人们的美感。它是长在山里不用种植的野生蔓，从大树根或岩石角绕着长上去，结着好像无花果一样的果实，就是爱玉子。把果实的外皮剥开，附在皮里有一种粉样的微粒，就把这种东西用布包上，在水里揉，从布里挤出来油滑的黏液，过半个小时就会结成半透明的黄色冻子了。"

通过林海音的介绍，让我想起很多年前在成都看魏明伦的戏，抽空在一个乡间小镇上游玩时吃到的冰粉。当地的朋友介绍说，这是用山上野生的什么什么植物的籽揉出来的。我当时没有上心，忘了是什么植物，只觉得口感很好，清爽而嫩滑，粉里似乎还有一点淡淡的薄荷味，怀疑是勾兑过薄荷水。而且根据需求，可以配一点山楂碎、花生碎、白芝麻或葡萄干，红糖浆是必配的，把这些东西都浇在粉上，可以一起搅拌了吃，也可以挑选着一匙一匙地挖着吃，那些配料，像极了我们这儿乡村土菜里的"浇头"。当时还觉得，这种冰粉有点像花果山上的葛根粉，只不过葛根粉是干粉直接冲泡的，也没有那么多"浇头"。而冰粉可以现做，也可以做好大一份，冰镇起来，再分成若干小份来售卖。我第一次吃这种冰粉，对那个小街市印象特别深，显然那是一个还没有经过完全开发、改造的旧时老街，石板的街道上水淋淋的，窄窄的街两边是木质的古式门窗，透着旧时的沧桑，也映现出旧日的繁华。那家冰粉店就藏在巷头的一间屋舍里。当时的天气很热，屋里没有空调，只有电风扇。但吃了一小碗冰镇的冰粉，感到一股透心的清凉和舒爽。前几年又去成都，问起成都的朋友，才知道冰粉是成都街头的特色小吃，店铺很多，遍布各地，经她介绍，才知道冰粉的原料是一种叫假酸浆植物的籽。这种植物属于茄科，开小蓝花，果实外包一层衣，像小灯笼。假酸浆全草可以入药，而其籽另一大功能就是制作上等特色小吃冰粉的材料了。

我之所以拿它和林海音文章里的爱玉冰相比，是其制作方式，都是把植物的籽浸泡一会儿，放在适中的纱布网袋里搓揉，搓揉出的黏液就可以制粉了。不同的是，冰粉得放点石灰水，便于其凝固。而爱玉冰是不需要辅助材料就可凝固的。有一次请教港城植物学专家吴舟先生，他告诉我，爱玉冰又叫草枳子、风不动，还叫薜荔，与无花果同科，连云港不产，南京明城墙会爬些，属于攀缘或匍匐藤蔓形灌木，结的果实像无花果，但比无花果小，药名叫木馒头。果分公母，母的略小，里面有籽，籽可制作凉粉。这和林海音在《爱玉冰》里的描写就基本一致了。林海音在《爱玉冰》里还讲了一段民间传说："一个山中过路的人，因为口渴想在路旁的小溪里取一点溪水喝，但奇怪的是溪水不知为什么会结成冻子了，他后来发现，是溪旁树上的一种植物的果实，裂开后落在水里所致。于是他发明这种冷饮品，做起生意来。他有一个美丽的女儿叫爱玉子，帮他做生意。大家总喜欢说：'到爱玉子那儿吃去。'于是无以为名，就名之为'爱玉子'了。"传说未见得有多么美丽，确也能讲得通。

　　记得很多年前，买过三毛的一套全集，其中一本叫《梦里花落知多少》，书中有一篇叫《周末》的文章，记录她在周末所做各种有意义和无意义的事，其中有一段是关于爱玉冰的：一次，她吃了一碗爱玉冰，没来得及洗碗，待想起来时，发现碗上的甜蜜引来了一群蚂蚁。三毛没有把蚂蚁清洗掉，而是连碗一起拿到了窗台上，又抓了一把糖，费心搭了一座糖桥，试图把蚂蚁引到窗台上，让其自行逃走。但是蚂蚁们只顾胡吃海喝了，和三毛没想到一块儿，固执地在碗里不走。眼看父母就要回来了，三毛担心妈妈会在洗碗时把蚂蚁冲进下水道，怎么办？只好把碗连同蚂蚁一起扔进了垃圾桶，算是给蚂蚁们一个自在。虽然短短的几行字，淹没在她所记的许多周末趣事当中，因为"爱玉冰"这三个字，我也记住了。顺便说一下，台湾同胞吃爱玉冰，喜欢搭配蜂蜜或青橘汁，也会加柠檬汁，吃时酸酸甜甜的，清凉而解暑，这和成都人的"浇头"又是别样的风格了。

　　云台山上盛产的葛根粉（目前已经有人工种植），其特色也非常鲜明，和"爱玉冰""冰粉"都属于果冻状食品，做成甜点，和它们有得一拼。要是有精明的商家，能开发出类似于这两种食品的特色小吃，也可以为本埠的零食小点做贡献了。

　　　　2022 年 6 月 12 日于新冠肺炎疫情封控第二日

　　　　　　　　　　　　　　　　　　草于北京像素

稻香村的燕子

　　离草房地铁口不远的稻香村店，是落在地下的，门口是天井。整个一条街都是这样的布局——朝阳北路东段靠通州地界不远处，路边人行道旁，隔一段，就有台阶和落在地下的天井相通，一座座店铺、超市、酒吧、饭馆、咖啡馆、电影院、游戏厅、健身房等就沿着天井北侧，面南而开。稻草村就是它们中间一个不起眼的三间门面。稻香村门口顶棚下，有一根钢筋水泥的横梁。燕窝就筑在横梁下。

　　两周前，我去稻草村买零食，还没有发现燕子回来了——或许当时没有注意吧。2022 年 4 月 12 日这天上午，我又去买点心，看到一只燕子一头从天上扎进天井里，飞到横梁下的燕窝旁。我驻足细看，燕窝里的另一只燕子伸出嘴巴，接住了来者投喂的食物。那只飞来的燕子没有停留，又展翅飞走了，像一条流动的精灵，飞到天空不见了。我知道了，燕窝里的燕子可能在生蛋，或已经有了一窝蛋而正在孵窝。

这一定是去年的那一家。去年我看到它们时，已经是夏天了，窝里有一群小雏燕，我数过，共五只。两只老燕子轮流给他们打食。老燕子每次回来，那一排嫩黄的嘴巴就沿着窝沿大大地张开，发出叽叽的要食声——所谓嗷嗷待哺，大约就是这样的情形吧。

除了双休日，我几乎每天都要在这段路上走几趟（担任顾问的那家文化公司就在不远处的天街星座五幢的写字楼上），在走到这处地下商业街时，都要随机找一条台阶走下来，途经稻香村门口的横梁下，看看燕子这一家。有时候如果因为发呆而走过了，还得回头再走一次。目的就是要看看它们，也没有什么不放心的，似乎不看一眼，心里会有些许的不定，看过了，就安稳了。稻香村的店员也非常有善意，为了防止燕子的排泄物落在行人的身上，专门在燕窝下面放一张方凳子，凳子上垫着硬纸板，纸板上落着一堆白色的排泄物，定期清理纸板就可以了。许多人都像我一样，每走到燕子一家居住的横梁下，都要抬头看看它们。它们对陌生人也并不警惕，老燕子们照样从容地飞来飞去打食投喂雏燕们。在两只老燕子外出觅食的时候，小雏燕们照样伸出一排小脑袋，来看这些好奇的人类。很多人一边端详着它们一边露出笑意，也有拿出手机拍照的，我估计，它们一定作为"明星"，出现在某些人的朋友圈里。

　　记忆里，曾买过一本书，收集的是历代关于燕子的诗词，薄薄的一小本。写这篇短文时想找来参考参考，没有找着。历代关于燕子的诗很多，杜甫在《绝句漫兴九首》其三里云："熟知茅斋绝低小，江上燕子故来频。衔泥点污琴书内，更接飞虫打着人。"同是唐代人的秦韬有《燕子》诗曰："不知大厦许栖无，频已衔泥到座隅。曾与佳人并头语，几回抛却绣工夫。"宋人葛天民有一首《迎燕》五律，朴素易懂，亲切感人，诗曰："咫尺春三月，寻常百姓家。为迎新燕入，不下旧帘遮。翅湿沾微雨，泥香带落花。巢成雏长大，相伴过年华。"刘子翚也有一首《燕子》五律，曰："燕子何光彩，飞飞引众雏。营巢终老章，解语只含胡。贺厦恩非浅，焚宫祸亦殊。寥寥鸿鹄志，嗟汝岂能俱。"武衍的《燕子》诗曰："燕子搀风入画檐，不知人傍绿窗行。香泥惊落忽飞去，却向桐华顶上鸣。"徐集孙《燕子》诗曰："呢喃不听一年余，又见双飞向竹庐。翻笑人间湖海客，重来仍占故巢居。"这些关于燕子的诗，运用多种手段，把燕子的情态和诗人的心情描述了出来，虽然说不是脍炙人口，也都见情见性，各有风姿。

　　稻香村的燕子又回来了，我感觉就是去年的那一对。

　　当年鲁迅周作人兄弟在北京生活，那时的稻香村就是老字号了，兄弟俩都喜欢在写作中吃点零食茶点，稻香村就是他们经常光顾的地方。1923 年兄弟失和后，鲁迅搬到砖塔胡同 61 号，朱安为了让鲁迅吃好喝好，还专门托邻居俞家的小姐妹买稻香村的卤货。现代作家、漫画家丰子恺曾在很多幅漫画上，画有杨柳燕子，有的是作为主题呈现的，有的是作为背景衬托他物的，如《一枝红杏出墙来》上的两只燕子，嘴里含着红杏的花瓣，在天空追逐。在《双髻坐吹笙》里也有两只燕子，画面是一个小姑娘面向窗外的吹笙图，窗外翻飞的燕子都被她吸引了。在《日暮客愁新》里，更是有六只燕子，可能是盛夏了，雏燕已经出巢了，正在为远行的客人送行呢。在《楼上燕，轻罗扇，好风又落桃花片》里，楼上的佳人手持团扇正在和小猫咪一起观景，所观之景，就是飞翔的两只燕子。丰子恺以杨柳燕子为主题的漫画有很多，简略几笔，就把燕子的形态画出来了，关键是，他能够把燕子融入整幅画的意境中去，让人产生丰富的联想。可见他是多么喜欢燕子。

至今还记得我少年时期住在乡下老家，前屋过厅和堂屋里都住过燕子，目睹过它们一天天衔泥做巢的辛劳。我们家所有人都欢迎燕子来我家安家落户，住在堂屋的那一对，一连来了好几年，真不知道它怎么会记得住。还听说有"香燕""臭燕"之分，分法是将排泄物排在自己窝里，再想办法搬走的是香燕。而臭燕就像稻香村门口横梁下的燕子，排泄物都是省事办，直接屁股一撅，排在外边。住在我家的燕子也是臭燕。臭燕也好——不管香燕臭燕，都喜欢到好人家。我祖母这样说。

我对燕子历来有好感，可能就是小时候曾和它们融洽相处的原因吧。

让我感到惊喜的是，在稻香村燕子一家附近，还有三窝燕子，两窝在它一左一右，相隔都不过三四十米。其中一窝以遗落在墙上一块建筑角铁为支撑而筑的巢；另一窝的巢堪称建筑大师，依托墙上一块突出的水泥疙瘩，就像在悬崖上搞建筑，既精致又惊险。还有一窝更有意思，把家安在工商银行屋檐下的摄像头上，那燕巢也筑得有模有样，是借着摄像头和墙的拐角筑成的。有了这个新发现，我有的忙了——以前只看稻香村一家燕子，这下只要去了，就看四家。去年为了看燕子，也是惦念着燕子一家，总会进稻香村去买点心什么的，每样品种都试着买点，对桃酥、雪花酥和糯米条颇有好感，桃酥并不油腻，雪花酥清淡而略微香甜，喝茶久了，口淡无味时，或有饥饿感时，吃点桃酥挺好，雪花酥甚至可以在来不及做早饭时当早餐充饥。这回因为看燕子，不仅要看稻香村一家，还要看看另几家，往往耽误了做饭，除了点心照常买，还买了稻香村的卤货，卤牛肉、卤鸡翅、卤猪肝什么的，油炸带鱼和特色香肠也买过好几回，回家不用炒菜，蒸锅米饭、烧个菜汤就行了。稻香村的老板也许没有想到，因为燕子一家，还给他们带来了更多的生意。

2022 年 4 月 15 日下午匆匆草就

豆腐卷

各地有各地的特色早点。

许多地方的早点就像人的性格一样各个不同，且个性鲜明。这大约和各地人群的饮食习惯、性格脾气和风土人情有关系，关系有多大，不曾研究过，不好说，所谓一方水土养一方人是也。比如有的地方以豆浆油条为主，像北方的大多数城市；有的地方以汤面为主，并且玩出各种花样，什么三红面、炒浇面，仅浇头据说就有一百多种，比如常熟；有的地方以各色汤包和干丝等茶点为主，比如扬州；有的地方以各式馄饨为主，比如无锡，小馄饨、大馄饨、煎馄饨、炒馄饨、蒸馄饨，还有加糖的馄饨，夏天还有冰镇馄饨，什么花色的都有。往鸡蛋黄里掺点肉糊，清水煮出来，放入配好猪油、酱油等调料的碗中，浇上汤，叫肉沉子，是浙江南溪人的早餐。徐州的早点以"×汤"（其字不知怎么写）为主，配各色饼类。有的地方的早点很讲究，比如广州、深圳一带，他们叫早茶，那是要花一番工夫慢慢享受的。老海州地区的早点也说不出什么特色来，且品种不多，环境杂乱，设施粗陋，多少年来，已经成为外地游客调侃、嘲笑的对象，街头巷尾的早点摊上，有豆浆、稀饭油条，也有煎凉粉、水煎包子和豆腐脑等，有特色并值得一说的，可能就是豆腐卷了。

我也算跑过大江南北不少地方了，各地的早点也都有品尝，像本土早点豆腐卷，别地还真的没有碰到过。我原在新浦河南庄住过二十多年，那一带有几家卖豆腐卷的早点摊，居然也一直开了二十多年。这些早点摊都没有招牌，没有店铺，在路边摆上桌凳，无论春夏秋冬，一年四季如此，雨雪天最多搭个雨篷。其中有一家，在一个小巷口偏里租了一间又矮又破的旧房子，还有一根不知什么用途的电线杆脊穿而过，看样子是早先搭建的——豆腐卷就在这里制作，煎好的豆腐卷用一个白铁皮做的托盘，一趟一趟送到巷口外小街边的早点摊上。早点摊上还有事先熬好的一大锅白米粥以及几样小菜，包子也有，交换着供应多个品种，青菜包子里会有点虾皮，白菜包子里会有点豆腐，豆腐包子里会有一点细葱花，也有纯肉包子，还有红豆糜馅的包子，有点甜，有时候也有地方特色浓郁的山马菜包子和海英菜包子，外地人消受不了。这些包子分类盖在笆斗里。来这个摊子吃早点的，大多是冲着豆腐卷来的，因为只有豆腐卷长年供应。

这家豆腐卷实在好吃，二十多年前是一块钱四个，豆腐馅多，个头也不小，一块钱的豆腐卷加上一碗白米粥，还有免费的小菜，一般人就能吃饱了。后来物价上涨，豆腐卷没有提价，只是个头小了点，馅儿也少了点，但还是好吃。面粉是上等的，揉好了面，擀薄薄的皮子，挖一勺豆腐切成丁的馅，叠成长条状，放淋了豆油的平底锅里煎。煎时，需盖上锅盖，不用翻身；差不多时，在豆腐卷上喷点清水，再盖上锅盖至熟即可起锅。这时候的豆腐卷，一面焦黄，一面嫩软，趁热吃，脆、软、鲜、香，非常适口。我有时候去吃早点，老远就能闻到豆腐卷的香味。

豆腐不用多说了，全国各地都是家常食材，制作工艺也简单，整个流程想必很多人都知晓。我小时候在农村长大，每年冬至或春节，家里都要做一桌豆腐，都是我祖母和母亲合作完成，我们只在旁边候着等吃就是了。做豆腐的基本程序是，把泡好的黄豆在石磨上推出原料，用纱布袋灌上原料，轻揉过滤出豆腐渣来，把豆浆放到锅里烧开后，点卤，形成豆腐脑，豆腐脑包上笼布，再上案、压实，一桌豆腐就做好了。在母亲忙碌的时候，会让我们磕点大蒜，兑上酱油香醋，再敲（读 kao 音，平声）一块豆腐，切成四方薄片，让我们蘸着吃。热豆腐蘸着调料，能吃饱。我祖母会把豆腐渣再过滤一遍，最后一遍的豆浆，我们叫"三浆"，豆腐渣我们就叫"苦渣"。三浆可以熬粥；苦渣可以加大白菜和"油痴子"（肥猪肉卤油的渣）一起炒，也是一盘好菜。

豆腐是中国的原创发明,《本草纲目》中有记载:"豆腐之法,始于淮南王刘安。"这刘安的家就在现今的安徽寿县。2020年初冬,应《清明》杂志社的邀请,我去寿县做《清明》读书推广活动(因为那期杂志上有我的中篇小说,我也成为嘉宾之一)。活动期间,还专门去参观了刘安故里和豆腐博物馆,吃了豆腐全宴,那可是大开了眼界,才知道豆腐还有那么多吃法。

后来翻《随园食单》,仅袁枚的记录,就有"蒋侍郎豆腐""杨中承豆腐""庆元豆腐""芙蓉豆腐""王太守八宝豆腐""冻豆腐""虾油豆腐",等等。现当代文人中,写豆腐的人很多,周作人、梁实秋、汪曾祺等人都写过,台湾作家林海音也写过几篇关于豆腐的短文,有《豆腐一声天下白》《豆腐颂》等,香港美食家蔡澜在《江湖老友》一书中的《射雕英雄传》一篇里讲"射雕英雄宴",其中有一道"二十四桥明月夜",这道菜比较刁钻,是黄蓉引诱洪七公的绝招,要把豆腐镶进火腿中。文中介绍说:"先把整只金华火腿在三分之一处开了盖,再用电钻挖出二十四个小洞。用雪糕器具扒出圆形豆腐,先以火腿汤浸数小时再镶入火腿之中,铺上三分之一的盖。整只放入大蒸炉中炊。上桌时掀开,热腾腾地挖豆腐来吃,十二人每位两粒。至于火腿,按照书上所讲,弃之不食。"这是把豆腐运用到化境了。淮扬菜里的大煮豆腐丝或烫干丝,也很有特色。豆腐还是百搭菜,和什么都能配,火腿、鱼虾、贝类、牛尾、羊杂、猪血、竹笋、蘑菇、毛豆米、青菜、豆芽等都可以一起烧烩。还可以做豆腐丸、豆腐泡、臭豆腐、毛豆腐、豆腐乳、豆腐干等，海州民间还有"鱼锅豆腐"和"白菜豆腐保平安"等俗语，前者是说鱼锅里的豆腐香的意思；后者是说长年有青菜豆腐吃，已经很知足了。比较有特色的豆腐菜品有"板桥豆腐""麻婆豆腐""蟹黄豆腐""小葱拌豆腐""铁板毛豆腐""砂锅炖豆腐""鱼头炖豆腐"等不一而足，本埠的"海蛎豆腐"和"沙光鱼豆腐汤"也很有名。

再说海州地方风味较浓的豆腐卷，除了本地人会吃会做外，出去就无人知晓了。其实，豆腐卷不仅可以作为早餐的主打食物，也可以作为点心来享用，可以纳入"水点心"一类。有一年春天，我陪一众外地作家来连云港采风，在接受朋友宴请时，餐前先上了水果拼盘，又上了一大盘豆腐卷，主要让大家先垫垫肚子，便于喝酒。此时才刚过下午五点，大家奔波了一下午，又累又饿，离开席还有一个小时，吃点东西也正好。奇怪的是，水果几乎无人问津，豆腐卷很快就清盘了；又上一盘，又是一扫而光。六七个外地作家不好意思再要，只能众口一词地夸豆腐卷好吃，有人还请教是如何制作的。可见地方特色风味还是备受青睐的。如果作为宴席的前餐，就像淮扬菜中的春卷，是不是可以丰富本埠的饮食文化呢？或者改良做小一点，精致一点，作为茶点，也未尝不可。

但是，豆腐卷一直难登大雅之堂，很是遗憾——也曾和本地餐饮界的朋友聊天时说过这个话题，他们似乎也无计可施，因为缺少组织，比如搞个大赛或创意评比什么的（豆腐卷之外，还有萝卜丝卷）。也没有改良化、精细化和产业化——如果只能作为老百姓的早点，就算是主打，那覆盖面也太窄小了。现在全市旅游业在推行本帮菜，"胸海菜"的申遗已经成功。希望在胸海菜系中，能有豆腐卷或豆腐卷升级菜品的一席之地。

2022 年 6 月 13 日新冠肺炎疫情封控中草于北京像素

度小月

去度小月，必须要吃担仔面。

北京有许多家度小月连锁店，也去过几次。比较喜欢的是大望路华贸购物中心地下一层那家。不是因为这家店有多么的好——各家店的口味都差不多——是因为有一两年时间，我常在大望路等车、转车，地铁、公交都坐过，赶上饭点就去吃一碗度小月的担仔面。度小月的担仔面不算贵，但也不便宜。但不便宜有不便宜的原因，面条的原料好，做工也精细，配料更考究，口感适宜也就不奇怪了。配料有虾仁、鸡丁、火腿丁和各种调料。制作方法也不复杂，感觉还不及常熟的炒浇面费工夫。

近日读林海音的几本书，《在胡同里长大》一书中有一篇《台南"度小月"》，颇有点意思。该文开头就说：在台南，

"走马观花地把赤嵌楼、郑成功祠看了一遍，主要还是去中正路吃'度小月'担仔面。在台北我们吃腻了担仔面，因为它是千篇一律的味道。后来我们熬夜饥饿的时候，便改吃门前江北佬的馄饨了。但是'度小月'的担仔面的确是别有风味，不可不尝。"这就是度小月的名气了，连吃腻了担仔面的林海音都惦记着度小月的担仔面，可见这碗面非常不一般。文中提到的"江北佬的馄饨"也挺有趣味，老上海人也称江苏为"江北佬"，而苏南人又把江北统称为苏北人。作为苏北人，也没觉得这是什么歧视，苏北人也自称是苏北人。在江苏，馄饨确实是一大特色小吃。我居住的小区里，有一家小吃店，也供应馄饨，开始几次我去吃的时候，问有没有小馄饨。回答是没有。后来去多了，老板也熟混（海州方言，混熟悉的意思。不要改成"熟悉"）了，笑说，你是江苏人吧？我说你怎么知道？他说只有江苏那儿的人才有小馄饨大馄饨之分。看来江苏人吃馄饨已经很有名了，不是连台湾都有江北佬开的馄饨店吗？

台南"度小月"的担仔面又怎么样呢？林海音的感受是："用的面和一般台湾担仔面是相同的，所不同的是面的浇头。它是把精肉屑和猪肝等制成的卤酱放在面里几小匙，再放一些香菜、两枚熟虾、一点蒜酱，加上两匙虾汤，便成了'度小月'的特殊味道。听说这肉屑的卤是几十年传下来的，好像北平月盛斋的酱肉卤一样。"林海音这篇文章写于1951年5月，海峡这边的北平已经成为首都，改回原名北京了。文中所介绍的度小月担仔面的浇头，在如今北京街头各家连锁店里，也有些细微的变化，两枚熟虾变成一枚了，至于那肉屑的卤是不是一直传到今天，传到大陆，我私自认为不太可能。但毕竟是秘制的卤，风味还是别具一格的。

像度小月这种有着传统密钥的特色小吃，能在北京开连锁店并取得成功，除要保持原有的特色外，还要紧随时代前进的步伐，确实不容易。当年度小月初创时，不过是一户洪姓人家混穷度过生活难关的办法，林海音在文中也有介绍："现在的主人是洪再来。他每天可以卖到二百碗的样子。洪再来就坐在门口的面担子里面，有几只小凳围着他。你如果怕难为情，可以到里面的方桌上去吃……洪再来的父亲洪芋头是以行船为业。芋头从母亲那里学来了这特殊味道的肉屑面，常常在行船之前亲自做给朋友吃，行船的人遇到风雨来临不能出船的季节，最为苦恼，所以芋头的生活也相当清苦。后来朋友们建议，为什么不在停船的淡月里，卖家传肉屑面来补助生活呢？于是在淡月来临的时候，芋头便挑了面担去卖面，结果生意很好。每天晚上他点上一纸灯笼，上面写着'度小月'——度这清淡的月份的意思。"

度小月的招牌就这样一步步做响做大了，就是现在的连锁店里，也有这纸红的灯笼，挂满了店堂内外，特有喜感，算是一种传承吧。不过经度小月传人洪再来的多次改革，如今的度小月已经不是一百年前的小店铺了，做成了全国大品牌，也不再只售担仔面单一品种，还有其他冷饮和小炒等食品供应，比如塔香三杯鸡、菠萝油条虾、炙烤台湾香肠、度小月肉燥饭、百年传承肉燥饭、小月烫青菜、黄金芙蓉豆腐、黄金招牌虾、仙草烧玉圆、连子胶原猪蹄汤等，这些菜品，处处都带有浓郁的台湾风情，能够满足不同人的饮食口味。

但是，老实说，我还是只认度小月的担仔面。

2022 年 6 月 14 日上午匆匆草于北京像素，

新冠肺炎疫情封控在宅第四天也

有多少光阴的故事

早在 2007 年第 12 期《作家》上，我发表长篇小说《植物园的恋情》时，就引用罗大佑的《光阴的故事》里的一句歌词，作为这部小说的引言，即"流水它带走光阴的故事改变了我们，就在那多愁善感而初次回忆的青春"。后来北岳文艺出版社出版单行本，这句歌词同样被引用在扉页上。由于歌词的内容所具备的深意，这部小说就被赋予了非同寻常的情感色彩和叙事基调。而小说结尾的一段话，和那句引用的歌词，更是形成了时间、空间和心理上的多重呼应：

　　我的植物园的故事就这样结束了。可我心里的植物园依然存在。随着时间的推移、青春的流逝，植物园越来越是我的依恋之地。如果把生活比作一条河流，植物园就是河流的源头。我人生之路的第一步，就是从植物园开始的。我的许多经验、生活、感悟，都可从植物园那段短暂的生活里找到源头，看到影子。每每想起植物园，意念中走进植物园，就有种抑制不住的流泪的冲动，单纯、无知、轻狂、忧伤，还有年少的梦想和无序的爱情，像一阵烟，一缕风，一湾流水，游弋在漫漫时光中，枯藤老树昏鸦，水洼边散落的野花……如同发黄的黑白老照片，记录着生命中欢乐的青春、忧郁的回忆、光阴的故事……

《光阴的故事》是罗大佑传唱不衰的多首歌中的一首。我最初听到这首歌是在 20 世纪 80 年代。那时候，只要有时间，我就趴在简陋的写字桌上，读书或写小说。我哥哥当时在供销社工作，带回来一个手提式录放机，在他翻录的许多盒磁带里，就有几首罗大佑的歌。我原先是反感哥哥听歌的，因为吵声会影响我的构思和写作。但是有一天，他把录放机遗忘在家里，我正好写作累了，便拿过来听，就听到了《光阴的故事》。我初听这首歌的时候并未上心，没觉得有多么的好。当时以为，港台歌曲，都应该是邓丽君那样的"靡靡之音"，突然出来一个"破锣"嗓子，还体会不到其中的妙境。

真正被《光阴的故事》情感表达所感动的，还经历了一个循序渐进的过程，那是在几年后的 90 年代初，一个外地来连云港的诗人开了一间酒吧，我们会到他的酒吧消费、喝酒，偶尔也蹭吃蹭喝，他也乐得我们去。他不仅是诗人，还喜欢唱歌，作词、作曲无所不能。他有一把吉他，平时就挂在吧台侧面墙上的价目牌边。不知为什么，当时我们的感觉是，那把吉他，静静地挂在那里，很适合酒吧的氛围，酒吧才像酒吧的样子，也给酒吧增添了无限的魅力。当然，他一个人在酒吧时，也会修改词曲，自弹自唱。当有好朋友去了，并且在好朋友的请求下，他会给我们来一曲，还给我们讲解歌曲的原理、风格、流派和唱法，特别是告诉我们如何去欣赏一首歌，他的教科书就是《乡村路带我回家》，我在中篇小说《上青海》里，写到古影子怂恿杨洋唱歌时，她选了《乡村路带我回家》，文中对杨洋的歌唱有这样的描写："她一开口，就惊艳到我了。她的英语发音是那么的好，节律、气息和情绪的把控更是恰到好处，都是约翰·丹佛的调调，我仿佛看到大片的田野、阳光，风光旖旎的山谷、乡村，仿佛感受到通向故乡的小路和掠过的轻风，感受到那份自由和无忧无虑，感受到那发自内心的怀念、向往和抒情。"可以毫不夸张地说，我最初的那点音乐知识和素养，就是在他的启发下开始萌芽的。大约是在一个阴郁的雨天，酒吧里只有我们两人，他给我讲了他的故事，讲了他离开故乡的原因，讲了他的初恋，还有遗落的情感和纠结的过往，然后，他拿起吉他，给我弹唱了《光阴的故事》，那近在耳畔的旋律，那情深意切的演唱，以及对遥远往事的追忆，还有他眼里的闪闪泪光，深深地感动了我，也唱进了我的心中，我用他教会的欣赏方法，真正体会到了旋律和歌词所表达的意义，自己的一些少年梦想、青春往事、旧日情怀和懵懂的爱情，全部涌上心头，那些曾经的美丽，岁月的斑痕，真的能化成一阵云烟而消逝吗？

从此我爱上了这首歌，并学会了这首歌。在很多场合，我毫不掩饰对这首歌的喜欢和迷恋，如果有机会泡歌厅，我也会大着胆子选唱这首歌。我知道我五音不全，还是左嗓子。但我也知道这首歌会让很多人感同身受，会让许多人产生共鸣。而事实上，在不多的几次选唱时，还真的唱哭了一个人，那是90年代末一家文学杂志举办的文学笔会上。那时候的文学笔会，就是吃吃喝喝游山玩水，晚上喝完酒后，几个气味相投的文友去了歌厅。可能是酒精的作用吧，大家都争着唱，个个都是麦霸。而我不胜酒力，躲在角落里睡着了。临散时，有人把我摇醒，更有人起哄让我也唱一首，说是来个"压轴"。我便选了这首《光阴的故事》。当旋律响起时，歌厅里突然安静了，我也认真地唱了起来，虽然荒腔走板，情感和身心的投入是真切的。一个比我大几岁的作家一边看着屏幕上的歌词，一边轻轻地跟着哼唱，唱着唱着，我看到他眼睛红了。歌声结束时，流泪了。他一边鼓掌一边过来跟我拥抱，还泣不成声地欲说还休。我知道，这首歌触动了他情感深处的某根神经。

罗大佑的歌确实有这样的魔力，论嗓音，他算不上天赋出众，但他能够把旋律、配器和歌词，甚至是舞台效果，恰如其分地结合在一起，让旋律、配器和歌词融成一个完整而共情的调性，来触动人们心中的某些东西，或封尘已久的记忆，或欲罢不能的怀想，或刻骨铭心的情感，让你不由得走进自己的人生世界里，跟着他的旋律游历、回溯、淘洗一番，进而深入到你的内心深处，震荡起旧日的情怀并产生无尽的追忆和思念。更让人感怀的是，如果细细品味罗大佑的歌，发现他几首著名的歌都是在情感上互相牵连和相互互动的。如果我们从《童年》唱起，虽然每个人的童年境遇都是不同的，但是池塘、榕树、知了声，操场、秋千、停留的蝴蝶，还有漫画、零食、万花筒、水彩笔，更有那些恍惚喜欢着的男孩女孩，不停萦绕在脑际的不清不楚的疑惑和问题，总会有一款拨动你内心情感的琴弦。每每唱起这首歌的时候，有没有一种凭吊的感觉？听《穿过你的黑发的我的手》时我们长大了，我们有了情感之路，也让我们手足无措、战战兢兢，搞不懂沧海怎么会变成桑田，还有一双牵了又牵不住的手，这世界依然让我们迷茫，让我们不知所措。罗大佑用他充满疲倦而略带颤抖的歌喉演绎了青春期的无助和情感的无法把握。带着这样的心境，我们走进了《滚滚红尘》，"起初不经意的你，和少年不经世的我，红尘中的情缘，只因那生命匆匆不语的胶着……"时光漫漫，人生悾惚，我们又心归何处？经意的，不经意的，又错过了多少牵手的机缘？一回首便是冰冷彻骨的夜风，一展望又是凭空无聊的寂寞，只剩下蜿蜒的岁岁时光还在流淌。好在我们迎来了《恋曲1990》。听过、唱过《恋曲1980》的人，暴露你的年龄了，那时候，我们是第一代港台歌手的追随者，一直追到1990，"或许明天太阳西下倦鸟已归时，你将已经踏上旧时的归途。"世界太大了，容不得我们去读懂，就匆匆数年，我们必须带着一身的乡愁踏上征程，谁知那竟是无法转头的漂泊，迎接我们的，岂止是蓝蓝的白云天和轰隆隆的雷雨声，还有难得再次寻觅相知的伴侣……

如果我们对罗大佑稍有了解，尽可以联想到《大地的孩子》《爱的箴言》《你的样子》等等，当然，还有《东方之珠》，虽然"海风吹过了五千年"，这些歌的情感居然都是无差别地相通，都在诉说着"光阴的故事"。难道不是吗？罗大佑记录和演绎的，不仅是对过往岁月的追忆，还展望着我们未知的人生。2020年1月，我在《小说月报·原创版》发表的短篇小说《恋恋的时光》里，男女主人公的人生之路和情感之路，就是致敬《光阴的故事》，同时也是对《光阴的故事》的翻版，特别是小说中有一节唱歌的情节，有这样一段描写："老阳深情地唱着，所有人都保持音乐响起时的姿势，托腮的、歪头的、耸肩的，一只手支着下巴的，端着茶杯做喝水状的，像雕塑一样，生怕动一下，产生的一点点动静——哪怕是细微的风，也担心惊扰这好听的歌。是的，真是太好听了。我不止一次地听老阳唱歌，唱别人的歌，唱自己的歌，应该说，这一次，或这一首，最让我动情，不仅是因为我写的词，实在是音乐、声调和他的全情投入触动了我心底最柔弱的部分。我禁不住泪盈眼眶了。我看到小猫也眼含泪水，鼻翼在微微抽搐。有一个女诗人，竟然两手掩面，饮泣起来。大家都沉浸在对遥远往事的回忆中，仿佛回到旧日的时光里，那骚动的青春，无序的情感，不可名状的忧伤，还有街头酷酷的哼唱，全部蜂拥而至。"

是的，我们这一辈人，是在罗大佑的歌声中慢慢长大，情感也是在罗大佑歌声营造的世界里慢慢酝酿、慢慢成熟，在默默行走、渐渐老去的路上，我们唱着罗大佑的歌，回忆着我们一生的四季轮回和万花筒般的岁月光阴，在光阴的故事里，继续经历着必须经历的路程。

2022 年 3 月 18 日晚初稿于北京像素

秋　鸣

　　转眼立秋过了多日。又转眼，处暑都过了。我也要离开草房"像素"小区了。这个小区的名字有些奇怪。像素，有所特指还是有所暗指？我不知道。这似乎是一个摄影方面的专用名词。但这确实是一个生活小区，至少也算是商住两用的小区。我从 2012 年 10 月开始，在像素北区和南区，断断续续住了六七年（中间有一年多住在燕郊），对这里的环境已经很熟了，有几家酒吧，几家咖啡店，几家健身房，几家好吃的特色小馆子，我闭着眼睛都能摸到。就是和像素一路之隔的非中心，我也轻车熟路了——非中心，这又是个怪异的名字。其实"非中心"和"像素"是一家，只不过非中心是纯粹的商务区而已，绿化面积占整个面积一半以上，建筑也是各具特色，我在小说《猫眼》里，有过这样的描写："……

'非中心'的建筑都是不规则地分布在几个大块的区域里，区域和区域之间有弯弯曲曲的便道相连，楼与楼之间的花圃草坪里，也有更窄的小径互通。每幢楼都各有姿态，没有一幢相同的，有方的，有圆的，有菱形的，有三角形的，有长方形的，有平行四边形的，还有船形的、靴形的、球形的和橄榄形的，真是应有尽有。这些建筑的造型和分布，看似凌乱，实则取的是中国书法的技法，肥瘦得当，乱石铺街，隔行通气。"几年来，我常来这里散步，慢跑，暴走，也会在这里的草坪上坐坐，晒晒冬天的太阳，看看秋夜的月色，吹吹夏日傍晚的凉风，也没有什么事要办，来了，心就静了，神就定了。

现在是8月末了，再过几天，我就要再次搬到燕郊了，和这儿道声再见了，心里突然有点儿不舍，有点儿留恋。今天，即2019年8月27日，我在东三环长虹桥一带和朋友聚会、谈事，回来已是夜里九时许，出草房地铁口，感觉到小秋风的爽朗和清泠，便沿着像素边的铁艺栅栏，来到了非中心荷塘边的小广场上。没有月亮，也便没有月色，灯影从各处探来，有着月色一样的朦胧——或许叫灯色更为妥帖吧。我寻一处长椅坐下了，心里说不出是惬意，还是伤感，又或介于惬意和伤感之间，总之有点儿复杂（还算不上五味杂陈）。我知道，这可能是最后一晚来这里坐坐了，几天之后就要离开了，总会有些想法吧？想些什么呢？就这么先坐坐也挺好。四周的风一溜一溜的，能感觉到风的轻拂。有人写过《风声》

的小说，我不喜欢。汪曾祺青年时期在上海，打算给自己的第一本小说集命名为《风色》，我喜欢。虽然，这本小说集后来不了了之，但"风色"这两个字好啊，多有意味啊，是《风声》不好比的，我是记住了。月色我们能感知到，灯色，也会产生一些联想，这风色，是什么色呢？风过的水面上会荡漾起涟漪，此时我的心里也有一丝涟漪。当心里的涟漪渐渐平稳、四周也渐渐安静的时候，虫声开始响起来了。

我无数次听过虫鸣。今晚的虫鸣更为特别，似乎是在为我送行——声音好听，掺杂着凄切、悲切和急切，当然也有真切和亲切，在夜色、风色和灯色里，格外悦耳入心。实际上，虫子只是按照它自己的节奏在鸣叫，因距离的远近，声色也高低不同，长短不一，粗声细语有异，越听越能听出点儿意思来——

"啾，啾，啾……"

"叽叽，叽叽，叽叽……"

"喊喊喊，喊喊喊，喊喊喊……"

"嘀噢——嘀噢——嘀噢——"

在虫声的交替声里，远处还有闷闷的"呱呱"声和"呜哇呜哇"声，更有一连串的"噜噜"声。我对虫子没有研究，更分不清哪种虫子发出的是什么样的声音。

夜渐渐深了，虫鸣似乎更清晰了，而且还有新的声音加入进来，有主有次的感觉，就像一支乐队，什么乐器响起，都是事先写好了曲谱。有一种声音在不远处的月牙形池塘里适时地响起了，起初我以为是蛙鸣，再听，不像，比蛙鸣更嘹亮和粗鲁一些。我向着声音响起的池塘悄悄靠近。我看到池塘里满满的荷叶，还有对岸十来株高大的水蓼。我听出来了，声音是从池塘对岸响起的，就在水蓼的根部。这是什么虫子呢？它真会藏啊，躲在这些高大的水蓼下面。这排水蓼，几年前，我在一篇文章里写过，可能是人工培植的品种吧，有三米多高，此时长长的蕙状花儿正低垂着，在灯色和风色里影影绰绰。我静静地站立一会儿，听了一会儿，看了一会儿——听虫鸣，看夜景灯色，说不上是什么心情。到了这会儿，虫鸣声又像是换了一个乐章，当然还是有主有次。那疑似蛙鸣的声音，像是大提琴，深沉、低缓、余音不绝，远处的虫鸣如小提琴的和声，小号也响起来了……最让我心里一动的，是水蓼后边小山上的林子里，响起了蝉鸣，只一声，停顿片刻之后，才又连续地响起。秋蝉的鸣叫，听起来，总是有些悲切的。

我走到小广场的另一边，在一张条椅上重新坐下。条椅背后是另一个小土山，山上遍植各种乔木，藏在那里的秋虫声又是另一个乐章了。

初秋了，秋虫在鸣叫，我叫它秋鸣。

2019 年 8 月 27 日于北京草房荷边小筑

雪　红

　　雪后的阳光很干净。天是蓝色的，是那种海蓝的蓝，干净得让人惊讶。下午在阳光里走走，随便走走，看看天空，看看那种难得一见的蓝，心情好极了。

　　干净的柏路上，雪已化净。有许多梧桐树叶，是白天刚刚落下的，很多，层层叠叠，堆在一起，很想用脚去绊它一下——还是绊了，发出沙啦沙啦的声响。今年的天气有点儿反常，十一月中旬的时候，气温还不像它该冷时那么的冷，树上的叶子还是绿的，还赖在树上不肯落下。前天夜里一场雪后，昨天又刮了阵不大不小的风，这些树叶才极不情愿地飘落下来。由于气温骤降，树叶还没来得及变黄，就成落叶了。落下来，还依然那么的绿，并且，一尘不染的样子，有些凄然之美。敢用脚去绊绊它，一来是因为想听听它的声音——落叶绊在脚下发出的声音像是一种语言，虽然听不懂，能感觉到它在跟你说话，挺亲切的那种话；二来是因为它身上不似往年那么染着灰尘了，清清爽爽的。那绿和洁净，经过了雪，又被冰冻一回，有着不一样的光泽。

踩着或绊着落叶，看到路边土山上，有一棵红树，傲然伫立在土山的最高处，它四周的灌木或花树，叶子都落尽了，光秃秃的。只有它，在阳光下，红得灿烂。那一点点的红很密集，也很鹤立鸡群。是花吗？会是什么花？这个季节了，会有什么花这么细密？这么敢红？我又好奇又惊讶，不觉抬步过去。

原来不是花。原来是树上的果实。

这棵树的树干并不粗壮，也不高大，但"体格"强健，有胳膊那么粗，也有一人那么高。树冠好看，伸展自有法度，有形有状，像是被刻意修剪过，但又实在是自然之状。树上的枝条众多，且如柳枝一样粗细均匀，那一颗颗如小红豆粒大的豆豆，密集地排在枝条上，圆润，晶莹，大小相当，或单粒，或两粒互抱，或三粒相拥，或四五粒簇拥一处。可能是刚经过雪洗吧，这些红豆豆红得发亮，略呈透明状。

这是什么树？我求助于手机，拍照识别。原来是金银木，又叫金银忍冬。忍冬我是认得的，在道旁边花圃里，时常会看到它。特别是九、十月间，它的红红的果实，和碧绿的叶子互相映衬，在道旁的杂树丛中特别醒目。但它大多是丛状枝条。就算有略粗的主干，根部也会窜出多根细长的新枝——

算是灌木的一种特性吧。像树一样傲然挺立于土山的最高处，在萧条的冬日，独领风骚，我还是第一次见。我被它特有的形状所感染了，想拥有一枝置于案头，便选枝条好看、果实疏密有致的折了一枝，带回了书房，作为清供，插在花瓶里。

连续多日，我伏案读书、写作，它都陪伴着我。有时候，构思遇到阻塞，会盯着它看半天。有时候呢，毫无预兆地，一抬眼，会看到它，满枝的红，心头会一惊。我案头是有几盆绿植的，绿萝、吊兰，还有多肉，很给书房增加了些活力和情趣。有了这瓶满树红红的清供，加上雪白的瓷花瓶，算是一种高级的点缀了。

昨夜又下了一场小雪。我早起看雪，顺道去望了望那棵忍冬——我怕又一次的雪落，会打掉树上的红果，我也怕那一树的红突然消失不见——它肯定会消失的，但心里的奢望是，它能在枝头多留些日子，让那些红，多驻于萧瑟的林间。待近前一看，我惊呆了，那一树的红还在，而红果的上方，都堆积着一小簇白雪，白雪和红果融为一体，呈现的是另一种完整的果实，白里藏着红，红里映着白，它可以改名叫"雪红"了。难道不是吗？白是那样的白，纯洁的，天然的，红是那样的红，也是纯洁的，天然的。虽然，那红，已经略有些蔫了，却也更亮更艳了。

2019 年 12 月 8 日于草房荷边小筑

爱窝窝

　　第一次看到"爱窝窝"这三个字，是在梁实秋的文章《北平的零食小贩》里，历数了许多北京（民国年间称北平）的零食茶点，其中有一段云："糯米团子加豆沙馅，名曰'爱窝'或'爱窝窝'。"这么简单的一句介绍，让我在读到这里时，不由得停顿了一会儿，想象这是一种什么食品，爱窝，是指食品的形状，还是指它的口感？口感实在是说不通的，形状又是什么状，"糯米团子加豆沙馅"，这不就是我们老家春节或正月十五时包的汤圆子嘛。不仅可以包豆沙馅，还可以包芝麻、红糖和一块肥多瘦少的猪肉，也有包豆腐和一块冬瓜的，包冬瓜要配白糖猪油。这种汤圆子属于水点心，有时是当饭吃的。

　　后来读周作人的《书房一角》，有一篇《记爱窝窝》，描写倒是清晰了，我却更糊涂了。周氏在文章中说："爱窝窝为北京极普通的食物，其名义乃不甚可解，载籍中亦少记录，《燕都小食品杂咏》中有爱窝窝一首，注中亦只略疏其形状，云回人所售食品之一而已。阅李光庭《乡言解颐》，卷五载刘宽夫《日下七事诗》，末章中说及爱窝窝，小注云：'窝窝以糯米粉为之，状如元宵粉荔，中有糖馅，蒸熟外糁薄粉，上作一凹，故名窝窝。田间所食则用杂粮面为之，大或至斤许，其下一窝如臼而覆之。茶馆所制甚小，曰爱窝窝，相传明世宫中有嗜之者，因名御爱窝窝，今但曰爱而已。'说甚详明，爱窝窝与窝窝头的关系得以明了，所记传说亦颇近理，近世不有仿膳之小窝窝头乎？正可谓无独有偶。诗为丙午作，盖是道光二十六年，书则在三年后所刊也。七月七日记于北平。"说糊涂，有三点，是周氏引用小注里的：一是，"大或至斤许"，能蒸这么大，如何食用呢？二是，"茶馆所制甚小"，有多小？不像前边"斤许"那么明确。三是，"蒸熟外糁薄粉"，这又是何等操作？"糁薄粉"是增加口感，还是方便吃食？这些都没有说清楚。还有一点，虽然明白了些，却也让我不能信服，"上作一凹，故名窝窝"。原来不过是表面上"作一凹"，似乎像极了一个人的小酒窝。但我总是觉得"爱窝窝"更是说糯米团子和其所包的馅的，难道不是吗？糯米团子的外皮就仿佛是温暖的被子，里面的馅，就是一个小人儿了。直白了说，是一个小人儿躲在他的被窝里，所以要"爱窝窝"。

周作人还写过一篇《窝窝头的历史》，也引用了上述《乡言解颐》卷五载刘宽夫《日下七事诗》里的小注，并在该文的最后一段云："天下事无独有偶，窝窝头的故事还有下文。北海公园有一家饭馆名叫'仿膳'，是仿御膳房的做法的意思。他们的有名食品里边，便有一种'小窝窝头'，据说是从前做来'供御'的，用栗子粉和入，现在则只以黄豆玉米粉加糖而已。所以北京市面上除真正窝窝头以外，还有两种爱窝窝与小窝窝头，留下一点历史的痕迹。'窝窝头'极是微小的东西，但不料有这么一段有意思的历史，可见在有些吃食东西上如加以考究，也一定有许多事情可以发现的。"按周作人的意思或考证，"爱窝窝"和"小窝窝头"算是和窝窝头"同科"的食品了。

有一次和一个"老北京"聊起北京的小吃，我想起了梁实秋和周作人的文章，说起了爱窝窝。他说他知道，小时候看到他祖母做过，挺费事的一种食品，可以当饭吃，也可以当零食点心消闲，做法是，把糯米淘洗干净了，像蒸干饭一样，在锅里蒸熟，冷却后，把糯米饭捣成泥状，再弄成饺剂子样，拍扁，把准备好的馅子，包进去，什么都可以包，咸的甜的酸的，还可以包芝麻粉，包豆楂子拌萝卜丝。可以是馒头形的，也可以是宝塔状的（宝塔状的不就是窝窝头嘛），上笼蒸熟，就是爱窝窝了。这就证实了周作人的考证是有一定道理的。这位老北京朋友是个义气中人，嘴上说了不算，还要亲自实践，根据记忆，做了一次，特地请我们去品尝。那天临去赴宴时，我还请教了编辑部的同事，问他们是否知道爱窝窝。他们当然是知道的，只是一听说我要去赴宴，专吃爱窝窝，便提醒我，一定会失望的。待到吃上真实的爱窝窝时，倒是没有失望，但也没有觉得有多么好吃，真的就是汤圆而已，只不过是在笼子里蒸的，如果在锅里煮，就是汤圆了。说实话，还不如直接煮成汤圆了。当然，我也没有这么说。我知道，这些传统的食品，在多年的演绎中，因人而异，会发生各种变化的。我朋友的手艺，可能比他祖母要差多了。因为我看出来，他对自己所做的爱窝窝，也是表现出略略的泄气状，只是面子上不予承认罢了。

真是无巧不成书，我那天在稻香村买点心，看到一种食品叫"艾窝窝"，我立马就想到梁、周二人所写的爱窝窝。"艾""爱"同音，是不是同一种东西呢？我仔细看了看小包装上的配方，也有糯米粉成分，所包的馅子，有香芋味、板栗味等多种。但仅从形状上看，和那位老北京朋友所讲和所做的粗犷的爱窝窝又大相径庭，属于扁圆形的，极小，按克卖，五百克能称很多，和窝窝头及汤圆子简直风马牛不相及。这又是为何呢？我买了一点儿，尝了尝，糯而香，所谓"某某味"，是指所夹的馅子。老实说，它比窝窝头、汤圆子要精致多了，比我老北京朋友所做的爱窝窝简直不属于同类。我又糊涂了，这究竟哪一种是正宗呢？算了，艾窝窝和爱窝窝是不是"同宗同族"，且不去管它了，就只当它是传承罢了。如果不是传承，就当是另一种食品了。

2019 年 10 月 21 日于燕郊潮白河畔

甘树子

甘，只有回味了才可称甘，才有味。

回味要从早上开始。今天一早我给自己做了顿好吃的——蛋炒饭。蛋炒饭太平常了，有什么好稀奇的？但我稍做了些改良，把虾仁剁碎了，放在油锅里略炝一下，其他材料不变。别小看这几颗虾仁，蛋炒饭的格，立即就上升了一档，好比大年三十捡了个兔子，虽然有它过年没它也过年，但有了它，毕竟更多了一种风味。然后就是午饭，我专门步行十分钟，去了谷丰园，吃了一碗莲子八宝粥加一屉蒸饺。下午因为要赶朋友的约饭，吃刀小蛮米线——听这名字，就想尝尝——特意四点半就启程。

刀小蛮米线馆在大望路华贸购物中心地下一层，我正纳闷为什么要选在那个地方，朋友就说要在华贸购物中心买点东西。我的疑虑也就顿时消解了。待到我们在华贸购物中心地下一层碰了面，一起去刀小蛮米线馆的途中，朋友让我稍等，她要在通道一侧的上海糕点店买东西——原来就是买糕点。这家糕点店的糕点和北京的糕点是完全不同的风格，做工精致，包装讲究，价格当然也贵。这不禁让我想起早上一到办公室，我桌子上别人送的两根小麻花。麻花是常见的北京糕点，口味怎么样，别人的感觉我不知道，反正我是吃了一次，便断了再吃的念想了。我还见过大麻花，有一尺多长、胳膊那么粗，这是糕点吗？太夸张了吧！如此的粗粝、武断，真是丢了糕点的名声了。就算缩小数十倍，做成袖珍式的，口感同样的糙，反正我是不喜欢吃的。我一直以为，糕点，是用来细品慢尝的，是生活中的小点缀，风味口感当然也要和精致的生活匹配了，总不能把一尺多长的大麻花当成茶点吧？当然，我的话肯定有人不赞成，梁实秋会第一个反对，他不是写过一篇关于麻花的美文嘛。可能这就是不同人群对食物感觉的差异吧。

说到差异，又让我想起最近所读的两位作家的书，内容都是关于吃的，也都说到了火锅。苏州作家陶文瑜在《纸上滋味》的一篇文章里说他不吃火锅，"原因有三条，一是吃火锅太笼统了，上来就是高潮，也没有落下去的时候，却又说散就散了。二是荤菜素菜全搁在那儿，也没有起承转合，也没有先来后到，一副毫无章法的样子。三是将所有的东西统一成一个口味了……"大同作家王祥夫在《吃的品味》里所表达的，又是完全不同的观点："喝酒吃菜，若天寒地冻，最好是来个火锅，我们那地方有'什锦火锅'……要木炭明火，既要有热度又要有气氛。我常在家里自己装这种火锅，下边是干豆角、干葫芦条、黄花菜、木耳，最好还放些发好的口蘑，然后上边码丸子、烧肉条、炖好的大块儿牛肉、鸡块儿（黄焖的）、排骨（黄焖的），这样的火锅是花样越多越好，还要准备大盘的酸菜和粉丝。这个什锦火锅的好处是，吃到什么时候都是滚烫，适合喝酒。"我觉得，王祥夫和陶文瑜都没说错，完全是根据自己的口味说嘛。

到了这时候，主角该出场了——如前所述，我们是去找刀小蛮米线馆的——朋友买了糕点，继续往前走，边走边寻，到头了，还没有发现，问一家饭店门口的迎宾小姐，对方告诉我们，内部装修改造暂停营业了。那怎么办？回头再找一家相宜的吧，一抬眼，看到了度小月，就这家了。

我们商量着点菜，点了一道甘树子豉汁蒸鱼，苦瓜清炒甘树子，还有一道空心菜，菜名忘了。主食是度小月担仔米粉和度小月担仔面。甘树子，我没有吃过，吃到嘴里，怎么像樱桃？而且是腌制的酸中带甜的樱桃。樱桃当然没有腌制的了，只是形状太像樱桃了，也有樱桃那样大的核，皮肉吃到嘴里有肉感，口感太独特了，所以才幻想出糖醋樱桃来。朋友用手机查了下，甘树子产自南方，也有进口的，可作为调味品，有去腥解腻、酸甜开胃的作用，可以烧鱼，也可以用来炖排骨，可增加菜品的格调。

　　这顿饭有点儿意思了，点了三道小菜，竟有两道的配料都是甘树子，看似无意，实则也算必然，和我今天的心情似乎有点儿切合——在工作中，我的行为和语言有点儿无聊，因此让同事蒙受了委屈，发展的方向也出乎我的预料。我想了想，之所以会这样，是因为所处的角度不同，所得出的结论也是不同的，语言上的表达就会让人产生误解。而别人对这个事情的看法，恰恰相反，就像王祥夫和陶文瑜对火锅的看法一样。这种心情，得回味一下，方才发觉。因为我觉得，"甘"，作为味觉的一种，和酸、甜、辣等不太一样，得有了回味，才能充分体会甘的感觉。比如辣，就不需要回味，突然而至，来势汹汹，横冲直撞。甘呢，需要那么一点点停顿，一点点回想，需要慢慢去品一品。这样的，我就觉得我必须要修补因为我的不当的看法和言语而造成的后果了。

　　所以，这一天的经历回味下来，便有了甘树子的气息。

2019 年 10 月 11 日草就

吃白鱼

那天朋友约我吃饭，跟我商量着要去南京大排档吃白鱼。我说那家南京大排档离地铁站远了些，回家不方便。还是在地铁口附近找个馆子吧。

朋友知道我爱吃清蒸白鱼，都怪我这些年经常提起这道江南名菜。我不仅经常到南京大排档吃——这是北京吃白鱼最好的馆子，还经常晒我在常熟吃的长江白鱼，在苏州吃的太湖白鱼。其实白鱼也并非江南特有，苏北的湖泊里也是常见的。我小时候喜欢捞鱼摸虾，在河汊浦塘里逮到好多白鱼，大小都有。只不过多少年来一直缺少像江南文人那样的鼓吹罢了。但也不是没有，宋代诗人曾几就写过《食淮白鱼》二首，其一曰："十年不踏盱眙路，想见长淮属玉飞。安得玻璃泉上酒，藕糟空有白鱼肥。"其二曰："帝所三江带五湖，古来修贡有淮鱼。上方无复蠙珠事，玉食光辉却要渠。"曾几写过不少关乎吃吃喝喝的诗，比如《食酥二首》《食牛尾狸》《蟹》《食杨梅三首》，等等。他这二首《食淮白鱼》，也并没有多少高妙之处，但至少说明，淮北的白鱼也是肥嫩的，自古就是修贡的佳品。无独有偶，杨万里也有一首《初食淮白鱼》："淮白须将淮水煮，江南水煮正相违。霜吹柳叶落都尽，鱼吃雪花方解肥。醉卧糟丘名不恶，下来盐豉味全非。饕人且莫供羊酪，更买银刀二尺围。"诗人还自注曰："淮人云：'白鱼食雪乃肥。'"他的自注我是有体会的，我们那里腌白鱼，确实要等小寒以后为最好。常熟作家皇甫卫明，曾经送了几次白鱼干给我，也是在春节前腌制的。我看过他家院子里晾晒的白鱼干，有串起来挂在阳光里的，也有晒在竹匾子里的，每条大小相差不多，有七两至一斤重。白鱼的腌制要趁活杀，抹上盐，略腌一两天，就可晾晒了。腌久了不好，会腌板了，会失却鲜嫩。无论是新鲜白鱼，还是腌制的白鱼，都是以清蒸为最好：一是，能得其真味；二是，装在盘子里也好看。

前文所述南京大排档的白鱼，我曾在编辑部和同事们说过很多次，要请他们品尝。不知什么原因，他们对白鱼兴趣不大，积极性不高。倒是楼下的酸菜鱼，吃过好几次。后来有同事无意透露，是因为离地铁口太远，吃完走到地铁口要半个小时左右，再乘大约两个小时的地铁和公交，到家太晚了，影响第二天的上班。这倒好办，把吃白鱼的时间放在周末即可。如此，终于得偿所愿，吃了一回南京大排档的白鱼。那天的清蒸白鱼确实好，剖开的半条，约有一尺多长，鲜活水嫩的，躺在椭圆形的白瓷盘子里，特精致，不禁让人食欲大振。有人惊叹于装盘的白鱼如此有看相，还用手机拍了照片。后来我还借用了这张照片，配上朋友画的一条白鱼，发在朋友圈里。

再说那天朋友请我吃饭，要去吃清蒸白鱼，这回倒是我拒绝了。因为我们约会的地点是在大望路附近，朋友还要到商场去购物，而那家商场的地下一层，正好有许多家各种特色的小馆子，我们便挑了一家叫"度小月"的网红店，虽然没吃上白鱼，吃了一道甘树子豉汁蒸鱼，也是意外之喜。甘树子属于南方调味品，味甘，去腥去涩去腻，蒸鱼蒸肉都搭，还可以和苦瓜炒。这道甘树子豉汁蒸鱼，装在一个鼓形盘中，一个鱼段上，撒几粒甘树子，还有红椒丝和绿葱花，看相不恶，再有甘树子入味，口感更是独特，酸中略甜，甜中回酸，很适合喝一杯。席间，感谢朋友的这次请吃。朋友说，你请我吃那么多次南京大排档的白鱼呢。我说哪有啊，就一次。她也惊讶了，就是一次啊？感觉好多次似的。朋友的话让我汗颜，可能是我只是把请客停留在嘴上了，说得多了，让人误以为吃了多次。

我现在居住在潮白河边的一个河湾里，从高层建筑往下看，这个河湾呈S形，既浪漫又壮阔。我有时候会想，这条河的名字有点儿南方味，为什么叫这么个名字？是因为河里有白鱼吗？河边的岸柳下，有不少垂钓者。有一天，我在潮白河边的栈道上夜跑归来，走到河边问一夜钓者，钓到了吗？回说，钓了几条小的。我又问，有白鱼吗？回说，就是小白条子。小白条子，是不是就是白鱼呢？难道是白鱼的幼苗期？第二天我起了个大早，五点半即去了河边，因为我已经打听到了，夜里有人划着橡皮艇在河里下网，收网是在第二天早晨。这时正好被我赶上了，从网上摘了一盆小白条子，这种鱼，我们那儿叫小参条子，和白鱼是两回事。没有白鱼，小白条子也可以解解馋的，我便全买了，共四斤七两。那天，做饭的阿姨收拾了一上午，油炸了一盆小白条子，又香又鲜又嫩，好吃！小白条子，就算是白鱼的替代品了。

2019 年 10 月 13 日于燕郊潮白河畔

汽锅鸡

在高邮参加文学活动，作家王树兴请我们在汪曾祺纪念馆边上的祺菜馆吃汪氏家宴。所谓汪氏家宴，就是从汪曾祺写过、做过和吃过的菜品当中精选一批，请专业厨师进行研究、试验（据说还多次请汪曾祺公子汪朗进行品尝把关），精中选精选出一批冷盘和烧炒煮炖的菜肴来，制成菜谱，供客人挑选。那天的汪氏家宴，菜品特别丰富，冷盘有汪曾祺写过的蒲包肉、双黄咸鸭蛋、醉虾等，热菜有做过的干贝煮干丝、金丝鱼片、红烧昂刺鱼、汪豆腐、塞馅回锅油条、干烧小萝卜等，都带有鲜明的汪氏特色，如一道用干贝吊的汤做的煮干丝，汪曾祺曾经在家里招待过著名美籍华人女作家聂华苓，聂华苓连称好吃，最后连汤都喝了，因此也写了一篇《煮干丝》。干烧小萝卜也在《自得其乐》里写过，是招待中国台湾女作家陈怡真的。塞馅回锅油条，更是汪曾祺自己开发的一道特色菜。而一道汽锅鸡，更是把这场家宴推向了高潮。

汽锅鸡原是昆明的特色菜，汪曾祺在昆明待了七年，多次吃这道菜，他在《昆明的吃食》里写道："专营汽锅鸡的店铺在正义路近金碧路处，一个牌楼的西边。这家的字号也不大有人知道，但店堂里有一块匾，写的是'培养正气'，昆明人碰在一起，想吃汽锅鸡，就说：'我们去培养一下正气。'中国人吃鸡之法有多种，其最著者广州盐焗鸡、常熟叫花鸡，而我以为应数昆明汽锅鸡为第一。汽锅鸡的好处在哪里？曰：最存鸡之本味。汽锅鸡须少放几片宣威火腿，一小块三七，则鸡味越'发'。走进'培养正气'，不似走进别家饭馆，五味混杂，只是清清纯纯，一片鸡香。"汪曾祺这里所说的常熟叫花鸡我也吃过几次，在常熟的百年老店王四酒家里，叫花鸡上来时，还有一道程序，请桌子上一位尊贵的客人敲三下用荷叶和泥巴包裹烧制的叫花鸡，然后再由服务员处理后端上桌子。

鸡的吃法有多种，有白斩鸡（白片鸡），还有口水鸡、脆皮鸡等，聊城有铁公鸡，也很有特色。有一年和山东文艺出版社的总编王路去聊城办事，他还专门买了几只让我们带上。他曾在聊城工作过，知道哪儿的铁公鸡正宗。上海的白斩鸡，已经成为上海人的家常菜了，大小饭店里都有，本埠人、外地人都喜欢品尝，袁枚的《随园食单》里还有专门介绍，列于《羽族单》之首，曰："肥鸡白片，自是太羹、元酒之味，尤宜于下乡村、入旅店，烹饪不及之时，最为省便。煮时水不可多。"

汪曾祺在鸡类菜肴中推汽锅鸡为第一，在他来说，肯定有道理，因为他的老师沈从文也对汽锅鸡情有独钟，当年在西南联大时，没有少吃。季羡林在《悼念沈从文先生》中说："他曾请我吃过一顿相当别致、毕生难忘的饭：云南有名的汽锅鸡。锅是他从昆明带回来的，外表看上去像宜兴紫砂，上面雕刻着花卉书法，古色古香，虽系厨房用品，然却古朴高雅，简直可以成为案头清供，与商鼎周彝斗艳争辉。"汪曾祺家也有一个汽锅，评论家王干等人都在他家吃过汽锅鸡，汪曾祺还把汽锅鸡的做法教给了王干，王干又教给王树兴，后来，王树兴成为"祺菜创始人"之后，把汽锅鸡的做法又教给了祺菜馆的厨师，成为汪氏家宴中的一道招牌菜。在淮扬菜根据地的江淮一带，能吃到正宗的汽锅鸡，可是一份独特的享受了。汽锅鸡的食材一定要选好，以当年的肥壮小母鸡为宜。据汪曾祺在《昆明的吃食》里说："从前用的鸡不是一般的鸡，是'武定壮鸡'。'壮'不只是肥壮而已，这是经过一种特殊的技术处理的鸡。据说是把母鸡骗了。我只听说过公鸡有骟了的，没有听说过母鸡也能骟。母鸡骟了，就使劲长肉，'壮'了。这种手术只有武定人会做。武定现在会做的人也不多了，如不注意保存，可能会失传。我对母鸡能骟，始终有点将信将疑。不过武定鸡确实很好。前年在昆明，佤族女作家董秀英的爱人，特意买到一只武定壮鸡，做出汽锅鸡来，跟我五十年前在昆明吃的还是一样。"大概率讲，现在的汽锅鸡，包括当年汪曾祺家招待客人的汽锅鸡，是买不到武定鸡的，只能尽量选择当年下蛋的嫩母鸡而已，太肥太瘦都不合适。有一次和汪朗吃饭，席间谈起老头子（汪朗对汪曾祺的敬称）的厨艺。因汪朗也有一手好厨艺，我就问他："和老爷子比，你的厨艺怎么样呢？"汪朗笑说："各有千秋吧。比如汽锅鸡，我做的肯定比老头子做的好吃。"

　　做汽锅鸡，首先要有一套专用锅具，正如季羡林在沈从文家看到的，锅是陶的，最好是紫陶的，带刻花的当然更为美观。汽锅构造独特，肚腔为扁圆形，正中立有一根空心管，蒸汽沿此管进入锅腔，经过汽锅盖滴入锅内，成为鸡汤。一般要蒸制三个小时左右，至肉耙骨离便可食用。汽锅鸡的作料很简单，几片生姜，几段小葱即可，火腿肉也可以放一点，有条件的，当然可以像汪曾祺所说的那样，放点名贵药材三七或虫草、天麻，不仅提味，还有滋补功能。

2021 年 10 月 31 日于北京像素

蕈油面

虞山脚下的蕈油面，我已经不是第一次吃了。

这一次人多，话也多。人多话多的早餐，不仅有美食可以享受，料想还有许多有趣的经历和话题也是人生一乐。

招待我们吃面的陈琪早早就来占座位了——在兴福寺边上，沿山一溜，吃面的座位虽然有数千个，但由于这一带山势较为宽敞、平坦，又在清澈的涧溪边，树大林密，恰逢桂花飘香的季节，加上双休日，自然就"人满为患"了，必须要来"抢占"方才有合适的座位。我们这支食客队伍有十来个人，来自北京、山东的出版界，需要拼四五张桌子才可容得下，就更需要"占"了。我们在栗桂园阿姨的带领下来到"老面馆"的场子里。这里有几棵巨大的栗子树。据说，这儿的野生板栗个头较小，肉紧，在桂花的浸染下，有一种桂花香，属于板栗中的上品。此时陈琪已经占了五张桌子，就在一棵有着几百年树龄的板栗树下。

我们十二个人坐成一圈。

先上茶。茶是陈琪秘藏的虞山剑门的白茶，是贵得离谱的"明前"。好茶要配好水。虞山的水当然不必多说，是山泉水，甘洌，清甜，附含多种矿物质，和虞山白茶是天然绝配。我们品着虞山的泉水泡的虞山的茶，又坐在虞山山麓的古树下，心情亦如早晨的虞山，清雅而淡然，小声说着一两句闲话，全不顾四周熙熙攘攘的食客所造的各种噪音。没错，好茶能过滤掉思想上的尘埃，也能过滤掉情绪里的杂念，更能让人沉浸在某种安好的情状里，享受着岁月的静好。

茶还没有喝淡，蕈油面就上来了。

蕈，又叫松蕈，是虞山人的一种古称，实际上是菌的一种。陈琪早就告诉过我，他们所说的蕈，特指虞山上的专有品种松蕈，生长在松树的根部或腐烂败叶（枝）上，外表颜色不好看，青赭绿褐都有，还呈霉烂不堪状，和山土枯树的颜色差不多。也是因为这个原因，不容易被人发现。松蕈的采集时间以春秋两季为佳。这种松蕈加上菜油、盐、糖、酱油和适量的水熬制，就叫蕈油，可以放在坛子里，吃很久都不变质，而且鲜美异常，香气特别，属于调料中的上品，荤素都搭，烧鱼炒虾炖肉都好，尤其是滤面，更是妙不可言。

虞山的名点蕈油面，就是这么来的。

我多次来虞山，访朋会友，约稿谈书，游山玩水，也多次在兴福寺一带喝茶吃早点，很多时候都是冲着这碗面来的，或期待这碗面。吃面时，还可以配些适宜的小菜，荤的有猪排、鲜炸鱼片、鳝鱼丝等，素的有姜丝、腌香椿、豆腐丝、草头等，这些小菜调制也特别。就说今天这顿集体围聚的早餐吧，和面一起上来的，就有一道油炸鱼片特别值得一说。鱼是青鱼，俗称"草混子"，都在三四斤以上，活鱼现杀，切成相宜的片，有六七寸长，放菜油锅里炸成焦黄色，外酥内软，鲜香可口。还有一道腌香椿，我曾在《常熟的小吃》里写过，腌香椿的"颜色嫩绿中掺点浅黄，口感更是淡而脆，脆而香，香而嫩。说腌菜'淡'，当然是相对而言。腌制食品，按说是以咸为重，但兴福寺的腌香椿就是这样不拘一格，咸味是似有若无的，说咸，香味似乎更重些，说香呢，略乎又有些清淡，咬嚼起来又满口脆嫩，和蕈油面的油滑调着吃，真是绝配了"。

正吃面时，来了两个二三年级的小朋友推销报纸。一男一女两个小学生伶牙俐齿，十分可爱，我猜想，他们不是因为挣钱才来卖报纸的，家长或老师的目的是要让他们有这种经历，有这种体验，才觉得生活会更有滋味。我们这个桌子上都是文字工作者，对书书报报有种天然的亲切，两块钱一份的报纸很快就卖出去好几份，应我的要求，两个小可爱还和我来了张合影。

在吃面饮茶的人群里穿梭卖东西的，不只这两位体验生活的小学生，也有专门以此为业的售卖者，男女老少都有，所卖商品也是五花八门，各色水果，各色茶点小吃，茶叶、衣架、木梳、香柚、玩具、桂花（装在瓶子里）、栀子花（冬天还有蜡梅），还有擦皮鞋的，掏耳朵的，敲背的。有人做过不完全统计，因茶馆而衍生出来的其他职业，有不下三十种之多，真是一业兴而百业兴了。

面吃完了，茶又续上了。

继续饮茶品香的时候，看到有卖"甜鸡爪子"的，这是虞山的特色野果子，味甜，样子也怪异，像一个个小树枝曲成的不规则的"H"形或"L"形，有籽，茶喝多时，可以吃几粒改改口味。和我们一起用餐喝茶的有一位湖南籍同事，小时候也吃过这种东西，他们当地叫"野鸡爪子"，对于在异地他乡遇到儿时的食物，他既惊奇又亲切。而另一位同行者，没有抵挡得住一位青年敲背者的诱惑，正微闭双目，享受舒筋活络带来的惬意呢。陈琪叫来一个卖栀子花的婆婆，给几位女士各买了两朵，花骨朵呈玉色，柄上穿了细铁丝（也有穿线头的），可以挂在衣服上，花香奇异。我还买了一小袋晒成半干状的盐煮"大力豆"，准备高铁上当零食吃。

这顿葷油面的早餐会，让我们吃出了更多的滋味来。

2019 年 10 月 20 日于燕郊潮白河畔

唐饼家

　　朋友请我去大望路华贸购物中心地下一层吃"度小月"，在唐饼家买糕点的时候，我在一旁咂嘴。承她送了我两块，回来后即品尝了。

　　唐饼家的这款糕点，品种至少在八个以上，每个八十克，礼品盒装一套也是八块。朋友分我的两块分别是鸳鸯蝴蝶酥和奶油椰丝酥。我先吃的鸳鸯蝴蝶酥，配料是红豆、淀粉、抹茶、芝麻、小麦粉、白砂糖、无水奶油等。鸳鸯蝴蝶酥，这个名字听起来有些俗，当然，可能也会有人觉得有诗意，抑或卖家故意招人眼球，不过一款糕点，犯得着鸳鸯啊蝴蝶什么的么。通常，饼是扁的，这款饼是圆的，外形和鸳鸯蝴蝶更是不搭界，有青团那么大，饼面上零星散落着黑芝麻。但口感真心不错，外层糯软，红豆馅儿甜而不腻，内芯裹着的是抹茶麻薯，麻薯有蛋黄那么大，口感像香芋。我猜想，可能是红绿相配才叫鸳鸯蝴蝶酥的吧？隔天又吃奶油椰丝酥，材料做了微调，把红豆换成了白芸豆，另加椰丝、鸡蛋和食用油、食用盐，也是里外三层，外表一层同样的糯软酥松，隔层是芸豆，内芯是抹茶麻薯，没看到椰丝。因为有油和盐，本以为会咸或腻，实则担心是多余的。只是椰丝味略淡，几乎可以忽略不计，倒是有点儿猪大油的香味，甚好！

　　"酥"这种食品，算是正宗的中国传统小吃了。小时候最爱吃的叫条酥（桃酥），香、脆而酥，油大，包装纸都会被油浸透了，不宜多吃。还有三道酥，更是甜腻，只当作闲食，吃着玩儿的。周作人写过几篇关于茶食糕点的文章，在《南北的点心》和《北京的茶食》等文章里，都或多或少流露出对北京糕点的失望，比如在《南北的点心》里，说他"曾经埋怨过这个古都市，积聚了千年以上的文化历史，怎么没有做出些好吃的点心来。老实说，北京的大八件小八件，尽管名称不同，吃起来不免单调"。他举北京没有的南方点心，有"糖类的酥糖、麻片糖、寸金糖，片类的云片糕、椒桃片、松仁片，软糕类的松子糕、枣子糕、蜜仁糕、橘红糕等。此外有缠类，如松仁缠、核桃缠，乃是在干果上包糖，算是上品茶食，其实倒并不怎么好吃"。我想，唐饼家的这类糕点，就是周作人所说的"软糕类"的了。周作人还做了小考证："查范寅《越谚·饮食门》下，记有金枣和珑缠豆两种，此外我还记得有佛手酥、菊花酥和蛋黄酥等三种。"周作人在北京生活了大半辈子，一直对北京的糕点耿耿于怀，可见儿时的滋味给他留下的好印象，也说明他对这类糕点的喜欢。现在商品流通发达，他老人家要是活到现在，不会再有买不到南方糕点的烦恼了，仅一家唐饼家就可以满足了他。周作人小时候在浙东的绍兴长大，宋代浙西人曾几是个善写生活化诗词的诗人，有《食酥》二首，也是说周作人喜爱的那类糕点的，其一曰："贡包分自浙西东，函谷金城在眼中。泛酒煎茶俱惬当，满前腊雪化春风。"其二曰："土酥绝类穆家儿，好著崔家钉坐梨。如梦甘寒千百颗，雪肌相伴出关西。"

再说我吃了朋友赠送的糕点，觉得好吃，心里还惦记着没吃到的那几个品种，心心念念也想买来尝尝。那天之所以没有和朋友一起买，一来是她请客吃饭，又预先告知要请我吃这家糕点，如果我当即就买，怕她一并付了钱，反而增加了她的消费；二来是我对北京的糕点也心存怀疑，加上没吃过唐饼家的食品，怕不对胃口。时隔几日，当没有这些疑虑的时候，心里的那条馋虫子便开始作怪，想着如果有这种糯软可口的糕点，平时可以做茶点消闲，早上配牛奶或咖啡，还可以充当早餐，便专门去了趟大望路，找到那家购物中心，去负一楼专卖店选购了几个品种，除了吃过的那两种外，还有凤梨酥、香芋酥、巧克力冰沙酥等，顺便还买了一包儿时吃过的花生牛轧糖。

这家食品店应该感谢我那位朋友，是她请客吃糕点，才带动了这次消费。其实，更应该感谢朋友的是我，有了她好意的请吃，才让我寻着了一款适合自己口味的糕点。我是赞成周作人在《北京的茶食》里所坚持的观点："我们看夕阳，看秋河，看花，听雨，闻香，喝不求解渴的酒，吃不求饱的点心，都是生活上必要的——虽然是无用的装点，而且是愈精炼愈好。"

2019 年 10 月 14 日于潮白河畔

红军菜

到达井冈山，已经是下午了，入住后，站在窗前极目远眺，但见周围全部是青山，山顶上、山腰间、山坳里，薄雾缥缥缈缈，变幻莫测，看着让人心动，幻想着能在雾中漫步，或在雾下游走，风动白雾，飘飘可玩。云下林间，也必定是一派神奇世界吧。

晚饭后，我和室友出去散步。街不长，有坡，有弯，两侧的店铺以小馆子和当地特产为多，虽然是夜间，也还在开门营业。

路过一个小馆子的门口，看门窗里各种颜色的蔬菜，扎成一个一个的小捆堆成一堆。有一捆我认得，是时鲜的红苋菜。再看其他的一些蔬菜，都不是超市里常见到的，倒像是山里采来的野菜。老板娘看我们伸头张望，招呼我们进去吃饭，操着带有当地方言的普通话，一连报了许多菜名，其中我听到有一道"红军菜"。红军菜是什么菜？老板娘的话引起了我的好奇。老板娘是个瘦俏而精干的女人，三十来岁吧，嘴巴特别利索，她看我们搭腔了，用极富煽动性的语调介绍了红军菜，原来，就是当年红军在极端困难情况下吃的野菜——而且特指红苋菜。在我的印象中，苋菜已经算不上野蔬了，虽然，在我居住的小区的角角落落里也会看到苋菜，而且红苋、白苋都有，但毕竟它已经被大面积种植，属于常供蔬菜了，平时也经常吃，兴趣不大。

这些呢？我问。

这些也是野菜，都是才送来的，特别新鲜。

也叫红军菜吗？

都是红军菜。老板娘改口了，山里的野菜，都救过红军。

怎么会晚上送来？早上的野菜更新鲜啊。我疑惑了。

老板娘笑了说，你不懂，山民们白天进山，转悠一天才能找到野菜，早上哪有？半夜上山那也看不见啊。瞧瞧这些，紫苏、蕨苗、山芹菜……给你炒两盘？还有山螺和小鱼小虾呢，都是山涧里逮来的，透鲜！

我被她说动了，决定尝尝井冈山的红军菜。

点了一盘清炒紫苏，一盘清炒小笋，一盘豆干山芹菜，还有一盘红烧山螺——山螺比我家乡的田螺要大多了，皮薄、口大、体圆、肉多，红烧也入了味，吃起来真是不一般，透着溪水味的清香。几盘小菜也是清清爽爽的，各有各的风味，山芹菜的脆，小笋的甜，还有紫苏淡淡的药味，都别具一格。特别是紫苏，当菜吃，我还是第一次，不知和城市绿化带里的紫苏是不是一样，我们经常见到的紫苏，能食用吗？

有同行者在微信上招募夜跑的跑伴，我回她说，别夜跑了，来吃吃美味山珍吧。还把几样小菜拍了照片发给她看。她禁不住诱惑，来了。来了就抱怨，说夜跑是为了减肥，现在却要胡吃海喝，这是增肥的节奏啊。说罢，又自嘲道，吃饱了才有劲减肥啊，何况还有红军菜呢，吃！

她吃了紫苏，吃了山芹菜，直说好，透鲜。又尝了个山螺，说，这味儿真是特别啊，为什么呢？

我想了想说，可能和水质有关吧，它生长在山涧里，水都是泉水，没有污染。加上这里的饮用水，同样的好。

她点头说有道理。

隔天晚上，我们在另一家小饭馆，除了上述红军菜外，发现有"竹毛肚"和"竹胎儿"两样菜。看菜名奇怪，价格也贵，便问老板这是什么东西。老板说这也是野菜，竹毛肚和竹胎儿都是长在竹节里的，要把竹子劈开才能挖出，一年生的新竹里才有，量很少，不易吃到……来一盘？我说好，来一盘！

竹毛肚确实像牛肚一样，是和鸡蛋混炒的，入口绵软，有竹香气。竹胎儿呈不规则小块状，有点儿像菌类，加了少量的红辣椒，我怀疑它就是寄生在竹内的菌，鲜而香，不好和别的食物相比，确实好吃。

这次井冈山之行，能吃到红军菜，还有这几样野蔬，真是太值啦！

2019 年 5 月 14 日于井冈山机场

反正一杯

　　我在选编《壶中日月长——文化名家谈饮酒》时，选过一篇陆文夫的文章《酒仙汪曾祺》，讲他和高晓声、叶至诚、林斤澜经常在一起开笔会、喝酒的事："汪曾祺总和我们在一起。倒不是什么其他的原因，是酒把我们浸泡在一只缸里。"陆先生讲的几个故事都很有趣，不妨抄一段："汪曾祺和高晓声喝起酒来可以说真的是陶然忘机，把什么都忘了。那一年在上海召开世界汉学家会议，他们二人和林斤澜在常州喝酒，喝得把开会的事情忘了，或者说并不是忘了，而是有人约他们到江阴或是什么地方吃鱼、喝酒，他们就去了，会也不开了。说起来这个会议还是很重要的，世界上著名的汉学家都来了，因为名额的限制，中国作家参加得不多。大会秘书处到处打电话找他们，找不到便来问我，我一听是他们三人在一起，就知道不妙，叫秘书处不必费心了，听之任之吧。果然，到了会议的第二天，高晓声打电报来，说是乘某某次列车到上海，要人接站。秘书处派人去，那人到车站一看，坏了，电报上的车次是开往南京的，不是到上海的。大家无可奈何，也只能随他去。想不到隔了几个小时，他们弄了一辆破旧的上海牌汽车，摇摇摆摆地开上小山坡来了，问他们怎么回事，只是说把火车的车次记错了，喝酒的事只字不提。"

陆文夫所记的是真人真事，读完让人会心。

同样是写汪曾祺的，王安忆是用小说的手法，这篇小说的名字叫什么，忘了，主人翁是个酒徒，也是酒场的高手，喝酒很派。从王安忆的描写上看，其原型就是汪曾祺。汪先生喜欢喝酒，我们都是知道的。他的女儿汪明还专门写过文章，叫《泡在酒里的汪曾祺》，列举了老先生喝酒的种种趣事，读来让人可亲，又忍不住莞尔。王干先生把喝酒提升到另一个高度，有一篇文章，称《喝酒是个军事问题》。文章中说："也常常出现一些无主题的酒局，但这种酒局常常混战一团。因为酒桌上从来不乏较劲的人，这一较劲，就要分出高下来，高下不见得是酒量，而是酒智。喝酒的智慧，如同用兵打仗，如何团结一切可以团结的力量，结成最广泛的统一酒线，'打击'最强大的对手，是酒客的军事哲学。酒桌如战场，你要审时度势，观察好'敌情'，合理分布酒力，何时劝酒，何时敬酒，把握好良机，笑到最后。"

酒文化，是中国历史悠久的文化之一。而劝酒，就是酒文化的显著特征。在劝酒这个事情上，目的就是要让对方喝好。什么样才算喝好呢？喝醉了才算，喝到大话胡话满篇、站立不稳、墙走我不走为最高境界。如果喝到吐了，那就是菜酒了。但据说，近年有些变化，因为酒徒们的修养越喝越高了，加上对公务活动的用酒都有严格的规定和限制，劝酒者已经越来越少，特别是过度劝酒，已经被默认为一种恶习。

但也不尽然，凡事都有个度，如果喝酒时主宾双方都一声不吭，或者客气得就像新交的朋友，那还有个什么劲？所以在熟朋友之间还是要适当劝劝的。劝酒技巧也尤为关键，特别是，酒也劝了，大家还其乐融融，这就是高境界。

2019 年 7 月中旬的一天，我和朋友们在杏花村喝汾酒，其劝酒的方式可谓别具一格，当然，也和汾酒的酒杯有关。且听我慢慢说来——这个酒杯看起来不大，约三杯一两。但比通常的酒杯大约高四倍，像极了一段竹节，而且是两段相连，只不过中间不是通的。这个酒杯的诀窍就在这造型上，杯子正放，是一杯酒，反过来，也是一杯，量却是前一杯的三倍，相当于三杯酒了。敬酒方敬酒，可以有两种喝法，一种是"举一还三"，就是我正喝一杯，你反过来喝一杯。反过来一杯，相当于三杯。举一反三，也就相当于举一还三了。第二种是"反正一杯"，就是两杯的意思，即反过来喝一杯，再正过来喝一杯，实际上就是相当于四杯了。这种喝法全在于临场人的趣味脾气，在于他们的幽默程度，喝起来才叫有意思。否则抬起杠来，就不好玩了。

汾酒集团负责酒文化的李晓奇，能喝，他敬酒的花样也多，"举一反三"和"反正一杯"喝完了，又做个游戏，每人说一句成语，成语里要有两个数字，谐音也行，从主宾开始，顺时针，第一个数字是顺序，第二个数字是喝酒的量，即杯数，从一到九，不许重复。比如第一个人说"一来二去"，那他就得喝两杯；说"一心一意"，就喝一杯了。以此类推。第一个人很顺利。到第二人，就是从二起头，就比较有难度了，如果说"二八佳人"，喝八杯。说"二八年华"也是八杯。因为二的成语里，数字都大。但也没办法，喝呗。论到三就好多了，说"三心二意"，就那两杯。说四，"四四如意"，喝四杯。论到说五时，大家都说"五花八门"，要他喝八杯。不过那天的游戏，不记得是谁了，他说了个"五湖四海"，只喝了四杯。到九时，有人说"九九归一"，要喝一杯，主持人李晓奇说不行，要喝九杯，以第二个数字为准。那人赖不过去，只能喝九杯了。

"反正一杯"还有"不过一杯"的意思，就是不在乎这一杯酒的。这是对酒的蔑视。很多人往往就是因这最后一杯酒，导致了大醉。我就多次吃过这方面的教训，酒已经喝好了，主人又拿起酒瓶子要添一点儿，并声明说，最后一杯！推辞是当然的了。因为能喝多少酒，自己心里最有数嘛。但架不住主人的劝，反正就这一杯了，满上！好嘛，就是一杯，变成了那根最后的稻草。

在喝酒方面，我是欣赏周作人的，他不太能喝酒，却有很好的控制能力，在《谈酒》一文里，他说："黄酒比较的便宜一点，所以觉得时常可以买喝，其实别的酒也未尝不好。白干于我未免过凶一点，我喝了常怕口腔内要起泡，山西的汾酒与北京的莲花白虽然可喝少许，也总觉得不很和善。日本的清酒我颇喜欢，只是仿佛新酒模样，味道不很静定。葡萄酒与橙皮酒都很可口，但我以为最好的还是勃阑地。我觉得西洋人不很能够了解茶的趣味，至于酒则很有功夫，决不下于中国。"又说，"喝酒的趣味在什么地方？这个我恐怕有点说不明白。有人说，酒的乐趣是在醉后的陶然的境界，但我不很了解这个境界是怎样的，因为我自饮酒以来似乎不大陶然过，不知怎的我的醉大抵都只是生理的，而不是精神的陶醉。所以照我说来，酒的趣味只是在饮的时候，我想悦乐大抵在做的这一刹那，倘若说是陶然那也当是杯在口的一刻吧。醉了，困倦了，或者应当休息一会儿，也是很安舒的，却未必能说酒的真趣是在此间。昏迷，梦魇，呓语，或是忘却现世忧患之一法门；其实这也是有限的，倒还不如把宇宙性命都投在一口美酒里的耽溺之力还要强大。"这就是周作人的境界。

再说汾酒集团的那次喝酒。活动结束后，参加活动的人每人领了一套"反正一杯"的酒具，有一把酒壶，十二个酒杯，十二个小碟。怪不得主持人要我们做这游戏呢，原来是教会我们用酒具。

2019 年 10 月 14 日于燕郊潮白河畔

吃喝的文艺

　　吃吃喝喝永远是一个地方的大事、一个家庭的大事、一个人的大事。

　　古海州向来讲究吃喝，并且有不少关于吃喝的传说和故事流传下来。板浦的吃，还被传成童谣，"穿海州，吃板浦"，成了老少皆知的口头禅，可见当年板浦的吃之有名。就连一条沙光鱼，也有一首好听的童谣传唱，能享受这个待遇的，绝非一般的鱼类。但对其中的"赛羊汤"，我一直不以为然。羊汤和沙光鱼汤比，哪能是一个量级的？不仅味不同，"格"也相差太多了。羊汤到处都能吃到，毫不稀奇。沙光鱼汤也是随便随时随地能吃到的？

　　连云港有特色的吃食还有很多，一盘菜有上千条鱼的"小滴根"，可称海鲜中的绝响。一盘时令的豆丹，也可称天下唯一。至于板浦的滴醋，高公岛的虾皮，徐圩、连岛一带的麻虾酱、鱼子酱，花果山的风鹅，云台山的云雾茶，汤沟、桃林的大曲酒，等等，都是风味独特、天下无两的特产。

连云港所处的地理位置特殊，南北气候交叉混合，域内湖泊众多，沟河纵横；北方的齐鲁文化，南面的江淮文化乃至吴越文化，西面的中原文化，同时浸染着连云港人的思想，也牵连地影响着人们的味蕾。把三地文化中吃喝之精华加以吸收、消化和发扬，加上海州湾独特的海鲜、云台山丰富的野生植物资源和盐沼里的"水鲜"，给连云港的饮食带来无穷的变化，也形成了只属于连云港吃喝的"小气候"。

古人造字，一个"品"字，可谓皆和吃喝相关，一道菜，吃三"口"才能算得上"品"，才能品出味来；吃三"口"，才会吃出三种不同的口感来；菜要三个人吃，才够意思；一口菜，一口酒，一口饭，才能算得上"品"。这段话是作家、画家王祥夫先生说的，大致是这么个意思，收在哪本书里我也忘了。

古代文人写吃喝的文字不少，《随园食单》《易牙遗意》《调鼎集》《醒园录》《食宪鸿秘》《闲情偶寄》等；现当代文人的作品也有《知堂谈吃》《雅舍谈吃》《食小札》《吃的品味》等不一而足。他们不仅谈吃，好吃，会吃，还把吃吃出了文艺的范儿，写成了稀世美文，吃成了当地的文化名片。来连云港爬过花果山的著名作家汪曾祺先生，也是美食家，谈吃食的文章汇编有《四方食事》《五味》，自己更是独创了一道"油条塞肉"的菜，成为美食创意者和实践者。因为汪先生的美食文章，高邮、扬州等地开了好几家"汪小馆""汪味馆"，"油条塞肉"更是这些主题饭馆的招牌菜。

连云港汇集南北吃食于一隅，又有丰富的海鲜、湖鲜和河鲜，应该也有这样一本书，能充分体现连云港吃喝文艺的书。虽然此章的饮食部分只是这本书的一个缩影或片断，也基本上涵盖了连云港吃食之大成。将来在这个基础上略加整理和丰富，再加上连云港美食家们不断开发出新的菜品、新的食谱，文艺家们再不遗余力地鼓吹宣扬一番，说不定能创造出一种新式的菜系来，成为连云港饮食文化一道新的名片呢。

2018 年 3 月 29 日

双门楼

双门楼在南京，民国期间是英国驻华大使馆，后来改成了饭店。我到南京出差，经常住在这里。每次来，我都喜欢看看那几幢老式的建筑，小白楼、小红楼什么的。小白楼上贴着名牌，清楚地写着建筑时间和建筑特色，标明了它的前世今身。我也会在大院子里散散步，看看那些老树，那些古藤和花，想想当年英国人在这里办公的样子。也会到附近的阅江楼，试图望望长江。但是每次去，都未及望到江就返回了。不远处还有江南水师学堂的遗址，当年周树人、周作人兄弟曾在这里念过书，受到过新思想的启蒙。我也曾从门前经过，顺带看了一眼，现存的建筑是一幢教学楼、长廊，还有半边亭等遗存，那座巨大的巴洛克风格的牌坊很让人震撼，值得一看。

2018 年 12 月上旬的某天里，我去看望住在这里开会的朋友，事情谈完后，周伟来找我一起出去吃饭。周伟说好要去某某地去吃什么鱼的，可在双门楼一侧的小街上，看到有许多家小馆子，觉得别走那么多路了，在这里喝喝酒也不错。于是就找一家看着还顺眼的临街的馆子，坐下了。菜很简单，盐水鸭是少不了的，还有一个花生米，两个素小炒，一个汤。酒是喝起来了，话也便小声地谈着。邻桌有个喝酒的人，菜点了好几个，啤酒也开了，却不急于吃菜喝酒，看样子是在等人。他不到四十岁的样子，像个做小生意的，见我们两个中老年人平平静静地喝着酒说着话，也没有重要的事谈，嘴便伸了过来，感叹道，你们老朋友真好啊，好久没见了吧？我们一起点头。他表示羡慕地又重复一次，真好。便给自己倒了一杯酒，隔空敬了我们一杯。周伟问他客人还没到吧？对方说没到。然后拿起手机，发微信，可能是催他的客人的。

周伟是小说家，也是编剧，有剧本被拍成电影。反正我不怎么看电影，也不知道他的本子被拍成了什么样子，每每他讲起他的电影开拍或杀青的时候，我思想都会开小差。不过我是读过他的小说的。他有一篇小说，题目就够野，《大马一丈高》，很好玩儿。他还搞摄影，常在朋友圈里发，九宫格都排满了。可能听过我的嘀咕，说没有一张满意的照片可以拿出来发表的，每次杂志或报纸跟我要照片，都要犯难。说者无心听者有意，有一次一伙人在"朵上"喝酒（朵上是诗人刘蕴慧开的一家茶餐厅，在民国老街区一带，文气很盛，私房菜也好，我常去蹭饭），喝酒他就带了相机来，对着我猛拍。整个一场饭局，感觉身边像有一只蝴蝶穿梭不停一样。觉得他拍了至少有上百张照片了，怎么也能挑几张满意的。可最后发给我时，只有两三张。如此专业的周伟，都挑不出几张来，可见我的不上相还真是难倒了他。这也难怪我们一见面，就只能喝喝酒了。

我们是经常两个人喝酒的。南京有好多地方，都留下我们两人喝酒的记忆。南京大学附近的小巷子里，东郊他家附近的小酒馆里，还有新街口的什么地方。有一次，我们在秦淮河一带喝酒，酒后散步，在路过一个大院门口时，他拉我站住说话。说了一会儿闲话，他还不走，继续说，从现今，说到民国，再说到晚清。我不知他要表达什么，正要起步时，他拨拉我一下，指着空洞的大门说，这是张爱玲家的宅子。我一惊，她家住这儿？周伟说没错，她祖父张佩纶在这儿住了几十年，老爷子是李鸿章的女婿，读书不少，藏书很丰，张爱玲就出生在这样的家庭里。怪不得他要拉我在这里说话了，原来就是为了最后那一句。张爱玲一手好文字，源头原来在这儿。

这次我来南京，周伟知道后，专门从东郊打车来陪我喝酒。本来我在双门楼有饭吃，朋友给我要了一张晚餐券。周伟说，没有酒不行，要出来喝。出来喝就出来喝。不需要排场，也不用讲气氛，关键是喝酒的人要对得上，哪怕是这种只有一间铺面的小馆子，反而更显得我们亲密。

隔壁桌的客人来了——时尚的年轻女子——怪不得要点那么多菜，而且还有一条挺贵的江白。那男的本来是个大嗓门，没想到女的嗓门更大，一坐下，就骂路上是多么堵车，公交车司机是多么可恶。男的也大声附和。但他立马看了我们一眼，压低了嗓音说话了。

酒喝好了，夜也深了。隔壁那对男女早就走了。当小酒馆里只有我们两人时，我们默默坐了一会儿，周伟还抽了支烟。

我们又走回到双门楼门口。如果说夜色很美，还不如说是灯色装点了夜色。小白楼依然洋气，恍惚回到一百年前的英国大使馆，灯火通明——二楼可能正在举行酒宴，那应该是豪华的酒宴，但我想，远没有我和周伟这场酒有意思。没错，我们只是喝了场酒，回想起来，没有一句有价值的话。到了南京，确乎的确要和周伟喝上这么一场小酒。周伟打车回家了，我一个人在门口踟蹰一会儿，又到院子里徘徊一番，想着周伟差不多要到家了，才回房间休息。

第二天早饭后，我向朋友告别。朋友关心我昨晚去哪了。我说喝酒了，和南京的一个作家。然后，朋友送我。到小白楼门口时，她说这房子挺漂亮的。朋友不知道小白楼的历史。我便讲解了几句。她听了感到好奇，说来这里学习、开会好几天了，怎么就不来看看这么个好地方呢？我说，这也未见得是好地方，不过一幢陈旧的建筑而已。她说，肯定也有许多陈旧的故事。当朋友听我说还有一幢小红楼时，便要去找，说小白楼小红楼，是不是双门楼的来历？我说似乎不是这样的吧？但我也说不清是怎样的，倒是小白楼的前边，有一座起装饰作用的门，古色古香的。那，应该还有另一座这样的门吧？我们一同去找小红楼，不知怎么，竟没有找到。

　　晨风微微。阳光很透。似乎要说几句话作为收尾了。想想，似乎无须了。就这样吧。

2018 年 12 月 9 日于京沪旅途中

无花果

　　我拍了一张植物的照片，分享到我们编辑部的小群里，让同事们猜猜这是什么果。图片上是一棵树的繁茂的枝杈，在枝杈的叶丫里，结着密密的、有蛋黄那么大的青果。群里的同事有猜是山里红，有猜是野山楂，有猜是无花果。其实都不是。其实我也不认识。这时候，是什么树什么果，并不重要了。重要的是，因为他们提到了无花果，让我想起了李惊涛家门口的那棵无花果树。

　　有这样的联想不止一次了，每次看到无花果树，就会想起住在杭州的惊涛兄。

　　这一次联想恰是时候，正好有文章要作。

　　无花果这种树，极为平常。我从前居住在河南庄，附近有一个露天市场，市场南侧的一条巷子里，就有好多株无花果树，分散在高高低低的杂树丛中，到了九、十月，会有人捡熟的摘一颗，手抹抹，站在路边，剥着吃了。不久前的中秋节那天，我从巷子里经过，再次看到它们，有两个孩子在树下歪着头看，指指点点的。我摘了三四颗泛红的无花果，给两个孩子，告诉他们，可以吃的。看着孩子们拿着无花果跑了，我心里特别惬意。便停下脚步，看看这无花果树，渐渐地，我记忆里的那棵无花果树，再次清晰了起来。

三十多年前，我们到李惊涛家玩，喝酒、喝茶、聊文学，常常会找不到他家。没错，经常去，经常找不到——他家的房子，是那种老式的两层楼的别墅，在新浦朝阳路的路北，或者说在扁担河畔。那时候的朝阳路，还比较荒僻，扁担河也即将被填平了，那一带算不上繁华，平时去得不多，加上和他家同样构造的房子共有五六排，每排有几十幢，每排和每排之间的巷子也一模一样，要想顺利地找到他家，很难。好在他家门旁窗前有一棵无花果树，这棵树有一人一招手高，树龄虽然不长，长势却很好，主干有擀面杖粗，枝杈也强壮有力。有没有结果，倒是没有在意——因为我们急于到他家去——这里的我们，要有个说明，特指我、李建军和张亦辉——那时候，我们都是怀揣梦想的文学青年——那时候，文学青年，还是个好词，让人觉得是个有为的好青年，不像现在，说谁谁是文学青年，便引起一阵奚落般的讪笑声。

那时候的李惊涛，刚从北京师范大学调回来不久，编《连云港文学》，我们都纳闷他为什么离开那么好的一所大学，放弃那么好的职业——大学老师，而来一家市级杂志做一名编辑。如果不回来，要不了多久，他就会成为教授的，再过不了多久，就会成为名教授或成为学者型的大作家的。但实实在在的，他就在我们身边，成为我们的朋友了，和我们朝夕相处称兄道弟了。

我第一次见到李惊涛，是在东海县文化馆，或者说，是在东海开往新浦的绿皮火车的车厢里。这当儿，我还不知道他叫李惊涛。我是到东海县文化馆找苗运琴的。苗运琴在东海县文化馆编橱窗版《东海文艺》的时候，发表过我的一首诗，是用广告粉抄在文化馆临街橱窗的图版上的，他还把我的一篇民间故事《铁匠不借锉》，推荐到《乡土》上发表。我到东海来，是来请他帮我看一篇小说的。我见到苗运琴的时候，他背对着门，坐在吱吱作响的破藤椅里，两只脚交叉着叠放在桌子上，手里举着一沓厚厚的稿子在翻看。见到我的时候，他的双脚也不拿下来，接过我呈上去的稿子，一边翻看，一边前后晃动着藤椅，藤椅的响声便有些急促。不消一会儿，看完了，递给我，说，不好。然后，也不说怎么个不好，只歪着头看着我。我知道我该离开了，于是，我就离开了。他的办公室在文化馆的二楼，楼下是两个大大的阅览室，一个室是报纸，四壁全是报纸的架子，全国各地的报纸都有。一个室是杂志，四壁的橱子里全是杂志。我没有立即走，而是到阅览室看杂志去了，一直看到下午，我看的是1987年第四期的《收获》，这一期上有马原、孙甘露、苏童的作品，看完以后，我心里发虚，觉得我写的那些东西，连狗屎都不如。我从阅览室出来，准备回新浦时，看到苗运琴正在送客。这个客人是个英俊的青年，脸上的线条很有力量，特别是鹰钩鼻子，气度不凡。他们站在阅览室的走廊里继续谈话，我能听懂，他们在谈一篇小说，谈月光下，一个女人丰满的屁股也像一轮圆月——后来英俊青年走了，他居然也去火车站。我们排队，买票，乘同一列火车同一个车厢，来到了新浦。几天之后，办公室同事王鄙珊拿一本杂志给我看，是一本《连云港文学》，上面有他的一篇小说，叫《冯家婆》。他给我讲了连云港市一些重要的作家，点了一串长长的名单，其中就有李惊涛，把李惊涛厉害的经历也夸张地讲了一番，说他在北京师范大学当老师的时候，苏童还是该校大四的一名学生云云，这就让我敬畏三分了，因为那时候的苏童，在我们心目中，是和神有着同等地位的。我便提出一个大胆且过分的要求，让王鄙珊带我去《连云港文学》，见见李惊涛。王鄙珊毫不犹豫就答应了。我们各骑一辆破旧的二八式加重自行车，去了后街的一幢老式建筑，一问，《连云港文学》搬到海昌南路了。我们又骑车到海昌南路54号，在一幢楼房的三楼找到了编辑部，见到了李惊涛。我大吃一惊，这不就是在东海县文化馆和苗运琴聊文学的那位英俊青年吗？我们还同一列火车回的新浦呢——我没有提这一茬，看着李惊涛热情地给我们倒水，拿一个茶叶罐往玻璃杯里放茶叶的时候，手腕抖动的频率又快又有力量。我和王鄙珊每人抱着一杯茶，坐在编辑部的不同的角落里——当时觉得编辑部有好多张桌子，很拥挤。王鄙珊不失时机地把我介绍给了李惊涛，然后，我就唯唯诺诺地听李惊涛和王鄙珊谈文学了。

此后，我又单独去过几次编辑部，给他们送稿子，有时候李惊涛在，有时候李惊涛不在，我会把稿子交给编辑部的编辑——后来才知道，那些编辑有刘晶林、谷毅、纪君。（张文宝是1988年暑假里认识的，他当时在鲁迅文学院读书，不在编辑部）这些中短篇小说和我投往全国各地的文学杂志社的稿子一样，石沉大海，一篇都没有发表。但是在报纸上却频频见到，比如《新华日报》的《新潮》副刊，《中国工商报》的副刊，还有全国各省、市个体劳动者协会办的行业报纸，都有大量的散文、小小说发表。但我知道，要想成为一个真正的作家，必须要攻下文学杂志。（也是在那时候，我知道报纸副刊和文学杂志的差距）不能在文学杂志上发表小说，说明火候不到，用苗运琴的话说，不好。再后来，记不得是哪一期的《连云港文学》，也记不得编辑是刘晶林还是李惊涛，我的小说发了出来。这时候，我已经认识了几个经常发表小说的作家了，他们是张亦辉、李建军、戴咏寒等人。我们也会经常在一起聚谈，喝酒。那时候真能喝啊，酒是劣质的酒，菜是最便宜的菜。有时候也到王鄙珊家去喝。王鄙珊的夫人会做菜，大白菜烧牛肉最拿手，配一个鸡蛋炒青椒或豆芽烧豆腐，外加一个油炸花生米，滋滋哑哑喝得东倒西歪。就是在这些酒席上，我们越聊越投机，越喝越亲近了。而我们在一起喝酒，多半原因，是想听李惊涛说话。我们当然也说。我们说话大致上离不开三个方面，一个是，近期文学杂志上有什么重要的文学作品，当然是指小说了。苏童、余华、叶兆言、格非、马原、刘震云、吕新、述平、洪峰、莫言、陈染等人是我们常常提及的，他们的小说，发表在哪一期哪一期的杂志上，题目是什么，我们都记得，而且大部分都读过。我们牵出话头，就是要听李惊涛给我们讲讲这些小说。每一次，我们都不会失望，李惊涛都会侃侃而谈，把小说分析得头头是道。第二个是，外国文学大师们的作品赏析，主讲者当然也是李惊涛了，（张亦辉也不时会有新鲜的观点）我们常常听到的名字是马尔克斯、普鲁斯特、纳博科夫、乔伊斯、福克纳、鲁尔福、略萨、卡佛、萨特等。我们听到李惊涛的分析后，第二天会毫不迟疑地跑到新华书店或小书摊上，搜罗他们的作品，往往都会满载而归。第三个是，说我们自己的作品，也是由李惊涛主谈，以褒奖为主，然后在我们作品的要害部位，补上一刀，让我们恍然，哦，确实应该这样写。这样的分析，对我们这样的写作者，不是一句"受益匪浅"能够概括的。我们会马上对照我们自己过去的小说或正在修改的小说，进行有目的的补充和改写，往往会收到事半功倍的效果。就是在这样的氛围下，我们的文学创作，才有那么一点点的成长和提高。

而更多的时候，是我们单独到李惊涛家，就自己创作上的一点儿想法和阅读中产生的疑问和他交流。说是交流，主要还是听。这就是开头说的，他所住的别墅区，是一幢幢长相相似的房子，别说深更半夜找不到他家，就是在大白天，也要在一模一样的小巷里穿行几趟才能摸到。后来有一次，深夜从李惊涛家出来，他送我到门口，手指灯影中的那一棵树说，这棵无花果树就是标记。

从此到他家就方便了。

现在想来，那时候真不懂事，因为白天要上班，常常在夜晚到他家，或者下班后，直接去他家吃晚饭。记不得有多少次，他夫人杨大姐刚下班，就不顾一天的劳累，在厨房里忙活，炒几个好吃的小菜，供我们喝酒。喝酒的时候，我会听李惊涛说，前天建军过来的，或上周和亦辉聊了什么什么。李惊涛家楼底有一间小小的简朴的会客室，有一张长沙发，那就是我们聊天的场所，我们并排坐在沙发上，听他聊上次我交给他的小说。冬天的时候，会客室里有一个地瓜炉子，夏天的时候，会有一个电风扇。记得有一次，过了深夜十二点，我刚写了一篇小说，处在极度亢奋中，便骑上自行车到了他家，在门口大声喊他的名字。我看到楼上的灯亮了，然后，楼梯响了，再然后，门开了，听到他亲切的斥责声，都几点啦！进来！于是，捅开炉子，焐上水，开聊。张亦辉曾说过，文学是我们取暖的小火炉。（大意）其实那时候有两个火炉，一个是文学的小火炉，一个是真实的小火炉，就是惊涛家的火炉，都给我们身体和心灵上带来特别的温暖。我至今还记得，我早期的小说，至少有两篇的结尾，是李惊涛亲自修改过的，一篇叫《两室一厅》，另一篇叫《渡口》。

水到渠成地，我们的作品开始被国内一些主要文学杂志所接纳，最早是李建军，他的小说发表在《北京文学》上；紧接着是张亦辉，他的中短篇小说频频在《作家》亮相；我的小说也上了《雨花》，然后，一发而不可收；李惊涛的小说也成了《青年文学》《钟山》《十月》的主打。那真是一段好时光啊，从二十四五岁，到三十四五岁，是我们文学创作上的黄金十年。在这十年里，李惊涛家门口的那棵无花果树和客厅里的小火炉，成了我们文学道路上的灯塔。

我现在居住在燕郊潮白河边，离居住地不远的东贸一侧的小路边上，在绿化带里，也有几株无花果树，从夏天到秋天，每次经过，都会看到那果子，由青，渐渐变成了褐红。每一次，我从树下经过，都会勾起我心里的许多往事，让我想起年轻时就结交、现在依然是好朋友的李惊涛先生。

2019 年 10 月 6 日于燕郊潮白河

海错集

　　《望潮》《滩虎》《海蛎子》《虾皮透鲜》等文章，是李建军散文写作的新领域。其实他儿时生活的小山村蟹脐沟，离大海只一步之遥，爬到山顶就能看到海，晚上睡觉都能听到海潮声，树下纳凉，风中都带着几分咸味。

　　但多年来，他一直以小说写作和纪实文学写作为主，反而忽略了这方面的题材。有一次我们闲聊——我和建军是经常在一起闲聊的，特别是从前，也没有什么事，三天五天要是没见着，便互相打电话，约吃饭，约喝茶，什么话题都能扯上半天——这次聊到他新写的一篇文章，好像是关于一种小鱼的。这种小鱼比较稀罕，生命很短暂，只有一两个月，海边人叫它"小滴根"。这儿的"滴"，是"滴流"的意思（流，读六音），就是顺着水流往上流游。

这种方言土语，现在很少有人说了。"小滴根"，就是一种很小的鱼，在每年春天，随着海潮上来，再迎着上游的淡水游，在海水和淡水相接处的河汊里产卵。说"小滴根"小，有多小呢？绣花针大家都知道吧，它能从绣花针的针眼里游过去。因此，捕捞小滴根，要用三层最密的纱布网才可行。建军的这篇文章，好像叫《三百条鱼一盘菜》，就是写红烧小滴根的。这盘菜我也吃过几次。不知道别人感觉如何，反正我是觉得，在所有吃过的海鲜中，红烧小滴根最鲜，是美味中的美味，佳肴中的佳肴。建军说他这篇文章时，我已经满嘴生津了。由于建军在上海工作而我在北京从事图书的选题和策划，便怂恿他集中写这方面的文章，以便结集出版，书名就叫《海错集》。他响应了我的提议，便有了开头所说的一系列文章。不久之后，他的一篇《海错拾趣》也应运而生了。

关于"海错"一词，和其包含的内容，现在也鲜有人使用了。

读周作人的书，在《风雨谈》一集中，有一篇《记海错》的书话，文中引用了关于历代文人写海错的文章，他认为："黄本骥的《湖南方物志》四卷，汪曰桢的《湖雅》九卷，均颇佳。"黄本骥《湖南方物志》序言中提到的书，就有一本《闽中海错疏》，当然，不以海错直接命名而内容又是写海错的就更多了，比如《南方草木状》《益部方物略记》《桂海虞衡志》等。周作人读书甚广，知识积累厚，文章中引经据典，十分丰富，他说："至于个人撰述之作，我最喜欢郝懿行的《记海错》，郭柏苍的《海错百一录》五卷、《闽产录异》六卷居其次。郭氏记录福建物产至为详尽，明谢在杭《五杂组》卷九至十二凡四卷为物部，清初周亮工著《闽小记》四卷，均亦有所记述，虽不多而文辞佳胜，郝氏则记山东登莱海物者也。"《记海错》收文章四十八则，小引云："海错者《禹贡》图中物也，故《书》《雅》记厥类实繁，古人言矣而不必见，今人见矣而不能言。余家近海，习于海久，所见海族亦孔之多，游子思乡，兴言记之。所见不具录，录其资考证者，庶补《禹贡疏》之阙略焉。时嘉庆丁卯戊辰书。"周作人还大量引用这些关于海错的书中的具体某例，比如海参，文中是这么说的："土肉正黑，如小儿臂大，长五寸，中有腹，无口目，有三十足，炙食。余案今登莱海中有物长尺许，浅黄色，纯肉无骨，混沌无口目，有肠胃。海人没水底取之，置烈日中，濡柔如欲消尽，瀹以盐则定，然味仍不咸，用炭灰腌之即坚韧而黑，收干之犹可长五六寸。货至远方，啖者珍之，谓之海参，盖以其补益人与人参同也。"古人把海参叫"土肉"，我也是读了周作人的这篇书话才知道的。又记对虾，云："海中有虾，长尺许，大如小儿臂，渔若网得之两两而合，日干或腌渍，货之谓对虾，其细小者，干货之曰虾米也。"现在，近海里很难捕到"长尺许，大如小儿臂"的对虾了，我吃过最大的海洋野生对虾，也不过四两而已。就是"其细小者，干货之曰虾米"者，也都是养殖的产物了。《海错百一录》有记龙虾的，云："龙虾即虾魁，目睛隆起，隐露二角，产宁德。《岭表录异》云：前两脚大如人指，长尺余，上有芒刺钻硬，手不可触，脑壳微有错，身弯环，亦长尺余，熟之鲜红色，名虾杯。苍案：宁德以龙虾为灯，居然龙也，以其大乃称之为魁。仆人陈照贾吕宋，舶头突驾二朱柱，夹舶而趋，舶人焚香请妈祖棍三击，如桦烛对列，闪灼而逝，乃悟为虾须。《南海杂志》，商舶见波中双樯摇荡，高可十余丈，意其为舟，老长年曰，此海虾乘霁曝双须也。《洞冥记》载有虾须杖。举此则龙虾犹小耳。"这样的龙虾，不同的四本书有不同的描写，个头大，形神怪异，怕是现在再也看不见了吧。

建军生长在海边，小时候也随大人们拾过海错。他所居住的蟹脐沟一带，旧时被人称作"海里"，和"海里"对应的，就是"海外"了。我们即属于"海外人"。无论海里海外，都把海产品当成了家常菜来烧煮。但本地关于海错的文章，依我所见，旧时的文献鲜有专书记载，其他方志的物产录里，只有少量篇幅。当代作家的作品，零星篇章当然也有，成规模的系统书籍，我也没有读到。建军如果写一本《海错集》，一定更鲜活水灵，不比古人描写得差。就说他在《望潮》里所写的"望潮"吧，是一种"四不像"的怪物，像乌贼，像八带鱼，像鱿鱼，内陆人常常会弄混了，沿海各地的叫法也不一样。盐场人叫它"望梢"，可以生焰，也可以爆炒。建军在这篇文章里，把望潮的特性都写了出来，特别是写它和老鹰斗智斗勇的那一段，特别好玩儿，把望梢的狡诈写得活灵活现。又如《滩虎》一篇，建军写雄性滩虎（也有叫跳跳虎、滩虎子的）求爱和玩伴逮滩虎的"火烧法"，描写都极其生动。过去，滩虎没有人吃，最多把它和麻虾混在一起，做成虾酱，运到"海外"去售卖。现在不同了，滩虎成了稀缺的好菜，我在徐圩盐场吃过，和小杂鱼一起红烧，也是透鲜。连云港海岸线长，滩涂面积大，云台山向南向北的滩涂，海水退去后，黑黝黝的一大片，拾海错的人成群结队，有的还赶着水牛大车，贝类、蟹类、鱼虾类，往往是满载而归。拾海错的人，和这些没有及时跟着海水回到大海的海错，也会衍生出很多故事。比如海滩上有一种虫子，叫什么我不知道，像蚯蚓（当地人叫海蚯蚓），或者叫海肠也未可知，平时怎么生活的，也不大知道，海水退去后，它便钻进滩涂里，滩涂上会有一个小洞，鼓着水泡泡，算是出气孔，用铁锹深挖，便可取出一根长长的软虫子。此物晒干后，打碎，可以当作烹饪的调料，炒菜特别提鲜，比味精、鸡精高级多了。除了滩涂，还有大片的盐场，盐场也算半个海滩，因为海盐是用海水滩晒的，湖、泊、浦、塘、沟、渠、河、汊里所盛的水，都是专门抽上来的海水或雨水混合后的阴阳水，这里的小海鲜也特别多，沙光鱼、滩虎子、麻虾子、小青季子、各种蟹子，到处都是，有着一套完备的生物链，它们的"故事"都能讲出很多。建军对这些都是耳熟能详的。不久前我们在电话里闲谈，说到写作，说到海错，他说《海错集》还要写，准备把手里的一部长稿子完成后，即动手。建军的文笔我是知道的，文字清洁，叙事精当，风格简约，经他的妙笔书写，海错必都如电视画面般呈现出来。我这几年在图书市场里摸爬滚打，凭直觉知道这是一本好书，一本值得期待的书。

周作人在《记海错》里，引用《晒书堂诗钞》卷上里的一首诗，诗名叫《拾海错》，原注说："海边人谓之赶海。"诗云："渔父携筥篮，追随有稚子，逐虾寻海舌，淘泥拾鸭嘴。（海舌即水母，蚬形如鸭嘴）细不遗蟹奴，牵连及鱼婢。"诗里描写的生动的赶海场面如临其境。建军有几篇关于海错的随笔散文得过海洋文学方面的奖项，他的文笔，应该不输给古人的。

据建军提供的信息，我还知道故宫博物院里藏有一本清代画家兼生物爱好者聂璜绘制的《海错图》，画了三百多种海洋生物，有好事者还写了本《海错图笔记》。但那毕竟是带有考证方面的记述，缺乏作家文学描写的生动和情趣，因此，建军的《海错集》更有必要尽快填补这方面的缺失了。我想，待《海错集》写竣出版，若干年之后，也许有人会像周作人那样，来引用《海错集》里的文章及典故呢，也许呢，会被某个内陆国家收进生物课本里，像历史上的那些大文人的文章一样，被孩子们熟读和背诵，被学者们研究和剖析，并引诱他们来海边探险、尝鲜，那建军和他的这本《海错集》就功德无量了。

2019 年 10 月 24 日草于燕郊潮白河畔

轩羽堂

周剑峰的画室叫轩羽堂。2019 年 10 月 17 日晚上 7 时许，我和作家浦仲诚从练塘吃完晚饭回大义，专门取道轩羽堂去访问——事先已经约好，堂主周剑峰在家备好了茶和茶点在等我们了。

周剑峰是艺术家，这几天已经和他见了几次。他做事说话很平稳，很通达。老浦介绍他是画家，又是治砚名家的时候，他也只是谦逊地微笑着，不张扬，不自负，不手舞足蹈。有内涵的艺术家大都具备这样的品格，内心里可以自负，可以自信，可以强大，日常的表现又是内敛的，低调的。我想周剑峰就是这样的艺术家吧。而他接下来的一句话，更显出他的修养了，他说他师父是治砚的名家。言下之意，他还在学习中。那天老浦还送我一方赭石砚，传统造型，砚眉上除了几棵兰草外，无其他修饰，朴素、端庄。还配有一块"墨"——赭石。我持砚和老浦合影，周剑峰就成了我们的摄影师。这方砚也就有了特别的意义了，赭石是老浦从山上找来的，制砚者是老浦的朋友，也是周剑峰的师父。老浦把砚转赠给我的时候，制砚者的徒弟成了见证人和摄影师。

周剑峰的轩羽堂在虞山脚下。我们到达时，他和他夫人已经在门前灯影下等我们了。寒暄、落座，我一眼就看到案几上的那盏一叶莲了。顾名思义，一叶莲只有一片叶子，碧绿的叶片漂在清洁的水面上很好看。一叶莲也开花，细小的白花顶在细长的柄上，从盏口探出花瓣来，一副小清新的怡然自得，也有一点点羞涩。

谈话便从一叶莲开始，很自然就过渡到绘画艺术了。

周剑峰画国画，主攻山水，也画花鸟小品。常熟的山水画，大家都是知道的，从黄公望开始，到王石谷，一路延续下来，在江南乃至全国影响都很大。特别是从王石谷开始，"虞山画派"叫响画坛，并影响了后世的山水画创作。周剑峰生活在这样的环境中，自然也对前辈大师的技法进行悉心的揣摩，耳濡目染中，得到了许多的启发，加上他的天分和勤奋，逐渐形成了自己的一套技法。

从轩羽堂壁间所挂的画上，能看出他画艺的娴熟和精湛，布局、法度恰到好处，用笔自然，不猛、不急、不火，美学上的追求一目了然。他给我看一幅画，曰《蜀山郁秀图》，整个画面，山石峻险，草木枯疏，古意尽显，很好地营造出秋日的宁静和寂寥。众所周知，画秋景，难免会烘托出萧瑟的氛围，但如果满纸都是悲秋，不禁让人感到沉闷、压抑。周剑峰的处理是一抹云雾和一挂瀑布，白色的云雾从山的主峰处生起，似断而未断延绵而过，瀑布从山腰处流出，并没有处理成飞挂之势，而是顺着山势缓缓流下。雾和瀑，都是动感的，整幅画就有了生气。远景山洼下的那座粉墙黛瓦的孤村人家，人家前一洼洼收获后的茬田，和隐藏于树影下的石阶，又让此画充满了人间烟火味——虽然是寒秋，却色彩斑斓，活泼明丽，生机勃勃。欣赏此幅佳作，让我想起古人的一首小令："孤村落日残霞，轻烟老树寒鸦，一点飞鸿影下。青山绿水，白草红叶黄花。"这首写寒秋的小令里没有一个"秋"字，却能感觉到秋意无处不在。残霞、寒鸦是冷调的，绿水、黄花又给这秋景带来亮色，特别是"一点飞鸿影下"，让整首诗活跃了起来，有了画面感。周剑峰的画，也有类似的高妙。

茶喝淡了，画也聊得差不多了，欲告辞时，周剑峰又拿出他临摹的镇堂之宝《富春山居图》让我们观赏。《富春山居图》是国宝，历代都有著名画家不停地临摹，有些成名已久的大师竟临摹达八九次之多。我看周剑峰的这幅长卷，也不禁暗暗赞叹他的功力和耐力。他的临摹，当然是很得原画的神韵了，墨色吞吐自如、得当，简练中透出苍茫，点画勾染极富变化，疾徐涩迟极具韵律美。周剑峰很珍视他的临摹。我想这是对的，轩羽堂主人和黄公望、王石谷等虞山诸家一样，都和虞山尚湖为邻，也可以说是"宅临流水，门对青山，花鸟追随，烟云供养"，在虞山的精气滋养下，在尚湖神韵的浸润中，明显能感觉到，周剑峰的画艺也呈现特有的气象，有着有别于他人的清晰的辨识度。

由于时间仓促，和轩羽堂主聊得不深，他的治砚工作室也未来得及参观。但留点儿遗憾我想更好，至少会期待下一次的相见。告辞时，我再次看一眼几案上的那盏一叶莲，莲花的清雅和高洁或许正是主人的写照呢。

2019 年 10 月 26 日草于燕郊潮白河畔

清和园

　　清和园不是一座园林，也不是文人墨客的馆阁斋榭，而是一家店铺，一家很有文人品相和文化韵味的特色店铺。

　　在新浦老街上，有许多林林总总的店铺。由于电商的兴起，这种传统的店铺已经日渐式微了，经营也越来越困难。但对于某些特殊的商品，其冲击不但不大，甚至还会显现出实体店的优越来——比如茶叶。

　　没错，清和园就是一家茶叶店，店主人就是这篇拙文的主角何洪青先生。

　　如果在老街上走一走，清和园的招牌一定会引起你的特别注意，不仅是名称好，招牌上的字也好——出自已故著名书法家杜庚先生之手。说起清和园和杜老的关系，何洪青还记得当年题字时的情景，那年杜老八十多岁了，已经不怎么握笔了。一次偶然的机会，何洪青和几位文化名人一起茶叙，在座的也有杜老。当何洪青和许厚文、王善同等先生说起茶的不同品类、不同地域特点并且对茶文化引经据典的时候，杜老感慨地说，没想到喝了一辈子的茶，居然还不知道茶有这么多说道，真是受教了。何洪清更是谦虚地请杜老多提携，并透露出还差一块招牌字的时候，杜老会意地一笑，让何洪青取出纸笔，欣然题写了"清和园茶庄"的招牌大字。这真是一块金字招牌啊，何洪清特别珍视，专门请名家刻成匾额。如今，这块招牌，成为老街上的一张名片，也是港城为数不多的杜老亲题的牌匾之一。

我对茶叶的了解不多，可以说是外行，也无心去研究茶文化。但喝了几十年的茶，加上经常和清和园这样的名店接触，对茶有自己的理解。那就是茶叶的经销，一要闻，二要看，三要尝。而这三者，恰恰是电商所办不到的。先说闻，闻当然要得其味了。茶香是一种特别的香，语言无法形容。说香有多种，茶香便是一种。就好比说绿颜色有多种，抹茶绿就是一种绿。你不能说抹茶绿是什么绿，就是抹茶绿。也不能说茶香是什么香，就是茶香。当然，何洪青也从专家的角度说过，茶的香型也可细分，比如苹果香、玫瑰香、板栗香、兰花香等，这种在茶香味上的讲究，是非专业人士办不到的，一般的茶客大约和我一样，会笼统地说是茶香吧。再说看，亲眼所见才可曰看。网上关于茶叶的照片，包括朋友圈发上来的那些茶叶的照片，都不可信，至少不可全信——

美颜都达到失真的效果了，你还能相信照片吗？最后是尝，尝就更不必多说了，不在现场的尝，不亲自泡一杯，那还叫尝吗？三者之外，还有品。品，可以说是另一个层次了。看过了好茶叶，闻过了好茶叶的味儿，再尝一杯好茶，接下来才是品。而品，又和环境有关，和茶友有关，和茶器有关，在人声嘈杂、机器隆隆的地方，或其他气味（比如油烟味儿）浓烈的地方，和在安静的茶室里以及清和园这样的茶店里所品的茶，那可是不一样的。老茶客对于品，可能会更看重一些。品当然也包括闻、看和尝了。但是，怎么品，品出什么味儿来，才可真正分出茶客的高低。所以说，买茶叶，还是实体店的茶叶才让人可信，通过看、闻、尝、品，才能晓知其中的真味。

清和园的主人何洪青，在大学里学的就是茶学专业，毕业后分配到一家老字号的国营茶庄"生庆公"工作。单位和海州的百年中药房三和兴毗邻。说到三和兴，那可是新浦老街上响当当的招牌店，其知名度，足可以和整条老街媲美了。和三和兴的历史差不多的生庆公，同样已经有了上百年的历史，其专业卖茶叶的经验和多年形成的风俗、民俗、习俗，地方历史文化专家彭云先生在《海州乡谭》里写过，在此略过不提。而何洪青经过生庆公的历练，便有了传统茶文化和现代茶知识的交融，也便形成了自己的一套关于茶叶的理念。所以清和园在他的经营下，便显现出特别的品格来。他曾解释过"清和园"的来历和意味，大致意思是受三和兴的影响，三和兴的三,是从《道德经》而来的,"道生一,一生二,二生三,三生万物",三,是数字当中的特别存在,照《淮南子》的解释,二是"阴阳",三是"阴阳合和";和,是和气生财之意;兴,表示兴望的意思。清和园的招牌也是可以说道说道的:这里的清,有清新、清明之意,清,又最宜茶;和,如此所述,除了和气生财之外,还具备儒家文化的其他特征,有和为贵,和而不同等义;园,就不用多说了,可以简单理解成一处场所,但又不是一般的场所,园有园林,园艺之意,也含有茶园的隐喻。如果叫清和斋、清和馆,那就不搭调了。还有一点,倒可作为趣谈,就是"清和园"的招牌,和主人的名字颇为贴切。何洪青的名字里有和(何),有清(青),园便是自家的小天地。他说当年离职创业之前,彭云先生曾赞赏过他新起的店名,雅而不俗,淡而有味,并赠有一联,云:"清水新茶香飘四野,和风细雨绿染青山。"该联很好地诠释了"清和园"的意趣,并由著名书法家陈枫桐先生书写,再请著名画家王兵画一幅《陆羽煮茶图》。如今,这和谐的一套联画,就悬挂在清和园里,加上橱架上摆放的许多书籍,清和园就不仅是一家茶叶店了,就和文化密切相关了。

不是有人说过嘛,做生意做到一定份上,就是做文化。而清和园又最能和文化搭界了,这不仅因店内的氛围,还因清和园主人本身也是一个地地道道的文化人。没错,他不仅精通茶文化,写过多篇关于茶和茶文化的文章,还有多篇诗文辞章也频频见诸报刊。甚至他还写过一篇关于《镜花缘》

和茶文化方面的研究专论，题目叫《镜花水月一碗茶》。众所周知，《镜花缘》的作者李汝珍是海州板浦人，《镜花缘》的故事和海州的山水、传说密切相关，李汝珍利用当地的物产铺设故事，结构情节，完全是有可能的。何洪青的这篇专论，副标题叫《有关〈镜花缘〉中茶文化的一点浅见》。他的浅见可不浅，学术水平非常高，在序引里就开门见山地说，花果山早在唐代就盛产茶叶了，有"从陶庵到风门口，十里茶山"的说法。宋代更是茶叶的集散中心，并引刘洪石《东海名郡》中的考证结论，予以佐证。而清代成书的《镜花缘》，"书中很多茶事描写为我们研究和探讨海属地区的茶文化提供了较为有益的材料"。该专论共分十节，分别是《客来敬茶普遍被人们接受》《茶为媒》《〈镜花缘〉是一部渴望男女平等并提倡女权的作品》《体现了海州社会茶饮品的多样性》《茶馆业的兴望景象》《茶的药用》《茶文化的普及》《云雾茶茶名的出现》《〈镜花缘〉中茶文化的局限性》《〈镜花缘〉的解读——对于发展茶园旅游，促进连云港旅游业的发展和提高的一点启示》。从这些小标题中，不难看出，何洪青在这方面研究的全面性，也看出了他所用的功力。

从中国古典小说里汲取的茶文化的精华，让我们知道了许多海州地区和茶相关的典故和传说，还有其他典籍中和海州茶叶及茶文化相关的诗赋辞章，并且对云雾茶的何时出现进行了论证。这篇专论，不仅对地方文化做出了贡献，也打通了文学作品和茶文化联姻的通道，十分难得。

何洪青读书庞杂。除了《镜花缘》里的这些茶艺知识，其他古今文学作品里关于茶的描写，也是他平时特别留心的。比如《红楼梦》，该书更是一部生活大百科，许多回目里都有饮茶的描写，最有名的要数第四十一回里《贾宝玉品茶栊翠庵　刘姥姥醉卧怡红院》，有近两千字的篇幅，描写了品茶的全过程，很细腻，很传神，不仅写吃茶，还把人物的一颦一笑、对话中的机锋，都轻盈、准确地描写了出来。比如妙玉捧出的茶盘，是海棠花式雕漆填金云龙献寿的小茶盘，茶盘里是成窑五彩小盖钟。贾母看了，说："我不吃六安茶。"妙玉笑道："知道，这是老君眉。"贾母又问是什么水，妙玉笑回："是旧年蠲的雨水。"三言两语，就点出了主客都是品茶的行家。茶的品种，还有烹茶用水，陆羽在《茶经》中都有专章论述。而在茶器上，妙玉给贾母使用的是"成窑五彩小盖钟"，众人使用的是一色的"官窑脱胎填白盖碗"。还有妙玉拉了宝钗、黛玉吃体己茶时所用的茶器，都是善饮者特别看重的。更为玄机的是，小说写到妙玉给宝钗、黛玉、宝玉所用的茶器时，采用的描写，真是别有用心，难道不是吗？三人的茶器各不相同，宝钗、黛玉的茶器上都镌有名称，还有引申的文字，字体也不一，看似作者随笔点染，实质上都有隐喻，就好比秦可卿卧室里的古董陈设。而宝玉吃茶的茶器却是妙玉平日里用的绿玉斗。这一笔很妙。妙玉如此讲究之人，连刘姥姥用过一次的成窑茶杯都嫌脏不要了，却用自己的杯子给宝玉饮茶，而宝玉又不解其意，发牢骚道："他两个都用那样古玩奇珍，我就是个俗器了。"妙玉的反驳也颇有意味："我这是俗器？不是我说狂话，只怕你家里未必找得出这么一个俗器来呢！"此种对话，不会仅仅是谈论茶器吧？

妙玉借吃茶之机对宝玉的调侃、讥嘲，口气却非比寻常的亲昵，与对待宝钗、黛玉是完全不同的。比如她笑话宝玉吃了一海，说道："你虽吃的了，也没这些茶糟蹋。岂不闻'一杯为品，二杯即是解渴的蠢物，三杯便是饮驴饮骡了'。你吃这一海，便成什么？"细细品咂这些话，小儿女的茶浓情长都暗含在这口角之中了，这和对宝、黛二人的态度是天壤之别的，比如黛玉不解风情地随口一问："这水也是旧年的雨水？"接下来妙玉的话真是精彩之至，她冷笑道："你这么个人，竟是大俗人，连水也尝不出来。这是五年前我在玄墓蟠香寺住着，收的梅花上的雪，共得了那鬼脸青的花瓷瓮一瓮，总舍不得吃，埋在地下。今年夏天才开了，我只吃过一回，这是第二回了。你怎么尝不出来？隔年蠲的雨水，哪有这样清淳，如何吃得？"妙玉的话也够尖酸的了，这是《红楼梦》里少见的描写。黛玉有多少人宠啊，没有人敢用这样的口气和她说话。而作者也只用"黛玉知道她天性怪僻，不好多话，亦不好多坐"来下了台阶。但不得不说，妙玉所论的烹茶用水之论，真是笔酣墨饱，痛快淋漓，道出了《茶经》《茶谱》之类的专书未曾说过的细节。何洪青对这些都是耳熟能详的。和别的茶艺方面的专家不同，他不仅懂茶，懂文学，更熟知并能真切地体会出文学书中的这些精细的描写。比如他在专论中《茶文化的普及》一节里所引论的，通过《镜花缘》第九十回《乘酒意醉诵凄凉句 警芳心惊闻惨淡词》里道姑与闺臣的对词引出了古代文人墨客的关于茶的诗词多首，可见他对茶文化的了解之广，研究之深。这些都和他平素的阅读、积累分不开的。

我和他互为微信好友，从他发在朋友圈里的文章看，能大约知道他的兴之所在了。除了他自己的文章，文学方面的，茶艺方面的，还有转引的多篇关于茶和茶文化的论述。比如茶叶的标准化方面的，他一口气转了十篇。我猜测，他如此勤快地转引，一来是自己收藏，将来使用方便，更主要的，还是为了传播，让茶客们更多地知晓这方面的基本常识和相关知识。有一篇《墨韵茶香——那些有关茶的书法》，是典型的一篇，也为我所喜欢。这篇文章的搜集者颇为用心，把历代大书法家书写的关乎茶的法帖，按年代一幅一幅陈列，既可欣赏书法艺术、墨迹源流，也可略知茶艺，更可以揣测这些大名家和茶的关系，从怀素的《苦笋帖》开始，一路下来，有蔡襄的《精茶帖》《思咏帖》，苏轼的《新岁展庆帖》《啜茶帖》《一夜帖》，黄庭坚的《奉同公择尚书咏茶碾煎啜三首》，米芾的《苕溪诗帖》《道林帖》，赵令畤的《赐茶帖》，徐渭的《煎茶七类》，汪士慎的《不知》，金农的《玉川子嗜茶帖》，郑板桥的《竹枝词》轴，最后是吴昌硕的篆书"角茶轩"。细细打量这些法帖，一幅幅眼养的书法艺术，一段段茶艺的诗文章句，是书艺、文艺和茶文化的完美"联姻"，可谓是"天作之合"了。我有时会想，何洪青搜罗这么多茶方面的资料，会不会仿效古人，编一部自己的《茶经》呢？

在清和园里，常会聚集一些文化名人，彭云、韩世泳就是常客，已故的张传藻、刘兆元、刘洪石诸先生也喜欢到清和园里清谈、品茗。彭云先生有句风趣的话常挂在嘴上，喝茶找小何，买药找吴舟。吴舟是著名的中草药专家，为人低调随和，也是一位乐于助人且性格温润的学者兼作家，出版了多部专著。我只要得便，也喜欢去清和园小坐，自然都会讨得一杯好茶了。谈话也便从饮茶开始，慢慢波及文学。何洪青比较清瘦，话风直爽、干脆，臧否人物，评论时事皆能语到意尽，特别是对于那些时尚的伪茶艺家，语气中既有不屑，也有无奈，但又多有宽容之心，认为那也是人家的生存之道和经营策略嘛。

事茶三十多年来，何洪青由青绿茶般青涩变成陈年普洱般浓醇了，他不满足于每天对着茶杯比较各种茶叶的口感了，他更感兴趣的是如何将茶文化与茶科学进行有机的结合。我们茶聚时，他常说，茶学是一门科学，但同时也是一种文化。没有文化的茶学是枯燥乏味的，而没有科学的茶文化，又是愚昧无知的。茶学的科普又必须浅显易懂，对大众讲一些高分子链和大苯环一定不如饮一杯凉白开解渴，空谈茶叶的寒凉、祛湿、养胃则又显得很虚幻。茶叶作为一种健康饮料，主要是茶叶中所含物质决定的，饮茶有利于健康，但一杯茶绝不是灵丹妙药，用平常心喝茶，既是对身体的保健也是对心灵的抚慰。我是非常赞同何洪青的话的，科学饮茶，喝出健康，喝出优雅，这才是本色。

在清和园坐久了，也常碰到一些茶客来购茶，一些喝了他家几十年的老茶客，从不谈价，相信他的公道。也有上了年纪的老茶客，说店主人是专家，何洪青则诙谐地说，你几十年如一日地坚持喝一种茶，真正的专家是你啊！他向客人推介茶叶，从不推荐那些利润高的高档茶，而是根据客人的经济条件和口感轻重介绍。正如他常说的，适合自己的茶，才是一杯好茶。

这些年，他无论是在电台做嘉宾说茶，还是到学校给年轻的学子讲茶文化、给老年朋友们谈饮茶与健康，他都是从科学出发，从文化着手，不盲目，不虚夸。

何洪青还有一颗担当之心，常跟我说起要利用花果山的茶园，搞活茶园经济，集旅游、采摘、示范、品茗于一体，还准备利用他民主党派、政协委员的身份，写篇提案。并且，在不同的场合，呼吁云雾茶要标准化、规范化。行业管理部门应该指导茶农按照最初设计的工艺流程进行操作，切实做到使云雾茶条索紧结、形似眉状，色泽绿润，香气高洁，滋味浓醇。而现实的情况是，许多制茶人错误地把茶叶的高火香当成了高香茶的标志，云雾茶的炒制出锅前火温过高，以致色泽干枯晦暗，不够鲜亮。他指出，现代绿茶的加工要求，不论干茶色泽是翠绿、墨绿还是绿润，都必须鲜亮润泽；不论绿茶的香气呈现的是板栗香，还是兰花香，都要求香型优雅，且持久、活泼。

喝酒、品茗、谈论诗文，便是我们之间的日常了，特别是听他谈茶时，有意无意间透露的茶知识，都会让我受益匪浅，而他的神情里流露出的对茶的崇敬，对茶艺的顶真，也让我心存感佩。诗人刘毅先生有一次说他有仙风道骨之气。我觉得他是也不是：是，因为已经有了这个迹象；不是，因为他似乎还差点儿意思。而且"仙风道骨"这个词，何洪青自己也不一定认同。那再继续修炼吧。但如果说他是一介名士，我是没有意见的。我原先对茶和茶文化一窍不通，逐渐摸到了一点点门径，就是受他的影响。

"君作茶歌如作史，不独品茶兼品士。"我在书房写作或读书，会按照自己的心愿泡一杯茶，在茶香中，便会想到明人杨慎的这句诗，连带的，也会想到何洪青，一算，我们又有好几周没有见面了，便拿起手机，打过去，约茶，约酒。

2019 年 11 月 30 日于北京像素荷边小筑

清高图

    王祥夫在微信上告诉我，他给我画了一幅《清高图》，哪天交给我。

    这太让我开心了。

    王祥夫不仅小说写得好，散文写得好，画也是他的一绝，办过好多次画展，在文学界影响很大。我和他有过几次见面，一起很开心地喝酒。王祥夫喝酒爽快，一劝就喝，不劝也喝，说喝就喝，一点儿不拖泥带水。有一次，是李昌鹏请客，我去陪同喝酒，同席的还有杨遥、丁国祥等人，那天五人喝了四瓶酒，最后喝得称兄道弟、扶腰搂脖，连我这个从不抽烟的人也点上了一支，还胡乱地合影。第二天，王祥夫在朋友圈把他和李昌鹏及我三人同框的照片发了出来，配的文字是："唯酒可以令人相亲。"照片上的王祥夫红光满面，戴一副标志性的复古墨镜，黑色 T 恤上是一幅大大的抽象人头像，我们确实够亲近的了，我们两人互相搭着对方的肩，把李昌鹏拱在中间，三人都是醉眼迷离状。还有一次，原本是我请王祥夫到三里屯的"中 8"喝酒的，他说两人喝酒容易醉，得再喊一个人。昌鹏住在通州，不方便喊，就打了龙冬的电话。龙冬说他正在去喝酒的路上，也在三里屯，苏北请客，你们两个人一起过来呗。然后，龙冬就发了个定位给王祥夫。苏北也是我们共同的朋友。我们按照这个定位就打个车去了。没想到不是三里屯，是三里河，路上耽搁了一个多小时。同席除了苏北、龙冬外，还有汪朗、汪朝、杨早、李建新等朋友。王祥夫一加入，气氛立即热闹了起来，大家也开始频频地干杯。那天王祥夫讲了许多好玩的段子，酒喝得也多。我发现，酒桌上，只要有王祥夫，气氛就不一样了，他自然就成了酒桌的中心。

当我得知他要送我一幅画时，我就盼着他早点儿从大同来北京，就盼着能早日看到这幅《清高图》。王祥夫善画，工虫尤其了得，我曾在多种场合欣赏过他的画，泼墨的山水、写意的花鸟，都透着浓郁的、一言难尽的文人情怀，或秀雅，或波俏，或清泷，越看越喜欢的那种。有一次，也是酒后，我和他在出租车上，不知怎么说起了作家中的画家，说起了汪曾祺的小说、散文和字画。王祥夫说，我的工虫比汪老好，我的字不行。虽然是酒后了，他还是清醒的。只说画不谈字，而且画也只说工虫，也没拿文章比。其实在中国当代作家中，小说、散文、书法和国画，老一辈的是汪曾祺，比汪老晚一辈的，就是王祥夫了。至少有三次，我在高铁上，都是带王祥夫的散文集。他的散文和汪曾祺的散文，我都爱读，都经常读。他的《蝴蝶飞何园》《白石老人的虫子》《吃的品味》三本，我就是分三次在高铁上读完的。

不久前，王祥夫去镇江参加《雨花》的笔会，我看朱辉发在朋友圈的新闻报道里，有王祥夫的发言，称是"作家和画家"。这个称呼比较妥当。记得陶文瑜在一本书的后记里说，我已经基本完成了作家到书画家的转型。在王祥夫来说，他不是转型，是同时并进，文名画名应该不分伯仲吧。笔会上，王祥夫发言的内容是关于古典文学对现代文学的融汇和滋养方面的。我觉得他谈这个话题是对的，是合适的，也是当仁不让的。我读王祥夫的小说，读他那种简约和空灵，就想到古代的山水画，就想到黄公望的那些画。也是在这次笔会的途中，他拍了一张照片给我看，上面是一幢建筑，有意味的是建筑上的那一行大字的招牌"陈武自来水厂"。他当然是调侃我了。镇江句容有个陈武镇，叫陈武什么什么的单位多了。在沪宁高速的一个出口处，还有一个"陈武"的指示牌，在句容的陈土路边还有陈武村。参加笔会的朋友不少，只有他发照片来调侃，还是挺让我感动的。

2019 年 10 月 31 日下午，王祥夫微信来了，告诉我，周六上午到北京，周日晚上可以一聚。还发了一幅画，说如果喜欢，可以送给我。我当然喜欢了。画上是一本芭蕉和一枝枇杷，从画面的一侧进入，半遮半隐，画幅正中飞进来一只红蜻蜓，灵动、俊逸。在高邮汪曾祺纪念馆的塑像前，有一棵枇杷树，长得不错，高有两三米，粗枝大叶，四季常绿，每年都结很多枇杷。汪老爱写吃吃喝喝的文章，也爱画花草树木，这株枇杷正合汪老之意啊。枇杷在文人笔下，是既可以入诗入文，也可以入画的。《广群芳谱·果谱三》里说枇杷："冬开白花，三四月成实，簇结有毛，大者如鸡子，小者如龙眼。味甜而酢，白者为上，黄者次之。皮肉薄，核大如茅栗。相传枇杷秋萌、冬花、春实、夏熟，备四时之气，他物无与类者。"这棵枇杷树是不是故意生长在汪老的目光下，在四季错乱的节奏里，平平仄仄地唱着欢喜的歌，让老爷子解解闷呢？芭蕉我也是喜欢的。我在常熟的燕园里看到过一棵芭蕉——坐在赏诗阁喝茶，能看到花墙外的芭蕉姿态很美，欢欢喜喜的样子。东窗一夜听蕉雨，就是遇到开心的喜事了。李渔在《闲情偶寄》里说："蕉能韵人而免于俗，与竹同功……蕉之易栽，十倍于竹，一二月即可成荫。坐其下者，男女皆入画图，且能使台榭轩窗尽染碧色，'绿天'之号，洵不诬也。"王祥夫像是知道我喜欢这两种植物似的，专门画了送我。而那羽从画外飞来的红蜻蜓，又勾起了我童年的许多乡愁与记忆。

这幅画，正合我意！

周日晚上，我们在"中8"喝酒了。王祥夫和我之外，还有李昌鹏、陈集益和付力等人。"中8"属于茶餐厅一类的，虽然没有什么大菜，环境很好，也算有特色。我趁着酒劲，请王祥夫得便帮我的一本散文集写点儿文字，他答应了。这幅《清高图》也拿到了，我为此还敬了他一杯酒。一杯酒当然是不成敬意的。但此时此刻我只能以酒相敬。

2019 年 11 月 4 日于北京团结湖

百荷图

陶明君先生的画，成系列的有多种，都彰显了他个人的创作风格，让人印象深刻。但是，让我震撼并感动的，还是彩墨荷花系列，有百余幅，又称"荷花诗意百图"。我称之为"百荷图"。

画荷的画家太多了，古代的，现代的，当代的，把荷花的各种情态都表现了出来，可谓汗牛充栋，数不胜数。要想在古人、名人的基础上出新，画出和他们不一样的荷来，可见是多么艰难。陶明君知道难，知道难又敢于涉足，必定有他自己的思想和路径，有自己独特的东西，才敢于下笔，画出的荷才不拘一格，才有自己的个性和语言，也才能最终建立自己的一套体系，建立自己独特的画风。

我曾在他的画室多次观摩他作画。他画山水，重彩的、淡墨的、兼工带写的，都表现出自己的气韵来。特别是"云外观云"系列，冷峻的色调，沉静的画风，让人仿佛置身于寂寥的林间或冷漠的沟壑，心灵不由得也被画家代入他营造的禅意境界，也不由得跟着画家去思考和打量大自然所赋予的神秘世界。那时候他也画花鸟，比如"禅荷莲语"系列，可以说是他"百荷图"的前期成果，展现了他笔意的洒脱和老道。

现在的荷，在他笔下又是什么样的呈现呢？一次在他的画室喝茶，在我的请求下，他把近期创作的"百荷图"从宝箧里拿出来，一幅一幅向我展示。老实说，我在很多地方见过陶明君的画，在一些大型展览上，在画廊里，在某公共场所的橱窗里。我当然和其他欣赏者一样，对他的画非常喜欢。但当欣赏到他向我展示的"百荷图"时，我还是大吃一惊。荷花还可以这么画，难怪他有底气和心气了——无论是新荷、雨荷、夏荷、残荷、风荷、雪荷、霜荷、雾荷，还有昏晨晓晚的荷，等等，都是风采各异，摇曳生姿。他告诉我，造型和色彩的运用只是技术，技术再高，也是工匠，画讲究的是气息，是韵味，是情境、意境和诗境等多重境界。但仅有气韵和情境、意境、诗境还不行，还要有独特的思想贯穿其中并恰如其分地呈现出来。他一边讲，我一边细细体会。我想，系列画，就好比多部体的长篇小说，是巨制，每一部有每一部的风姿，每一部又分不同的章节和段落，既意连，又有不同的重点和高潮；既有宏大叙事，也要有精微细节；既要延绵不绝，又要奇异突现。我看他的画，粗犷时，大笔挥洒，豪放自然；精细时，又笔笔写到，纤毫毕现，一勾一勒，尽显功力。他引领我看过一遍后，我不过瘾，又重点地再看一次。

茶聚闲聊中得知，他和许多画家一样，写生当然是必不可少的。但写生者也有多重境界，有人写生，把荷写得太像荷了，勉不了千荷一面；也有人拿着相机，到荷池塘畔，选不同的角度拍上一天，回来再对着照片画。这些当然无可厚非。但这种办法对他来说是行不通的，要找出荷花不同的风姿来，就得和荷密切相处，融入荷的细枝末节中。为此，他多次深入荷池，观看荷花的一举一动，和荷同呼吸，和荷交朋友。所以，看他的荷花图，不仅能欣赏到荷的各种形状和情态，还能闻到荷的气息，各种气息。这就不仅仅是绘画的功力了，还要有文学的功力来加持才可办到。

说到文学，不能不说到陶明君的画路，一个字——宽。如前报述，陶明君不仅画厚重的山水，也画灵动的花鸟、彩墨人物等。不仅作画，也作文、编书，他出版过多部大型工具书，也创作并发表了多篇散文随笔。他曾在微信朋友圈里宣布："随着江天帆影的远去，这批画了两个多月的彩墨山水系列到此暂别。接下来两个月将全心投入我的画论、书论、印论三本二百多万字的中国艺术理论系列丛书的修改、增删、定稿、出版（湖南美术出版社）中，几十年磨出的三把剑，甘苦寸心知，也算是人生努力的回报。"这"三把剑"，就是文学带给他的深厚的底蕴，这个底蕴，能让他一直屹立于艺林，处于不败之地，确实让人不得不敬佩！我觉得，陶明君最适合"三把剑"了，难道不是吗？既有文字的功底，又有绘画的功力，还精通艺术历史，这才是真正的艺术家具备的才能啊。所以，我们不难发现，为什么他的作品里，总让人感觉透露着不一样的东西了，那不是简单几个词汇就能概括得了的。原来他不仅精通绘画的技法，对于画论、书论和印论，也有精深的研究，这样，中国绘画历史上的精髓，他就能全盘收纳于胸，并吸收、消化其精华，融入自己的创作中了。从已经完成的"江山如此多娇"系列中，能够感觉他画中的文学气息，也可当作一部文学随笔来细读慢品。他的画，不仅有抒情，也有写实；不仅有诗，也有散文；还能读出小说的迂回曲折来。

对陶明君有了这样的认识，回过头来再看他的彩墨"百荷图"，那真是好啊，看了会让人眩晕一阵，会让人产生一些错乱，仿佛身临其境。他在微信九宫格里发过一组"荷花香满湖"系列，其中一幅，应该是夏末初秋之夜的荷塘吧，荷叶和夜色很接近了，有风刮过，暗色的天穹之下，风把荷叶吹卷了，那几朵初开的荷花和两片刚出水面的荷叶，也在随风而动，能真切地感觉到浮动的暗香，真是太有诗意了。还有一幅，应该是雨中的荷了，细雨随风而飘，雨打水面，雨打荷叶，仿佛听到那唰唰的雨点声，而荷花在雨中，依然傲然开放。不知为什么，我觉得画荷，适合写意，只有那水墨洇在纸上的感觉，才是荷的风骨。工笔的荷花，虽然也精，但给人的感觉就像是照片，太呆板了，我是不喜欢的。这组写意荷花，陶明君还细心地配了段文字，像词："初荷无尘，灼灼花端，亭亭水中，烟开翠扇清风晓，水泛红衣白露秋，荷花香满湖。娇荷无语，鱼戏荷动，鸟散花落，池上秋开一两丛，未防冷淡伴诗翁，藕花闲笑沐。"我不知道这是他自己的创作，还是引用哪位古人的名句，这已经不重要了，有了这些句子的诠释，这组荷花图透出满满的诗情。再来看看他的另一组荷花图，系列名字叫"秋莲如歌"，这一组和"荷花香满湖"又完全是不一样的风格了，前一组注重水墨，这一组注重色彩，而且是重彩。重彩的运用，是陶明君绘画艺术的一大特色，无论是在"紫藤"系列里，还是在"禅意"系列里，还是在"人物"系列里，重彩都彰显了绘画的张力，通过这样的夸张，还原了画的本意，激发出一种深层次的、美学意义上的想象。

在美术界，陶明君的面目越来越清晰了，个性特征的体现也越来越有自己的气象了。他的系列画的创作，让他的这种气象越加显著，越加令人期待了。

　　2019 年 8 月 22 日初稿于北京草房
　　2019 年 9 月 1 日改于燕郊潮白河畔

杏花村巧遇《杏花雨》

杏花村的酒，因为一千多年前经一位牧童遥手一指，天下闻名。

从 2019 年 7 月 16 日开始的一连三天，在"第二届中国白酒溯源之旅·文学名家访汾酒"活动中，我有幸和来自京城的几位文坛大咖喝了几次酒。酒好，喝酒的人也好，便分外愉快，还让我一睹了号称"短篇大王"的刘庆邦先生的风采。

在几天的活动中，刘庆邦先生依然保持他安静的本色，喝酒时或不喝酒时，都大致保持同一种表情，认真，专注，投入，喜不形于色，怒（大概没有）也不形于色。因为参观的点多，喝酒的次数也多——每个点，都有品酒的环节，刘庆邦先生都会不负主办方的盛情，带头品尝各种美酒。

参观新厂区的酒窖时，让我们惊叹的是，新厂区四周都是高大、宏伟的城墙，整个城墙的墙肚子都当作酒窖了，都藏有好酒。参观结束之后，在解说人员的引导中，我们来到城楼上的休息室。休息室里也是酒和酒文化的展示厅，大大小小的各种坛装酒，摆在休息室的四周，酒香四溢；许多名家书写、创作的关于酒的字画，也彰显着酒文化的精髓。在休息室的茶几上，酒早已摆好了，具有杏花村特色的金色小瓷杯里，是飘香的原浆美酒。大家坐下后，开始品尝。只见刘庆邦先生稳健地端起酒杯，先闻闻，再小抿一口，在嘴里回味、品咂一番后，再把杯中余酒一饮而尽。"好酒！"他声轻而肯定地说。这是由衷的夸赞啊。遇到好酒，我就没有刘庆邦先生那么能沉得住气了，端起桌子上的小酒杯，一连喝了几杯。我对酒的感知很少，不知道哪种香味属于正宗，在口中也没有停留，直接就咽下去了。咽下去，才觉得这酒不冲，不辣，不烈，不苦，不水，大约也不会上头吧，总之，挺舒服的感觉，这就是传说中的清香型白酒"祖师爷"的味道吧？

随后，我们又到汾酒博物馆参观。这是专门以汾酒为主题的博物馆，规模很大。参观时，我们一共喝了三次酒，一次是在入口附近，品酒柜台里站着几个美丽的讲解员，她们的任务，除了讲解汾酒的历史，就是给我们倒酒。酒有两种，一种是六十多度的原浆，一种是七十多度的原浆。刘庆邦先生在我们这一行中，年龄最长，成就最突出，作为贵宾，不仅参观时（行走时），都在 C 位，都是前呼后拥，就是品酒这种事，也要他来带头。他先喝了一杯六十多度的，又喝了一杯七十多度的。有人问他怎么样？他沉住气说，都是好酒，没喝出区别。我信以为真，喝过六十多度的，也喝了一杯七十多度的。七十多度的原浆酒，还是感觉酒味更浓烈些。刘庆邦先生不是没喝出来，而是怂恿大家不要被七十多度的酒吓住了，都要尝一尝才好。第二次饮酒点是在出口处，是现场人工酿造的酒。只见一个锅炉样的制酒器上，伸出一个细长的铁管，从管嘴里流出的，就是酒了。酿酒师拿着杯子，接了一杯，递给刘庆邦先生。他接过，郑重其事地看了看，闻了闻，喝了，说，热乎乎的。出博物馆，进入休息室，品尝的是鸡尾酒。汾酒鸡尾酒，大家自然是好奇的。工作人员说，这些红红绿绿的鸡尾酒，都是各种原汁原味的果汁和原浆汾酒调制的，口感好，营养价值高。率先品尝的，依然是刘庆邦先生。我发现，刘庆邦先生每次品酒，神情都很端庄，那是对酒的珍重吧；镜片后面的眼睛亮闪闪的，似乎在和杯中酒进行眼神的交流，这种交流也是一种仪式——互相有交流了，酒入口时方才能体现出不一般来。我学着刘先生的样子，也品尝了几杯鸡尾酒，红的绿的黄的都各喝了一杯。有了仪式感的加持，鸡尾酒在口中也中庸了些，清香中透着白酒的醇厚，柔绵中又隐约有点儿白酒的微辣，仿佛经历某种复杂而幸福的情感。

杏花村是汾酒的发源地，也是中国白酒的发源地。杏花村老作坊就坐落在杏花村的一条老街上，格局是前店后厂。参观时，我和《作家文摘》的一位女编辑脱离了大部队，到大掌柜的房间里看了看。我们对大掌柜房间里的多件古代家具产生了兴趣，特别是正厅里的一个大柜子，笨重，敦实，古色古香，是真的旧时遗物，还是仿制品？好奇心让我们打开柜门一探究竟——原本只是想看看柜子的成色，没想到柜子里塞满了坛坛罐罐的宝贝。女编辑惊奇地说："看！"我也惊呆了，大掌柜的柜子里，私藏了几坛酒，茶色的酒坛子上，有"2018年头锅原浆·汾酒"的刻字，每坛酒上都刻有名字，其中一个坛子上刻的是"刘庆邦先生留饮"。我们一看便知，这是接待方做的小噱头，目的是让我们惊喜，特别是让刘庆邦先生惊喜，却被我们不知好歹地撞破了这个小秘密。我们觉得不好意思，因为这会减少些许趣味。好在刘庆邦先生的表情认可了这样的安排，大家哈哈一乐后，还是其乐融融地去接待室喝酒去了。这次品尝的酒，又是杏花村老作坊人工酿造的酒。

更让我们惊喜的是，接待方买了几十本刘庆邦先生的短篇小说集《杏花雨》以及其他多种著作，请刘庆邦先生签名，作为这次活动的赠品之一。在杏花村遭遇一场"杏花雨"，再品尝杏花村的美酒，这样的安排真是挺有智慧的。《杏花雨》是由人民文学出版社2018年1月出版的，收入刘庆邦先生从2013年至2016年创作的短篇小说二十二篇，有几篇我先期在杂志上读过，感觉他的小说篇篇皆精，是一如既往的扎实、好读。我曾有幸在鲁迅文学院听过刘先生的课，讲短篇小说的写作，讲他对短篇小说的理解和创作经验，讲得很细，很透。刘先生讲课，和他喝酒时眼睛专注地和酒对视一样，也专注地看着我们，让我们读懂了他眼神里的真诚。这次能拿到刘先生的签名本，我想，也要像他品酒时一样，细细品品他的作品，品品他的杏花村，品品他在杏花村里描写的雨。他的这本《杏花雨》中的多篇作品，在我的理解上，就好比品尝各种杏花村的美酒。

让我收获多多的是，不仅和刘庆邦先生一起喝了杏花村的酒，得到了他的赠书《杏花雨》，还约了他的书稿——在这天晚上的酒会上，我在敬酒时，借着酒劲，斗胆向他约稿，没想到他愉快地答应了。活动结束后，隔了几天，我就把选好的目录发他审定，共十部中短篇小说，分别是《大力士》《不再喊他老师》《大哭而去》《鬼神到底有没有》《情与理》《小聪明》《到城里去》《后来者》《梅花三弄》《银扣子》。他立即回复，认同了我的编选。

我不会忘记和刘庆邦先生在杏花村喝了杏花酒，同样不会忘记在杏花村还品读了他的《杏花雨》。

2019 年 7 月 20 日于北京像素荷边小筑

花盆里的蛐蛐声

　　我在写《秋鸣》时，写到静夜里响起的虫鸣，写到这些鸣叫像多声部的合唱时，突然不知从什么地方跳出来一只蛐蛐，跳到我书桌上的花盆里。花盆里不是什么名贵的花，不过是青青绿绿、牵牵扯扯的绿萝。没有比绿萝更好养活的花了，随便栽在什么容器里，给点儿水就能葱葱旺旺地生长。我书桌上的这盆，就是我从阳台上随便端来的。可能是它的绿意，也可能是它的植物和泥土的气味，吸引了这只蛐蛐。但是，我没有看清它从哪里跳来的，仿佛从天而降，"啪"一声轻响，逮眼一看，小精灵已经趴在叶片上了。

　　它的两根须动了一下，我心里也动了一下。

　　这是一只身体瘦长、并不强壮的蛐蛐。它从哪里来？平时的房门都是关着的，窗户虽然偶尔打开，也有纱窗挡隔，又在这十几层的高楼上，它怎么进来的，又怎么活下来的？我看着它，想着它的前世今生，思绪也跟着打开了。

蛐蛐这种小昆虫，在我国的文人笔下，是有其地位的，许多名人大家都写过它，诗词歌赋里都有各种的赞美、隐喻和描写，就连《诗经》里都有一首《蟋蟀》，杜甫也写过《促织》。耳熟能详的还有叶绍翁的《夜书所见》："萧萧梧叶送寒声，江上秋风动客情。知有儿童挑促织，夜深篱落一灯明。"最有名的，还是贾似道的《促织经》。贾氏做过皇帝的重臣，他的政绩不值得一说，还被后人斥为奸臣，和蒙古人打仗也是大败，因此而被贬，后又被仇家所杀。但他写过两卷《促织经》，却传了下来，成为后世蛐蛐界的经典，全书一万四千多字，如果译成白话文，大概会有五六万字，再配点儿图片，应该是一本很像样的书了。全书章节分得也好，很科学，有《论赋》《论形》《论色》《论胜》《论养》《论斗》《论病》共七论，每一论又分子目，真是条分缕析，蔚为大观，可以毫不夸张地说，《促织经》是开后世蛐蛐研究的先河之作，如果谁来研究古代昆虫学，《促织经》更是绕不过去的必读之书。网上有人拍卖民国时期的《促织经》抄本，有多幅手绘图，开价仅一百元，最后以一千五百元成交，不贵。我有一个出版界的朋友，喜欢研究昆虫，也喜欢读闲文，关于吃吃喝喝的，关于玩花弄草的，关于笔墨纸砚的，经常跟我交流，嘴里不停地碎碎念，说有机会，找人翻译这部《促织经》，做成休闲读物，一定会有好市场。但此事说说容易，做起来也是挺难的——至今还是停留在嘴上。

到了明代公安派小品文盛行的时候，昆虫成为文人笔下的主要描写对象，特别是袁宏道，就写过《斗蛛》《蓄促织》等经典小品。我喜欢的现当代一些名家中，也有写过这类文章的作家，周作人、汪曾祺、王祥夫等都是这方面的圣手。王祥夫不仅有文章《与虫》《白石老人与虫子》等篇，还是画昆虫的高手，有人评论过他所画的昆虫："他笔下的蚂蚱、蛐蛐、蜻蜓、蜜蜂、飞蛾……无论工与写，皆神形兼备纤毫毕现，没有一丝丝的造作与呆板，特别是最难画的虫足，一提一顿，一转一弯，笔断而意连，有筋有骨，又富有弹性。"确实这样，王祥夫谈他的老师朱可梅先生教他画昆虫时，说："画蛐蛐要取一个'冲'字。"我曾看过他的几幅蛐蛐图，尺幅都不大。有一幅，画面上是几枚刚离秧的花生，边上就是一只蛐蛐。这幅画的妙处在于，收花生的季节正是初秋，而蛐蛐也是这时候最为活跃。还有一幅，也很精妙，是两根冬笋和一只蛐蛐，这只蛐蛐特别精神，有点儿好斗劲儿，虽然是伏在地上的，静态的，给人的感觉却是要马上蹦跳起来似的——这就是功力。可惜它的对手只是两根冬笋。

再说我花盆里的这只蛐蛐，它没有蹦走，而是潜伏到了花盆里，躲在了绿叶下。它真会找地方，我想。屋子里的所有绿植和盆栽，只有这盆绿萝最适合它了。好吧，既然你喜欢，就好好待着吧。

到了晚上，我暴走归来，继续在灯下读书。书房里很静，只有轻翻书页的声音。贸然地，屋里响起了蛐蛐的叫声。声音不是来自花盆，而是来自书橱下面。是我看到的那只蛐蛐吗？应该是了，它的鸣叫声虽然是蛐蛐式的，却底气不足，极其的微弱。它可能流落在书房的时间太久了，没找到东西吃。可我并不懂蛐蛐的饲养之道，对它真是无能为力啊。它还能鸣叫，已经是奇迹了。我明天就要出趟远门了，要过些日子才能回来，然后，就要搬家了。不知道我回来时，还能不能听到它的鸣叫啊。我屋里的这些绿植，这些花盆，但愿能供养它多活几天。

在写这篇小文时，和王祥夫先生聊微信，请他发几张关于蛐蛐的画儿来欣赏欣赏，并告诉他，我正在写一篇小文，看看他画的蛐蛐，可以丰富一下文章的内容。他回我说，正在理发，找找看。又说照片很少，画要裱出来拍才好，可现在的买主大都不喜欢裱。但他对我说，可以养一只蛐蛐玩儿，听听它的声音，虽然微弱，细听如雷。我又听了听我房间的蛐蛐叫，确实。

2019 年 8 月 29 日于草房

花果山鸟鸣

"这所谓鸟当然是指那飞鸣自在的东西，不必说鸡鸣咿咿鸭鸣呷呷的家奴，便是熟番似的鸽子之类也算不得数，因为他们都是忘记了四时八节的了。我所听见的鸟鸣只有檐头麻雀的啾唧，以及槐树上每大早来的啄木的干笑，——这似乎都不能报春，麻雀的太琐碎了，而啄木又不免多一点干枯的气味。"这是周作人在《鸟声》里给鸟及鸟声的定义。我这里所讲的鸟鸣，特指的是旷野里的鸟，具体说，是花果山上花木果树或乔木林中的鸟。

翻飞多好鸟，婉转弄芳辰。听花果山鸟鸣，当然是在春天里最好了。

花果山林深叶茂，又是南北气候相汇之地，很适合鸟类栖息。"鸣声叫彻晨空，令人如醉熏风。"在草木葱翠、百花开放的春天，婉转悦耳的鸟鸣是花果山一道独特的景观。如果你在春天的早晨，悄然走进林间，品评奇花异木飘散的自然芳香，聆听百鸟齐鸣的如歌吟唱，便仿佛置于鸟类的乐园、交响的世界。

晨光熹微，红尾鸲抖动着浅红色的小尾巴，在树枝上东跳西跃，一面啄食昆虫，一面放声歌唱。在红尾鸲的唱声中，长着橘红色胸羽的红胸鸲也醒来了，它也发出银铃般的鸣叫。在早晨的阳光中，树莺、燕雀、太阳鸟等也叽叽喳喳地加入这个合唱中来了。瑶草奇花不谢的花果山呈现出一派鸟语花香、生机勃勃的景象。

古今中外，骚人墨客，为鸣唱的鸟儿吟咏过无数感人的诗篇，雪莱写过《云鸟曲》，古印度史诗《摩诃婆罗多》中也唱出："无忧树花果装饰枝头，怡人心灵呵鸟儿啁啾"的咏叹。孟浩然的"春眠不觉晓，处处闻啼鸟"更是脍炙人口，妇孺皆知。白居易也有"耳聪心慧舌端巧，鸟语人言无不通"的诗句。能歌善舞的黄莺更是博得古人特别的赞誉，有诗道："剪刀谁与舌，珠玉合为喉；为传幽谷意，如见故人心。"陆游的《鸟啼》里也有"野人无历日，鸟啼知四时"的名句。

花果山上的百鸟争鸣，我们先从喜鹊说起。喜鹊自古以来就受到人们的欢迎，《西京杂志》里说，"干鹊噪而行人至"，因此，民间流传着"喜鹊叫，喜将到"的说法。宋代文豪欧阳修曾写过诗赞美喜鹊："鲜鲜毛羽耀朝晖，红粉墙头绿树枝。日暖风轻言语软，应将喜报主人知。"元代诗人刘因有诗《山家》："马蹄踏水乱明霞，醉袖迎风受落花。怪见溪童出门望，鹊声先我到山家。"更把人们对"喜鹊报喜"的心情抒发了出来。

也许是花果山得到《西游记》里各路神仙的点化吧，一直生活在长江以南的红嘴相思鸟，近年也出现在花果山的密林中。相思鸟的翎毛华丽多彩，叫声清脆。与此类似的，还有外形秀丽的金翅雀。金翅雀成群结队地上下翻飞，犹如起伏不定的波浪，一边飞翔一边鸣叫，声音仿佛悠扬的女低音，柔声细语，音韵曼妙。而叫声如行云流水的黄莺更像是欢乐的林中公主，在清晨、中午、黄昏的绿树丛中穿梭飞行，或金光一闪，转瞬即逝，或扇翅腾起，点点星星，艳丽悦目，或双双戏逐，绕树飞舞，互相唱和。

这种黄莺，又叫黄鹂，自古以来就是文人学士雅颂的对象——"打起黄莺儿，莫教枝上啼。"杜甫更是有歌颂黄鹂的名句："两只黄莺鸣翠柳，一行白鹭上青天。""映阶碧草自春色，隔叶黄鹂空好音。"梅尧臣的《黄莺》诗描绘得更为形象，"最好声音最好听，似调歌舌更叮咛；高枝抛过低枝立，金羽修眉黑染翎。"是的，正是由于黄鹂体态优美，擅长歌咏，才成为历代文人墨客"借鸟抒情"的主要对象。"莺歌燕舞"历来在人们心目中就是美好事物的象征；"千里莺啼绿映红"寥寥数字，更写出了富有特色的美丽春景。

而更为寻常的布谷鸟的阵阵啼鸣，像是在催人不误农时，真不愧是"春的信使"。宋代蔡襄有诗云:"布谷声中雨满犁,催耕不独野人知。荷锄莫道春耕早,正是披蓑叱犊时。"陆游也有诗曰:"时令过清明,朝朝布谷鸣。"布谷鸟学名叫杜鹃,广泛流传的"望帝春心托杜鹃"的故事,说的是古代蜀国有个叫杜宇的人,做了皇帝后号望帝,他死后化为杜鹃飞到田间鸣叫,提醒人们农时。郭沫若写过一篇《杜鹃》,说"杜鹃是不会营巢的,也不孵卵哺雏",又说"它的习性专横而残忍"。我觉得"专横而残忍"有过,小时候我常常看到布谷鸟被"柴喳喳"围而攻之,被喜鹊赶出巢穴。布谷虽然有不好的育雏习性,但它号称森林卫士,喜吃松毛虫,也是应该得到同情和赞许的。

在花果山上的鸟类家族中,许多鸟儿都是迁徙而来,落居花果山的,如能歌善舞的百灵、歌鸲,温驯的白头鹎,可爱的红耳鹎。特别是白头鹎,我们小时候都叫它白头翁,但我们更喜欢叫它"霞",它的温柔、善良,可以说是鸟类的楷模。白头翁好双宿双栖,常被画家、诗人作为绘画、吟诗的对象,被借喻为夫妇和好,或象征白头偕老。"山禽原不解春愁,谁道东风雪满头。迟日满栏花欲睡,双双细语未曾休。"说的就是白头翁。"叽——咕儿,叽——咕儿",这就是白头翁的叫声了。

如果你有闲暇,在春日的明媚阳光里,约三五好友,穿行于花果山的绿树丛林中,那些体态优美、羽色艳丽、鸣声婉转、风姿绰约的鸟儿无不伴随着你。特别是听仿佛天籁之音的鸟鸣，真的能荡涤人们心灵的尘埃，洗净人们思想的尘垢，唤醒内心的纯真和明净。

1997年春于海州

遭遇它们

霞

终于有半日空闲，我取道乡间，看看我的老院、庄稼和白杨树。

正是水稻插秧季节，我的农民兄弟都很忙，我躲在老家的院子里喝茶，从窗户里看后院的一片树林，听树林里的鸟鸣。其实我一进家门就听到黄鹂的叫声了，那婉转娇脆、清丽缠绵的啼声，我已经多年没有听到了。

我小时候不叫它黄鹂也不叫它黄莺，现在也不愿叫，我们都叫它"霞"（音），这真是一个曼妙的名字，和它光彩而耀人的羽毛、娇美而轻盈的体态以及动听的啼声非常匹配。我有一个小学同学叫什么霞，上课时喜欢笑，老师不知是批评还是夸她，说，笑成什么样子啦，跟霞似的。老师说得太对了，她确实是一个霞一样的女生。后来我看到名字里带霞的女孩，自然会想到黄鹂，不由得会对她产生一种奇怪的好感。

霞喜欢在树梢上做窝，越高越安全。据说它是候鸟，春夏季节活跃于黄河、长江流域，秋凉以后则陆续飞到南部各地。从古至今，霞都是人们喜欢的鸟，这个春天的使者和歌唱者，这个大自然可爱的小生灵，许多诗人都为它写过诗，仅《诗经》中就有十余篇之多；许多画家都为它画过画，现代画家喻非闇，就有名作《玉兰黄鹂》。

　　　　别院深深夏席清，石榴开遍透帘明。

　　　　树阴满地日当午，梦觉流莺时一声。

这是宋人苏舜钦的《夏意》，有意思的是，诗人写黄莺的啼声不直接写，而是"梦觉"后听得，反衬出庭院的幽深宁静。杨万里的《翠樾亭前莺巢》就比较直接了，"仰听金衣语，偶窥莺归巢。深穿乔木里，危挂弱枝梢。啄菢双双子，经营寸寸茅。何时雏脱壳，新弄响交交。"这真是一曲母爱的赞歌。徐玑的一首《新凉》，更是道出了诗人的心境，鸟尚知"新凉好"，那么人爱新凉，悠然自得之情，更是不言而喻了。"水满田畴稻叶齐，日光穿树晓烟低。黄鹂也爱新凉好，飞过青山影里啼。"这里，不用花草作陪衬之景，而用水色、田畴、稻叶、炊烟构图，表明诗人对稼禾和农事的关心。

我觉得，写黄鹂诗最让我共鸣的是杨基的《天平山中》："细雨茸茸湿楝花，南风树树熟枇杷。徐行不记山深浅，一路莺啼送到家。"此诗有景有人，有色有音。在一个细雨绵绵的日子里，诗人沿着小径缓步慢行，淡紫色的楝花经细雨冲洗分外艳丽，而南风催熟枇杷更是橙黄一片芳香扑鼻，还有"一路莺啼"的"画外音"，我们仿佛身临其境，也随着诗人一路走来。

我没有过多地耽于想象。我还是回到现实里。我的现实就是我家后院这一亩多的树林和林子里的霞鸣，我想，它一定是在我家的树上筑巢了。

麻 雀

我是突然听到它的叫声的。

叫声非常急促，一声接着一声。我循声找去，发现它在我卧室的窗台上。

这是一只小小的麻雀，羽毛浅，嘴也黄，一看就是才出窝的雏鸟。

它为什么叫唤呢？

隔着窗玻璃，我看到它焦急的神态。它这边跳跳，那边跳跳，一副无助和孤独的样子，叫声依然慌张。

又飞来一只麻雀，从毛花和嘴口看，它该是老麻雀了，个头也大一圈。它在小麻雀身边，也是叫。

第三只麻雀又来了，它停在空调的排风扇上，叫几声，飞走了。另一只老麻雀在小麻雀的身上啄几下，有些恨铁不成钢的意思，犹豫一会儿，也飞了。窗台上，又剩下孤独的小麻雀了。它再次慌张起来，叫声更加凄惨。

我看出门道来了，小麻雀应该是它们的孩子，是一窝孩子里排行最小的一个。别的孩子都能够展翅飞翔了，唯有它，羽毛还没有硬，心气还没有成熟，胆量还没有练大，还希望得到父母的庇护。但是，它的父母回来后，只是给了它一点点鼓励，并没有更多的实际的帮助。我不免同情小麻雀了。我担心小麻雀要是硬飞出去，说不定会累死在某个地方。我是一点儿也帮助不了它了。我知道，如果我打开窗户，它会受到惊吓并飞走的，说不定，厄运紧跟着就会来临。

那么，还是顺其自然吧。

我悄悄退回来，重新回到书房。但我再也没有心思工作了，一方面，小麻雀还在不停地叫，叫声越发凄厉；另一方面，我是真的为它担心。

麻雀一度被当成害鸟，差点儿被赶尽杀绝。但我小时候住乡下，麻雀还是很多的，特别是冬天，广袤的田野里，成群成群的麻雀，呼啸而过，这里一群落下来，那里一群起飞了，凌晨更是早早就在枝头鸣叫。写过麻雀的人很多，关于麻雀的典故也不少。大作家汪曾祺先生写过一篇《灵通麻雀》，很有意思，也很让人感动。

汪老的这篇文章发表在1986年7月28日《北京晚报》上，后来被许多出版社选进不同的集子，传布更广了。那只神通麻雀，也一时成为文人小聚时的雅谈。

蜗　牛

一

在我居住的小区里，有一片草坪，草坪的面积不算小，目测一下，不会少于三四亩吧，老实说，草坪荒凉得实在不成体统，杂草有半人深，垃圾和杂草为伴，两个垃圾箱也分布其间，蚊蝇飞舞，恶臭熏天，每天领着两岁的儿子路过其边，都是屏息敛气，"急"步如飞，一个夏天总算这样过来了。

想起夏日某天，细雨霏霏，热气拂面，在草坪边上的水泥路上行走时，不经意间瞥见尺把高的矮墙上，爬着一只蜗牛，挺大的，比我的大拇指头还大，正舒展开身子，贴着瓷砖的矮墙爬行。我凑上前细看，见它速度不快，身后有一拃长的白色行迹。蜗牛似乎并不怕人，在我好奇的目光下，仍"我行我素"。我立即想到《蜗牛和黄鹂鸟》这首歌，这是一首非常好听的校园歌曲，歌里憨厚的蜗牛让我久久难忘。

我伸出手——不由自主地——捉住了蜗牛。我想，巴乔要是看到这个小精灵，会怎么样呢？这个怪怪的小家伙，他还从未见过呢，他要是见到这个陌生的朋友不知道有多高兴呢。

我拿着蜗牛，往家里走，再一想，不对，巴乔顽皮，人虽小，手上力气不小，万一把蜗牛弄坏了，岂不可惜？这么大一个蜗牛，鲜活水灵的，并没有老态，要是终结了生命，对蜗牛也太不公平了。我看着路边的一大块草坪，看着细雨中的杂草鲜绿碧翠，草丛里还有不少这样的蜗牛吧？那儿才是它们的家，那儿才是它们的乐园，那儿也有它们的故交新朋。想到这里，我走过去，蹲在草地边，拨开杂草，把蜗牛放到草丛里，让它贴近地皮，便于爬行。它在这里会自由生长的。

二

有一天，我领着巴乔从草坛边经过，巴乔不愿意走路，要我抱。想起刚学走路时，我不让他走，担心他摔跤，抱他，他不让我抱，闹着要走。现在他已经练就了"飞毛腿"，跑起来我母亲都追不上他。儿童可能都要经过这一阶段吧，待学会走路后，腿懒。我想让他多走路，就哄他说："前边有蜗牛，巴乔快跑，到前面找蜗牛去。"说罢，我先"跑"起来，一边"跑"，一边往路边的矮墙上看，我想，不是雨天，能有蜗牛吗？

"蜗牛呢？"我带着呼唤的口气说。

巴乔也一路跑来，也说："蜗牛呢？"

"蜗牛，出来。"我哪里是叫蜗牛出来啊，分明是说给巴乔听的。

巴乔也奶声奶气地学着我的口气说："蜗牛，出来。"

巴乔没见过蜗牛，也没听说过蜗牛。蜗牛这两个字，是第一次从他嘴里说出来。他知道蜗牛是一种小动物吗？他那小小的心灵里，会把蜗牛想象成什么样子呢？这时候，我倒是真想发现一只蜗牛，打算让巴乔见识见识。

"蜗牛，你在哪里，巴乔要看看你。"我这可是真心话了。

仿佛是听到我的呼唤，蓦然，我看到矮墙上贴着一个小黑点，我走近，俯身一看，果然是一只小小的蜗牛，虽然只有玉米粒大，却是真正的蜗牛。

"巴乔，看，蜗牛。"我又夸张又吃惊地逗着巴乔。

巴乔也跑到我身边了，也学着我的样子蹲下来，嘴里不停地叨叨着："蜗牛，蜗牛……"

看着这只小小的还在缓慢爬行的蜗牛，我又替它担心了，不是雨天，它出来干什么呢？一会儿，阳光就要越过城市的高楼，你这嫩弱的身躯，能经得住阳光的暴晒吗？你一定是趁着露水，出来觅食，迷了路。可你能找到回家的路吗？你能在阳光杀来之前回到家里吗？这些杂草才是你的森林，这些杂草，才是你的栖息地，快快回家吧。可蜗牛一动不动，它贴在白色的瓷砖上一动不动，它可能是被吓着了，可能太累了，也可能睡着了。

巴乔又朝前凑凑，伸出小指头指它一下说："蜗牛……"

"它找不到家了。"我说，"我们送它回家吧。"

"蜗牛不回家，巴乔要看。"巴乔说。

"蜗牛饿了，要回家吃饭。"

巴乔也似懂非懂地说："蜗牛饿了，要回家吃饭。"

于是，我小心地伸出手，捏着它，把它送回了草地。

三

秋天到了的时候，我和巴乔还是照例每天从草地边经过。对于蜗牛，已经不像夏天时那么关心了。在夏天较长的一段时间里，我和巴乔几乎每天都要跟蜗牛玩一会儿。草坪边的矮墙上，不时会有"迷路"的蜗牛，我们看着它，跟它说话，劝它回家，时间长了，又有别的东西吸引了巴乔，比如蜻蜓。

时间一久，我也忘了路边的矮墙上常有蜗牛这回事了。

有一天黄昏时分，我从托儿所接回巴乔，走到草坪边上，巴乔突然兴奋地说："蜗牛，蜗牛。"

在矮墙中间的一个水泥墩上，在一条缝隙里，好多大大小小的蜗牛紧紧挨在一起。它们怎么会在这里呢？而且，有的壳子已经白了。我有种不祥的预感。

"蜗牛，回家。"巴乔说，"巴乔回家了。"

我用手轻轻地触一下蜗牛，仿佛还没有触到它，它就掉到地上了。我捡起来一看，空壳子，蜗牛不知什么时候已经死了，身躯不见了踪影。它们怎么会集体窝在这儿，不回草地里呢？

"我们帮帮它，送它回家吧。"我装着若无其事地说。

我和巴乔一起，把蜗牛送回了草地。

我不了解蜗牛的习性，不知道蜗牛为什么以这样的方式集体死亡。如果不死，它们冬天该如何越冬呢？生活中，我们有很多事情不了解，我们只能按照我们的思维，想象着我们未知的世界。但是，对于两岁多的巴乔来说，蜗牛还是回家了。

喜　鹊

在我居住的小区，有喜鹊在鸣叫，快乐而起劲地叫。我站在阳台上，寻找欢叫的喜鹊。我看到了，它就在我家对面的那幢楼的楼顶，只有一只。它叫几声，又飞向别处了。我相信不止一只。在城市的某一个地方，或郊外的某一个地方，必定还有另一只，说不定它们是一家，说不定它们已经有了一窝蛋，甚至已经孵化成一群小喜鹊了。

但是，此后几天，我看到的，还是这一只喜鹊，似乎很忙碌，在早上，或者黄昏的时候，它匆匆地飞来，又匆匆地飞去，叫声依然是不断的，依然是清脆而欢快的。

后来，喜鹊的叫声，便在我居住的小区消失了。我有时候站在阳台上，会突然想起那只孤单而快乐的喜鹊，它干什么去了呢？是家事缠身，还是突遇变故？蓦然，我又看到它了，它正从我头顶飞过，是从西南方向飞来的，并向东北方向飞去，依然是形单影只，我感觉它飞翔的影子，从我眼前闪过。我心里被感动一下。可随即又想，是那一只喜鹊吗？

但愿是的。一定是的。

再后来，我就经常看到它了。它几乎每天都有那么几次，从城市的上空飞过，不是从西南方向飞来，向东北方向飞去；就是从东北方向飞来，向西南方向飞去。它的影子是那样的悠长，那样的恍惚。我想象过它的现状，想过"鹊飞寻桠""鹊营高巢"或"鹊噪报喜"之类现成的话，但随即就觉得多余了，如果一定要说现状，那就是它不停地飞翔。

记得欧阳修有一首《野鹊》的诗，曰：

> 鲜鲜毛羽耀朝晖，红粉墙头绿树枝。
>
> 日暖风轻言语软，应将喜报主人知。

诗人浓墨重彩地勾画出一幅绚丽而鲜艳的野鹊报喜的图景，红墙绿树，日暖风轻，春光明媚，朝霞闪耀，在这令人陶醉的景色里，一只秀美吉祥的野喜鹊，飞临诗人的院宅，它轻言软语，婉转吟唱，逗引得主人心花怒放。这首诗写得赏心悦目，有情有致，应该是喜鹊诗里的佳品了。可惜我没有欧阳修那样的心境，在春天到盛夏，莫名其妙地，我对这只不期而遇的喜鹊多了一份关心，城市的西南方向是锦屏山，城市的东北方向是农田和盐碱滩，再往东北就是一望无际的大海，喜鹊自然和大海无关，那么，它的家应该在锦屏山上，或田头的树枝上，它每天飞过城市的上空，往返于两地，一定是为家而操持。

在一个雷雨交加的恶劣天气里，我正在看书，突然听到一阵叫声，是喜鹊在叫，我奔到阳台，向外看去，我又看到它了。它在对面的楼顶上，它是飞累了，歇歇脚，还是被风雨所阻？

山　螃　蟹

我书房的小鱼缸里，养着一只山螃蟹。这是去年秋天，在花果山我的"三闲小屋"后的山溪里捉的。从许多石缝中汇聚而来的山溪清澈而欢快，溪边的绿草茂密，野花开放，透明如镜的山溪里有好多山螃蟹，小的有小指甲大，大的有一元钱硬币大，它们见人就往石缝里躲，往草棵儿里钻，不易捉到。上幼儿园的儿子见到山螃蟹很兴奋，呀呀叫着要捉一只。我脱鞋下水，卷起胳膊，满足了小家伙的要求，带了一只回家，和两条小金鱼混养在书房的鱼缸里。但是，很快我就发现，小螃蟹是不能和金鱼混养的。小金鱼游动的速率很快，撒起欢来，把水花都打出了缸沿，小螃蟹被闹得不得安宁，有时候，金鱼的尾巴会把它扫翻了身，看它挣扎不起的样子，我只好帮它一把。无奈，我只好又买了一只小鱼缸，让它有个专门的领地。

独自生活在小鱼缸里的山螃蟹，我以为它会安心了，可它又呈现出两种不同的状态，要么缩成一团，一动不动；要么惊恐万状地爬行，抓得玻璃吱吱地叫，看样子是想找个活动场所。怎奈鱼缸太小，又没有山溪里的碎石和岩缝，山螃蟹无处活动和藏身。我决定给山螃蟹造一个适合它生活的环境。我把我珍藏的两块天然水晶拿出来，放在鱼缸里。一块水晶如馒头状，一块像险峻的山峰；一块在水面以下像暗礁，一块露出水面像岛屿。果然，山螃蟹安静了，它隐蔽到一个"岩洞"里，只露出几根尖尖的小爪。

一连几天，山螃蟹都不愿意出来——至少，我没有见过它出来，有时候，它的身体会舒展一些，小尖爪子多露一些出来，有时候团得更紧，只露出一排小尖尖。我跟它的交流，只是时时看看它，确定它还活着，我就放心了。

就这样，冬天过去了，春天来了。

有一天，我早上起来，到书房打开电脑准备写作，习惯性地跟山螃蟹打打招呼，让我感到吃惊的是，山螃蟹不是躲在"岩洞"里，而是趴在水底，一动不动，整个身体呈灰白色，我唤它几声，没有动静，确信它已经死了，不免有些可惜，看来山溪里的精灵，是无法家养的。如此感伤一下，伸手捞出它的尸体，感觉不对，仔细一看，呀，原来只是壳子。山螃蟹脱壳了！我在"岩洞"里又找到了它，它的尖尖的小爪爪，在我的目光里缩动了一下，似乎在告诉我，它很自在。看到洞外的水面上，还有一串小小的气泡，我心里敞亮了许多。

初夏紧跟着来临，山螃蟹显然活跃了许多，它经常爬到"岛屿"上晒太阳——当然没有太阳可晒，它是在晒灯光。有时候，它趴在"暗礁"上，放松和懒散的样子，很讨人喜欢。而且，我发现它长大了。当然，长大了，也还没有一枚硬币大。别看它个头小，食量却不小，我有时揪一点儿西瓜皮，或黄瓜瓤，切成米粒大，它的两只螯，抱住食物，慢慢品尝的样子，颇有几分可爱。

无 名 鸟

那只鸟，在意杨林的枝条上跳跃。

我不认识那只鸟，它不是白头翁，也不是啄木鸟，个头比麻雀大，比喜鹊小，羽毛是黑色的，脖子里有一圈金色的箍。它体态很轻灵，我看到它时，正是早上，阳光的雨，在意杨树翠绿的叶子上反着光影。鸟很惬意，它把意杨树柔软的枝条，当成它散步的小径了，优雅地从这根枝条，跳到那根枝条。

泗阳的意杨独步天下，走在泗阳的村街和道路上，仿佛走在森林里。林子大了，生态好了，什么鸟都来了，居然有我不认识的鸟，因此，我对这只鸟格外关注，我看着它散步，看着它跳跃。我觉得它应该歌唱了，它果然就歌唱了起来。它的歌声我也听不懂。听不懂不要紧，好听就行了。

谁承想，一鸟引来百鸟鸣，各种鸟叫声，就像一支乐队，在四月的意杨林里抒情地演奏。这时候，我才发现，枝叶间，藏身许许多多种鸟。

"最好声音最好听，似调歌舌最叮咛；高枝抛过低枝立，金羽修眉黑染翎。"走在意杨林里，穿行于绿树丛中，那些体态优美、羽色艳丽、鸣声婉转、风姿绰约的鸟无不伴随着我们，唤醒我心中的纯真……

又一次和无名鸟不期而遇，是在花果山上。那天是周日，和儿子巴乔去花果山玩。这花果山，巴乔经常来，特别是"高老庄"这一带，他来过多次，和他幼儿园的好同学乐乐、丫丫都来过，和好朋友李佩泽也来过。这次只我们两人。儿子三年级了，作文一直是弱项，我想带他来玩玩，感受一下环境，写一篇游记什么的，至少能做到言之有物。那天我们爬到"高老庄"一带的山嘴上，居高临下地看山沟里的景色，山涧里有一汪池塘，塘深水黑，池塘上方，是密密的山林，正是晚春五月，叶儿挤挤挨挨的，不透一丝风儿。巴乔捡一块石子往山涧里扔，就有一只鸟飞过来了。

这只小鸟的身形很小，比麻雀还小一号，可以说很袖珍，它就落在我身边的树上，停在一只枝丫里，灵活地左顾右盼，却不急于飞走。它的羽毛没有什么特别之处，只比麻雀多几羽白色的花边儿，小眼睛亮亮的，特精神。儿子正在玩岩石上的蚂蚁，没有注意它，此时，在空寂的山谷里，只有我的目光盯在它的身上。但是它对我却是浑然不觉。它飞来干什么的呢？侦察敌情？不像，察看地形？也不像，寻找食物？这是一棵大叶树（我不认识），叶子有巴掌大，不会有什么好吃的吧？

　　我没有把它的光临告诉儿子，怕他的冒失，把鸟儿惊走。

　　就这样，儿子玩了会儿蚂蚁——用一块石子，在蚂蚁四周画一个圈，大多数蚂蚁都会在圈里不出来。儿子就这么投入地玩，我呢，一直看着鸟。十几分钟以后，儿子要去池塘边看水。在小心下山之前，我又看一眼鸟，它还在，只是跳到了另一根枝条上了。

　　"你一个人玩吧。"我对鸟轻轻地说。

2003 年秋于东海

牧童遥指的坛子

　　我在不少城市参观过当地的博物馆，最喜欢欣赏的是那些盛酒器皿，也就是各种坛坛罐罐。那些数千年前出土的坛坛罐罐，形态各异，造型独特，材质也不一，秦汉时以铁器、青铜器、漆器等为主，以后各代，以陶器和瓷器为主。这些酒器，除造型上有变化外，外部的雕纹、彩绘也很讲究。欣赏这些坛坛罐罐，除了会联想到关于酿酒的工艺和古人喝酒的故事外，还能从盛酒器的形制和图案上，感受其在历史长河中的变迁和记忆，感受其风俗文化的沿革和发展。

　　但是，那么多坛坛罐罐，分散地陈列在各地的博物馆里，总是不过瘾，总想把这些历朝历代的酒器集中地欣赏一次。如果偶尔在生活中遇到装帧别致的酒瓶（坛），也自然会联想到曾经看过的那些坛坛罐罐，并飞翔了自己的思绪。

2019 年 7 月，我在北戴河中国作协创作之家休养，认识了来自内蒙古兴安盟的诗人布和必列格，他是蒙古族人，好喝酒，也好客，请我喝了一次酒。隔天，我准备回请他，到附近超市去买酒。转了好几家超市，都没有买到心仪的酒（只有当地的杂牌子）。扫兴而归时，路过安一路路口一家小超市，看到有坛装的汾酒，心中不禁大喜，买了几瓶。这是市面上常见的那种牌子，小坛子的材质是瓷，黑色，泛着油光，有金色的杏花图案。看着精美的小坛子，自然就联想起我见过的那些酒器，也许过了几百、上千年后，那时的人们也会将这些坛坛罐罐，当成文物，和历代出土的那些坛坛罐罐一起，陈列在博物馆里，供人鉴赏、品评；也许会被写进某个国家的教科书里，向世人陈述它们曾经的沧桑和历史；也许会进入某张试卷的考题中，供学生们解答、书写。

晚上我们几个人在创作之家的二楼平台上喝酒，月色清冽，风也凉爽，我们喝着飘香四溢的来自杏花村的酒，对月当歌，也有点儿古人的意思。席间，他们都夸酒好，清香、醇厚而又绵软，布和还朗诵了一首诗。酒香又吸引来几个诗人，他们没喝到汾酒，表示要收藏小坛子。众所周知，收藏五彩缤纷的酒器，也是文人的一大雅好，已故著名作家林斤澜先生，生前就藏有很多，其中，有 20 世纪 70 年代末生产的四个不同颜色一套的小坛子"汾竹白玫"，四种酒分别为汾酒、竹叶青酒、白玉汾酒、玫瑰汾酒，工艺特精，一直是林老的镇宅之宝。

听他们夸着酒好，仗着几分酒意，我告诉他们，后天我就要去杏花村了，去体验古老的杏花村酒文化了。他们听了，都很羡慕我，让我代他们多喝几杯，好像我喝好了，他们就喝好了一样，我开心了，他们就开心了。

杏花村的酒，有六千年的历史了，各种关于酒的传说更是数不胜数，别的不说，仅杜牧的遥手一指，就让天下人都知道杏花村了。我们知道，文坛有领袖。诗坛也有领袖。在当时，杜牧就是当仁不让的诗坛领袖，他在纷纷的清明雨中遥手一指的，便是首屈一指的酒坛领袖杏花村。先锋小说家孙甘露先生写过一篇著名的小说，叫《我是少年酒坛子》。这个题目好啊，有少年，有酒，有坛子，也是一行抒情小诗。我一直神往酒坛子的生活。酒坛领袖杏花村，自然就是我梦中向往的地方了。

杏花村，我来了！

甫一进村，就被巨大的酒坛子吸引住了。除了村口这尊招牌雕塑，陈列在汾酒博物馆和杏花村老作坊遗址等地的酒器，也就是那些坛坛罐罐，让我大开了眼界，并真真实实地欣赏到杏花村酒文化的精髓。这些盛酒的坛坛罐罐，最早可上溯到仰韶时期，在杏花村出土的小口尖底瓮，就被考古学界认定为仰韶时期的器物，是中国最早的"酿酒发酵容器"，也可称之为最早的"酒坛子"。这个酒坛子为陶质，小口、尖底、鼓腹、短颈，外形整体呈流线型，还有两只"耳朵"，腹部饰线纹。据说，杏花村遗址第三至六阶段，又"分别出土了仰韶文化晚期、龙山文化早期和晚期以及夏代的器具……
除发酵容器小口尖底瓶外，还有浸泡酒料的泥质大口瓮，蒸
熟酿酒用粮的甑、鬲等，盛酒器壶、樽、罐以及温酒器等"。
这真是杏花村对酒界的一大巨献。从仰韶时期一路延续下来，
经夏、商、周、汉、晋、隋唐，历朝历代都有，且工艺也越
来越精，形制也越来越多样，方的、扁的、圆的、龟形的、
葫芦形的、雁脖形的、蒜头长颈形的。有一个酒坛子，是北
齐时代的产物，坛子上的色彩为酱青釉，状为弦纹，真是好
看啊。还有一尊宋代的，形制为方体带褐彩划花的坛子，工
艺古拙而精美。同样是宋代的一个酒坛子，采用黑釉雕花的
工艺，花纹又体现了粗犷之美。而更多的酒坛子，来自晚清
和民国，特别是民国时的酒坛子，已经有了商标意识，如三
斤装的玫瑰露酒坛子，是香港永利威公司定制的，这个坛子
的釉彩也是玫瑰红色，下粗上细，让人感觉很稳当。最后，
我的目光，停留在 1915 年巴拿马万国博览会上获金奖的那尊
酒坛子，其造型敦实、大气，所贴商标也特别精美，有古风。
2003 年出品的老白汾酒坛子也值得一说，我看到的有两种：一
种是方鼓形的，蓝色，上有杏花的图案；而另一种的造型设计，
更能体现出其高明之处了，坛子直接就是一朵立体的杏花，加
上花瓣上排列的几枝白金杏花，把杏花村的元素体现得淋漓尽
致。待到了当下藏酒之处，但见各种坛坛罐罐更是琳琅满目，
品种多样，仅从颜色上分，就有红黄蓝绿黑多种，造型更是美
不胜收，有一种抹茶绿的坛子，线条流畅，色彩养眼，仿佛一

首田园诗。这些坛坛罐罐汇合一处，在酒柜上一排排陈列，把它们当成纯粹的艺术品也是完全可以的。

一路欣赏下来，我完全相信，酒的根在杏花村，酒的魂也在杏花村！杏花村就是酒坛的盟主！

酒坛子里藏有美酒，就好比文人的肚子里藏有诗文，如果这么说，那文人就是酒坛子！杜牧寻访和牧童遥指的，也是酒坛子！酒和诗，历来是文人的两个翅膀，喝好了酒，才会有好诗。酒是物质的，诗是灵魂的。物质和灵魂相得益彰了，诗才能达到妙境。

我说酒坛子，其实就是在说酒！

2019 年 7 月 19 日

巧遇王蒙先生

北戴河安一路是一条上坡路，窄窄的。在山岭拐弯的地方，即坡顶上，有一个不大的小院子，墨色的铁艺门一直关着。院子里的小广场边，摆着几缸正在开放的荷花，另有几株观赏苗木和花卉也有规律地分布着，修剪也可爱、得当，可见园艺工人的用心。靠门里侧，还有几棵高大的树木，那几棵洋槐树上，开着水红色的槐花，比较罕见。还有一棵槭树，可能属于稀见品种吧，还给它挂了个牌子，介绍了树木的特性和在全球的分布情况。门上没有门牌号码，围墙上蔓生着的菱霄花的藤蔓爬到了门楣上。整个小院，感觉幽静而神秘。

有一天，傍晚时分吧，我看到王蒙先生在院子里散步——原来，这个坐落在北戴河中国作协创作之家对面的小小院落，也属于创作之家所有。

第二天早餐后，疗友们参加集体活动去了，我在那棵绿叶垂地的核桃树下读书，看食堂方向走来一个身材不高的老者，正是王蒙先生。我迎上前，和他打招呼，闲聊几句，还夸他身体好。他笑着，甩甩胳膊，似乎是回应并证实我的夸奖。我告诉先生，不久前刚重读了修订本，《王蒙王干对话录》。他笑着说都是王干操办的。

王蒙先生的作品，我读过很多，特别是 20 世纪 80 年代的小说，印象深刻。但对我更有启发意义的，还是这本《王蒙王干对话录》。对话录虽然发端于三十多年前，但是许多观点仍然没有过时，仍然对写作者有指导意义。这次重读，重点是读修订本增加的部分，曰《新对话》，分三个方面:《网络不是文学的敌人》《文学与生命》《〈红楼梦〉里的世界》，书中有一幅王蒙先生和王干先生对话的图片，地点就在北戴河他休养的小院子里。在两三年前的一次闲谈中，我听王干先生说过，王蒙先生八十多岁了，创作生命力依然旺盛，每年都有新作问世，夏天也喜欢到北戴河一边疗养，一边写作。真是创作青春不老啊!

这次来北戴河休养，我带来几本书，其中就有一本王蒙先生的《奇葩奇葩处处哀》。这是一本中短篇小说集，由一部中篇小说、三个短篇小说和一篇后记组成。从他的后记里，我们知道这系列作品，是在很短的时间内创作而成的。特别是《仇仇》《我愿意乘风登上蓝色的月亮》和《奇葩奇葩处处哀》三部作品，在情感上是有连贯的，《仇仇》的写作，缘于去颐和园的一次游览，游览中看到旧游之地的十七孔桥并接到好友的一个电话和一通"我们都老了"的感叹，回来便文思涌动，一挥而就。紧接着"意犹未尽，写了另一个短篇小说《我愿意乘风登上蓝色的月亮》"。王蒙先生在后记中如是说："进入新年，说的是 2015 年，一发而不可收，再写了近五万字的中篇小说《奇葩奇葩处处哀》，抒写一个男子，尤其是与之有缘的六个奇女子。"而另一个短篇小说《杏语》更值得一说，是他在写作长篇小说《闷与狂》时的"突然转弯与小憩"。《闷与狂》出版于 2014 年，是王蒙先生在他八十一岁那年写出的一部激情之作，是一部没有具体人物与故事情节的意识流小说，被评论界誉为中国版的《追忆似水年华》。他把这个短篇小说形容为激情创作时的"转弯"与"小憩"，"是长篇大潮中冲起的一个小小石子，是一朵水花，又是一个混合着喜悦与伤痛的诗的春天"。从这些话中，我们大致了解了王蒙先生的创作激情真的是不减当年啊。确实，2014 年 9 月，在北京国际图书节开幕日那天，王蒙的新书《闷与狂》的首发式上，我到了现场，听到主持人谢友顺先生和王蒙先生充满激情的对话，现场还有刘震云、盛可以等作家，王蒙热情洋溢，精神饱满，有问必答，大家都说他简直像个十八岁的少年。

这次能在北戴河巧遇王蒙先生，他也特别开心，一直乐呵呵的。我发现，他笑时是和蔼可亲的，不笑时，神情特别刚毅。我们简短地寒暄几句，不好意思太多打扰他，就和他告辞。他跟我有力地挥了一下手，跑了——没错，王蒙先生的精气神特别好，体现在他的走路的姿势上，就是"跑"，他一抬腿，就是跑的姿势，也像少年一样，双腿轻巧而快速地迈动着，频率很快地"跑"往对面的小院了。

隔一天，在食堂门口再次遇到王蒙先生时，我拿出手机，请疗友为我们照了几张合影。王蒙先生这天穿了一件白色的长袖 T 恤，一条带暗格子的、刚刚遮住膝盖的七分裤，赤着脚穿一双黑色的休闲鞋，花白的、不太服帖的头发随意地向后梳着，露出大面积的脑门。我奇怪先生的脑门上居然没有明显的皱纹，可能是那儿一直闪烁着智慧之光吧。疗友们也都纷纷过来和他合影，他有求必应，始终开开心心地笑着。照完照片后，他照例还是"跑"进对面的小院里了。我猜想，在对面的小院子里，在他房间的案头上，有一部新作还在等着他去完成吧。

2019 年 7 月 14 日于北戴河中国作协创作之家

父亲和烟

抽烟人常常扎堆在一起，互相攀比烟袋。

旱烟袋无非三部分组成，嘴，杆，锅，就是算上烟包，也是形式单一，但讲究起来却无穷无尽。先说烟袋锅，有铁制的，铝制的，也有铜制的。以铜制的多，一般用黄铜，考究的用白铜，至于用金用银，那就不是一般的抽烟族了。中间部分是烟袋杆，大多用竹管，但也有高下之分，有普通竹子，也有湘妃、凤眼等名贵竹子。讲究的，还有用乌木、象牙等的。而最能显示身份的就是烟嘴了，烟嘴俗称烟袋尾，一般用烧料，比如瓷，好的如琥珀、玛瑙、玉、翡翠、水晶等，这些上等的烟嘴也分等级，单拿玉嘴来说，也得看玉的成色和产地，以羊脂玉最好，羊脂玉也要看玉嘴上有没有养成"护身"的图案（这当然是附会了）。有和没有，其价值大相径庭。最后是烟包，烟包有布的，有牛皮的，我还看过用车胎做的烟包，一头用细麻绳缝好，另一头穿一根花布绳，有点儿工艺品的意思了。烟包都有一根绳子系紧在烟杆上，和烟袋形成一个整体。

我父亲是吸烟的。父亲吸纸烟。在我的记忆里，他从未用过烟袋。

父亲吸了一辈子烟。我小时候最愿做的事之一，就是帮父亲买烟。在很长的一段时间里，父亲吸的牌子叫"丽华"，是徐州卷烟厂生产的，两毛三分钱一包，父亲会给我三毛钱，剩下的七分钱大都赏给了我。后来升级，抽"淮海"牌子了，也只是两毛七分钱，而我只能赚三分钱了。父亲做供销社采购员时，和他搭档的叫王志华，江苏东海平明镇王烈人，比父亲要小十多岁，是父亲的好朋友，我曾听他这样夸过父亲："老快不得了，一天抽一支烟，早上起来点一支，一支没吸完，又接一支，一直接到晚上睡觉。"老快，是父亲的绰号，形容父亲走路快。他还有一个绰号叫快腿，是同一个意思。可能是受父亲的影响吧，我走路也快，每次和爱人上街，她都会不停叨叨，走那么快干吗？再说王叔叔说父亲一天只吸"一支烟"，也许并不完全是夸张，我亲眼多次看到父亲接烟的情景。父亲嘴里含着半截烟，另一支烟已经掏了出来，在一头碾一碾，空出一点点烟丝，把嘴里的半截烟接上去，那支烟就变长了许多。父亲接烟的速度很快，而且只需要一只手，那是熟能生巧练出来的。

父亲和烟

　　父亲业余时间喜欢做家具。他所有的木工用具都是他亲手制作、组装的，各种刨子的刨床、锯子的弓，钻子的杆，等等。父亲会做许多家具，我们兄妹四人结婚时的家具，全是父亲做的，橱子、柜子、椅子、桌子、箱子，等等，都很精致。我父亲给他的同事、朋友们做的家具更是很多。在我刚有记忆的时候，就看他在废品收购站后院的大棚子里，不停地干木工活儿。我父亲似乎有永远干不完的木工活儿，我们家的床、风箱、柜子、碗橱、板凳、木桶、洗衣盆等，都是父亲做的。我父亲还做二胡，一共做了三把，一把给我小舅拿走了，一把给我小学语文老师徐树权拿走了，一把自己留着玩。父亲还做过一把三弦，我见过，后来不知弄哪儿去了。父亲在干木工活儿时，也一直没少抽烟。他嘴里含着烟，在给板材画线时，那种投入和认真，一直让我不能忘记。我在一边，会把他含在嘴里的纸烟上的烟灰弹掉，因为我老担心那烟灰会掉下来，弄脏了那些家具的半成品。有一次，我没有瞄准，弹下的不是烟灰，倒是把半支烟给弹掉了。我赶快捡起烟，再送到他嘴里。他抽一口，呵呵地笑道，那就歇一会儿再干它个皮！我父亲说话时，会加上许多他独创的词，"再干它个皮"，究竟是什么意思，我也不甚了了，但大概意思我明白，就是干活儿时，很快乐；很快乐地干木工活儿。我在很小的时候就为他打下手，干各种木工活儿，甚至，受父亲的熏陶，我少年时的理想就是长大了做一名木匠。

父亲退休以后，还做过卷烟的"机器"，一小块长方形的木板，一张牛皮纸，几个螺丝钉，一个滚轴，经过组合，就是一个微型卷烟机了。把买来的烟丝均匀地摊在裁好的纸片上，就能卷出一根一根标准的香烟来了，在村上的许多烟民看来，真是神奇得很，常有人来借他的"机器"回家卷烟。

也许是生活一直不富裕，父亲一生都是抽那些低档牌子的烟。父亲晚年被我接到市里居住，有时我在婚宴上带一两包苏烟或软中华给他，他都舍不得抽，而是到楼下的小超市里，换十几包三四块钱一包的劣等烟。不过他也始终留一两包好烟，偶尔回乡下老家，好在乡亲们面前"显摆"。有一年我随他回去，就看他在玉堂叔家门口，掏出一支中华来，对玉堂叔说："来，吃支好的。"玉堂叔也不说什么，笑嘻嘻地接过来。我父亲继续炫耀道："一支抵上你一包！"这时候，父亲脸上飞扬着掩饰不住的喜悦之情。逢年过节，我们兄妹都会给他送几条烟，比他平时抽的烟稍好一些。因为不能太好。太好了，他还会拿去换劣质烟。

父亲不能抽烟，是在他 2006 年 1 月 2 日住院以后。生病住院的父亲心情大约糟糕透了，身上虽然带着烟和火，还是没有心情抽。他把烟和打火机交给我母亲，说："给我收好了，等出院了抽。"父亲一直以为他不过是患了一场感冒，很快就会出院的。万万没有想到，父亲在医院里治疗到第十一天被院方"赶"回家了，这期间，他没有再抽一支烟。

2006年1月12日早上五点多钟，躺在床上的父亲让母亲温一袋牛奶给他。生病以来一直吃饭艰难的父亲出人意料地喝了大半袋牛奶。到了七点多钟时，他又对我说："桌子上有烟，你拿给春堂抽。"那盒烟，就是父亲住院前抽了一半的烟。春堂是我妹夫。我说他要抽自己拿。我当时以为父亲的病情真的好转了，没想到，从这之后，他的情形急转直下。十点钟我表叔来看他时，他已经神志不醒，至十点三十五分他便与世长辞。

父亲患的病，不是他自己认为的感冒，而是非常厉害的"肺纤维化"。刚入院时，医生对我讲，这种病平时潜伏很深，一旦感染，即可致命。我查了一下资料，医学上对肺纤维化的解释是这样的：肺纤维化，就是肺组织疤痕累累，由于肺泡逐渐被纤维性物质取代，导致肺组织变硬、变厚，肺脏交换氧气进入血液的能力逐步丧失，导致患者不同程度缺氧而出现呼吸困难，最后因呼吸衰竭而死亡。医生对我说，父亲致病的原因，和长期吸烟有很大的关系，当然，还有其他的致病原因，比如灰尘、粉尘等。这让我想起父亲一生的工作，他在供销社轧花厂干过，更是在废品收购站干过近二十年，还干了大量的木工活儿，像这种工作都有很大的灰尘和粉尘，再加上长期嗜烟，导致了他的肺承受了很大的压力，直至纤维化。父亲虽然有初小的文化，平时也爱读书，但对自身保健却是很粗心，对这种非常见病更是无从察觉，当肺部发生感染的时候，已经晚了。

父亲爱吸烟，直到烟夺去他生命的时候，也未曾察觉到是烟害了他。

2012 年 1 月 6 日于连云港河南庄掬云居

追寻黄公望的踪迹

我和浦仲诚认识的时候，就知道他在研究黄公望，知道他是一位追寻黄公望的踪迹的研究家。

浦仲诚研究黄公望，似乎是注定会有这么一场因缘——他们是小老乡，都居住在常熟的小山下。我去过小山的遗址，也去过小山村。那还是好几年前，浦仲诚带我去小山村寻访黄公望的足迹。七百多年下来了，小山村当然已经很难寻找到黄公望的踪迹了。但浦仲诚不这么认为，他觉得小山村的街巷和田野阡陌上，处处都还留有这位大痴画仙的气息。他给我讲黄公望，讲他学画、师承，独创的手法，讲《虞山〈山居图〉图》《丹崖玉树图》《天池石壁图》《富春山居图》《洞庭奇峰图》，如数家珍，绘声绘色；讲黄公望的出生，家世，游踪，环环相扣，滴水不漏。

我当然是要暗暗佩服的。

作为一个研究黄公望的专家，浦仲诚和别人不一样，他有着得天独厚的条件，可以随时到小山村来寻访。小山虽然不在了，小山村还在，许多老人还记得小山。

记得那天浦仲诚领着我们沿着小山的遗址——现在已经是一片湖泊了，走了半圈，还带我们沿着石阶，走到了湖边。湖水太深了，深不见底，深得像一座不见顶的高峰。浦仲诚告诉我们，在湖之上，当年的这座仙山，神山，共有四座峰：南峰，北峰，西峰，中峰。黄公望的家，就在南峰下的黄家巷。黄公望在山腰上建了一幢茅舍，他便长年居住在这里，和虞山、尚湖为伴，和青山绿水为邻，画画，会友，喝酒，弹琴。在有心情时，背起行囊，云游四方。比黄公望晚很久的徐霞客也爱出游，他的游踪，是用文字来记载的，成就了一本《徐霞客游记》。黄公望的游踪，是画笔来描绘的。他的一幅幅绘画，一幅幅图卷，就是在不断的游历中，铺设而成了。所以，小山的海拔虽然不高，因为有了黄公望，它的高度就成为望不见顶的"珠穆朗玛峰"。所以，也是天遂人愿的，如今的小山，成了负海拔，成了一片湖，同样的深不见底，莫测难料，需要专人的研究。

浦仲诚让我敬佩的地方很多，比如说他能埋首于资料堆里一连数日，披沙拣金，从浩如烟海的资料里，一点点剥离出有价值的线索，再沿着这个线索穷追到底。我就曾多次在他的工作室喝过茶，看到他堆在桌子上、书案上、橱柜里的各种关于黄公望的书籍和资料。再比如说，他能够沿着黄公望的游踪，不断地探访。有好多次，我在朋友圈里，都看到他又去哪哪哪了，又和哪里的黄公望研究专家探讨了，又去哪里参加关于黄公望的什么活动了，又接待来访的黄公望研究专家了。总之，看到关于他的信息，总是在忙。在这样的忙碌中，他的一部部关于黄公望的专著问世了，《黄公望文化研究》《黄公望新考》《黄公望传》《黄公望年谱》等专著相继出版、问世，一时间成为黄公望研究的执牛耳者。

我手头的这本《黄公望续考》，就是浦仲诚最新的心血之作。共分为四辑，依次为《黄公望的虞山情怀》《黄公望的行迹追踪》《黄公望的一生行迹》《缘因大痴　不倦不休》。

众所周知，虞山是黄公望一生的依恋之地，他思想的形成，画风的建立，都和虞山有着不可分割的关系。甚至，他创建的"浅绛红"色，其原料也是取自虞山西麓的一种赭红色石头。我曾见过这种石头，那也是拜浦仲诚所赐。有一年，浦仲诚带我到黄公望祠堂去祭拜黄公室，祠堂的过厅里有工匠在制砚，玻璃柜子里摆着雕好的一方方砚，其中就有许多是赭色砚。浦仲诚告诉我，这种石头，不仅可以制砚，也可当颜料用。当颜料用，就是黄公望发现和首创的，当年他所住的小山南麓一带，这种石头随处可见，毫不稀奇。他在画山水图卷时，觉得这种色彩可以入画，便水磨这种赭色石头，用其勾染设色，居然独创了一种画风。几百年之后，画家吴昌硕、沈石友听说此事，也学此法，收效同样很好。沈石友甚至用这种石头制砚，还赠送一方赭色砚给吴昌硕，吴昌硕把这方砚当成宝砚，写字时磨墨，作画时研石，成为一段佳话。

我相信浦仲诚的话，画家的灵机一动，确实能达到意想不到的效果。著名作家汪曾祺也爱写字画画，他在作画时，有时候需要点绿色，颜料不够，或懒得寻觅，就从厨房拿来一棵菠菜，挤点儿菠菜汁在调色盘里。有一次他画一幅白梅赠送给好友邓友梅，还让邓猜那白梅的颜色是什么材料，邓猜了几次猜不着，汪曾祺告诉他，是牙膏。

话题扯远了，还是说浦仲诚和他这本《黄公望续考》。

我在读这本书时，对第二辑和第三辑感慨尤其深，结合书前边所配的数幅照片，能感受到浦仲诚所花费的时间和功力，可以毫不夸张地说，这两辑文字，都是他"跑"出来的，黄公望足迹所到的地方，他基本上都去过，比如黄公望隐居的富阳一带，他就去过十数次，比如他还到过无锡的倪云林祠，到过杭州西子湖畔的筲箕泉，去过苏州天池山，镇江北固山，还有北京、上海、绍兴、温州、武汉、黄州、新洲、红安等地，而且浦仲诚所到之处，都带着目的，走访黄公望的研究专家、当地的文史专家，访问黄氏族人，还不厌其烦、不辞辛苦地查阅各种方志、宗谱、族谱、文史资料，每每都有所收获。即便是传言黄公望所到的地方，他为了不存遗憾，也要跑一趟，弄弄明白。

浦仲诚俨然成了一个研究黄公望的"大痴"！他的痴情，

在于他二十年全身心地研究黄公望，在于他在研究黄公望的过程中，贡献出了数部有极高学术价值的专著，在于他要还原于一个真实的黄公望的雄心壮志。

现在，通过浦仲诚的几种专著，黄公望的辨识度已经越来越清晰了，一个真实的黄公望已经从虞山的山道走了出来，出现在世人的面前。

2019 年 10 月 15 日于燕郊潮白河畔

听烹饪大师谈胸海菜

　　周承祖先生的名字，我在很多场合都听到过，比如在某饭店吃饭时，做东的朋友会得意地介绍说，这家饭店的主厨是谁谁谁，末了，会加一句，某某某是周承祖的徒弟。著名作家张文宝先生也会在不少场合提起周大师，特别是说到胸海菜的时候，总会适时地介绍周大师的经典专著《承祖菜谱》，还会介绍周大师的几道拿手菜。所以，几十年来，关于烹饪大师周承祖先生，我是多有耳闻，也多次品尝过由他提倡的"胸海菜"，至于他徒弟或徒孙辈们烹制的美味佳肴，就更是不计其数了。

　　去年五月前后吧，和张文宝闲谈，说起周承祖大师有一本自传体的图书要出版，咨询我关于出版方面的情况，这样，就和周大师有过几次晤面和交谈。周大师给我的印象极好，身体健朗，目光有神，语言清晰，说到他感兴趣的话题时，节奏感很强，且层次分明。我们都知道胸海菜最初的提倡、实践、提高和推广者就是周大师。有一次，饭前品茗闲谈，说到胸海菜，周大师的话多了起来，他认为目前的胸海菜，在宣传和推广上还有待加强。胸海菜的特色就是海鲜，但目前本地的海鲜制作、烹饪技法等，有特色和个性的不多，或者还没有在全国烹饪界叫响。特别是本地潮间带的"小海鲜"，和南海、东海等深海海域里的海鲜非常不同，味鲜，制作简易，可以小吃，也可以制作大菜，而且价格和其他海滨城市相比，优势比较明显。下一步应该在个性展示和品牌包装及宣传上再加大力度。我们听了，都觉得非常有道理。

每次和周大师晤面、闲谈，都会有不一样的收获。印象较深的，是那次我们品尝了由他的徒弟掌厨的一桌海鲜，席间，每人上来一道海参，盛器考究，汤汁浓稠，口感鲜滑、黏糯，是上等美味儿。

话题自然就从海参开始。我讲了两个段子，一个是，有一次，我和几位朋友分乘几辆车去内蒙古草原玩，和我同车的是一位出版家。长途无聊，我们各自讲了做菜的手艺，我讲红烧肉的三种做法，又讲海蜇的几种做法和吃法，出版家大受启发，在提供了几道鲁菜的手艺后，略微转移了话题，说到他不久前吃的海参，是他人生当中，吃得最好的海参。为什么好？因为海参是量子海参。现在的海参都是养殖的，野生海参基本上吃不到了。但是，出版家说，量子海参的口感比野生海参还要嫩、软，味道无与伦比，且营养更为丰富。我主要是对"量子海参"存疑，让其具体说道说道。出版家当然也说不出个子丑寅卯来了。第二个段子是说一位作家的"油炸海参"。有人送了几盒海参给作家。作家当然知道海参是好东西了，但一个人不值得费事去做。有一次，家里来了两个客人，也是写作上的朋友，作家想展示一下厨艺，说今天就不出去吃了，我做海参给你们吃。于是两个客人在客厅下棋。作家在厨房叮叮当当忙了半天，菜终于端出来了，是几道时蔬和青椒炒鸡蛋，还有一盘煎得黑乎乎的不知是什么菜。待到酒满上，开始喝酒时，客人问，海参呢？作家用筷子一指说，这不是？油炸的。作家的海参没有发，直接下锅油炸了。客人一看，脸都绿了。作家自己夹一个在嘴里，像钢筋一样坚硬，根本无法吃。

周大师听了后，也被逗乐了，接着便跟我们普及了许多关于海参的基础知识，仅海参的品种和产地就列数了数种。最后说海参的产地中，规格最高的是辽宁渤海湾的刺参，不仅营养价值丰富，口感也好。周大师跟我们讲了辽参的发泡过程，并强调，重点在发泡上。一般的辽参，要先用开水发泡，再用冷水发泡，共需要72小时，就是整整三天。开水的发泡时间和冷水的发泡时间，要根据海参自身的情况来定。开水发泡时间短了或长了，冷水发泡时间短了或长了，都会影响烹制和口感。我相信周大师的话，就像同样的食材，同样的调料，同样的厨房，同样的灶火，同样的刀功，不同厨师做出来的菜，口味就是不一样，问题出在哪里呢？就是在一个火候的把控上。海参的发泡，就像炒菜的火候，是个只可意会的技艺，仅靠传授，不一定能学得到精髓。

关于发泡的技巧，周大师也只是点到为止。但他从侧面举了一个例子，也能说明厨艺中的火候掌握的重要。周大师讲了朐海菜系中一道有名的"西施舌"。西施舌就是海州湾最好的贝类之一文蛤，文蛤的做法有多种，"西施舌"也是多位厨师的拿手菜，但是，经过周大师的调试、改良和再创造，使这道菜在品和格上，都提高了一个档次。特别是因时节添加的海州过寒菜，使这道菜更具有别样的看相和口感，汤白如奶，味浓鲜醇。听了周大师的一番精彩论道，我的理解，厨艺中的火候，就仿佛是文学创作中的度的把握，是非一言两语可以说透的。

每次听周大师谈朐海菜，都仿佛在赴一道美食的盛宴，不仅能从理论上提高美食文化的认知，还能提高自己的烹饪技艺。有一次，他无意当中说出了他对朐海菜的另一大贡献，给食材命名。这可不得了，许多烹饪大师都能够根据菜肴的特色，给菜命名，而给食材命名或改名，并约定俗成，可以说是周大师对朐海菜系的独特贡献——这就是著名的"象牙贝"。象牙贝是海州湾的特产，质量以海头一带为最佳，市区各大饭店的用料大都来自海头。周大师当年在黄海饭店担任主厨时，送货的海头当地人都称这种贝为"鸟贝"，即像鸟嘴一样。周大师觉得鸟贝不好听，服务员上菜时，报菜名也似乎不雅。他经过仔细观察研究，说此贝像鸟嘴当然没错，但其色和形更像象牙啊，他灵机一动，就给改名为"象牙贝"了，"爆炒象牙贝"或"油浸象牙贝"，听听，又雅又上口又好听。而且周大师还跟送货的海头人讲，回去通知渔民兄弟们，以后不再叫鸟贝了，就叫象牙贝。几十年来，象牙贝的名字就这么固定下了。

至于周大师提到的胸海菜在宣传力度和开发力度上还不够，我也有同感。近日看微信朋友圈，某机构列数了江浙沪三地的一百种特色小吃，就没有一道属于胸海菜系的。我想，以后周大师的徒子徒孙们，应该在胸海菜的开发、命名和宣传力度上，再加把劲了。

2021 年 1 月 19 日匆匆草于北京长楹天街

泡端端

水果店里有卖一种叫"菇娘"的小水果儿，也有店里标名"姑娘果"，外包一层衣，内里一颗黄色的圆粒子，像我们小时候玩的玻璃球那么大，呈半透明状，能隐约看到里面的细籽，买来吃了，酸酸甜甜的——原来就是我们乡间常见的"泡端端"，只是个头大许多而已。

和许多野果、野蔬一样，菇娘果也有许多别名。泡端端肯定是我们那儿特有的叫法，和我们一河之隔的另一个村，又叫"灯笼果"，可见十里乡风各不同。外地的叫法更多，北京人又叫"红姑娘"，还有叫"酸浆"的。可能是小时候叫习惯了的原因吧。无论是菇娘、姑娘果，还是红姑娘，都没有泡端端叫起来顺口、好听，一种原因是因为乡音难改，另一种是因为叫植物为姑娘，毫无道理嘛。但纳兰性德有一首关于红姑娘的词，让这种名称基本上为世人所接受：

> 骚屑西风弄晚寒，翠袖倚阑杆。霞绡裹处，樱唇微绽，靺鞨红殷。

> 故宫事往凭谁问，无恙是朱颜。玉墀争采，玉钗争插，至正年间。

这首叫《眼儿媚·咏红姑娘》的词，且不去推敲它的好坏，能以红姑娘为寄托来抒咏情怀，就是很好的手段了，人间的事都不过是往事，就算是故宫又如何？只有红姑娘年复一年地还是原来的样子。

周作人在《小孩的花草》中，引《燕京风时记》书中的话："每至十月，市肆之间则有赤包儿斗姑娘等物，赤包儿蔓生，形如甜瓜而小，至初冬乃红，柔软可玩。斗姑娘形如小前，赤如珊瑚，圆润光滑，小儿女多爱之，故曰斗姑娘。""赤包儿"就是瓜蒌，我们那儿不少人家的园子里都有。周作人接着又说："这两种草中国大概到处都有，不知道为什么别处都不注意，只有北京的小孩拿来玩耍，而且摊上还有售卖的，叫儿童多与植物接近本是好事，只可惜流行得不普遍。"这篇文章写于1952年2月，其实其大概，是从1945年5月15日写就的一篇《关于红姑娘》的文章里摘引出来的。他这篇《关于红姑娘》的文章，费了不少力气，把相关书籍里的相关文字一条一条地摘录了下来，很有系统。我粗略统计了一下，引用的书或文章就有《银茶匙》《本草衍义》《救荒本草》《本草纲目》《宦海浮沉录》《植物名录图考》《元故宫记》《燕京岁时记》《本朝食鉴》《和汉三才图会》等多部（篇），有的是原文，有的是注文，有的是按语，可谓很周详了，对这种小水果考证也很是尽心了。我喜欢周作人的这种写法，能把同一类型的文章汇于一文，找准主题，并串联成篇，读来既有知识的普及，也有浓浓的趣味，是无相当学问莫办的。比如引用的明朝《救荒本草》所说的红姑娘："姑娘菜，俗名灯笼儿，又名挂金灯，《本草》名酸浆，一名醋浆，生荆楚川泽及人家的田园中，今处处有之，草高一尺余，苗似水茛而小，叶似天茄儿叶窄小，又似人苋叶颇大而尖，开白花，结房如囊，似野西瓜，蒴形如撮口布袋，又类灯笼样，囊中有实如樱桃大，赤黄色，味酸。"这个介绍很细了，从分布，到草的形状、果的形状，再到味道，仿佛能清楚地看到眼前一棵惹人喜爱的姑娘菜。

前一阵和爱人闲聊，不知怎么说起了泡端端，她讲她小时候割猪菜，看到某个河边堤下或渠头地垄有一棵"泡端端"，会激动地跑过去看看，都要摘几颗，剥开外衣摘下来吃，大都没有熟，酸酸涩涩的，还微苦。还没到下霜（霜后才甜），就被吃光了。但隔天再去田野割猪菜时，心心念念惦记着，还要去看看，怕被别的小孩子发现偷吃呢。她的经历和我一模一样的。但现在再吃"红姑娘"时，完全没有那时的滋味了。

2019 年 10 月 31 日于燕郊潮白河畔

这条街

　　《这条街》是一首歌的名字，不是我喜欢的调调，但"这条街"是个不错的意象。我喜欢"这条街"，它能让人产生一些联想，让人想起某年某月的某些事，让人想起一些远去的风景和昔日的朋友。同样，"这条街"也可以是个概念，它不是事实上的街区，它是心灵上的某个时段，或是情感的某个截面。所以，每个人的"这条街"，都有可能是一条独特的街，不一样的街；也有可能是一条经常回视或不愿触摸的街。

　　而我要说的，是一条真实的街，现实中的街。

　　这条街不宽，目测只有六七米；也不长，不过四五百米吧。街上没有一间门面房，严格地说，连临街的建筑都没有，只有两个栅栏门——街的两侧都算上，也不过两个出入口，所以，铁艺的栅栏就成了街的主角。栅栏外的人行道旁，分布着一排树。树也不是一个品种，有粗壮的北京槐，也有零星几棵银杏树。春夏秋冬的各个季节，我会在树下走来走去，有时是出门远行或外出归来，有时是刻意的散步，而更多的时候是暴走返回的途经地——我从这个门出，进入到另一个门（两门斜对）。为什么要进入另一个门呢？是因为这个院子里有一条可以暴走的"跑道"。我喜欢在这条"跑道"上暴走几圈，然后，再来到这截小街，沿街漫步二百米左右。

就是在这段距离里，我遇到了一件"怪事"。

那是五月的一个夜晚，我暴走归来，从树下穿过。夜很静，没有行人，也没有经过的车辆，路灯不算明亮，甚至还有些暗淡，我踩着自己的步点，依然是暴走的行状。毫无预兆地，一个黑的、模糊的物体，从我身前一米多远的地方掉落下来。我被吓了一跳之余，才看清是一个人。他从树上掉下来之后，歪了一下身体，没等站稳，就抬腿狂跑，瞬间消失在前方的暗影里。

我却愣在了原地。

什么情况？树上怎么会有一个人？这是一棵主干矮壮的北京槐，枝叶十分茂盛，如果他蹲在树上的某个枝丫里，会被枝叶所遮蔽，如果不去刻意地观察，根本发现不了。谁躲在树上？躲在树上干什么？他多大啦？男的女的？他身形并不高大，是个孩子？逃学吗？他让我想起一部电影，描写的是一个住在树上的人的生活。但这个人显然没有在树上安家，这棵槐树也承受不了一幢木头小房子，人更不会像鸟一样在树上筑个巢。在这条街上，我还是第一次遇到有人上树。我在这条街上遇到过别的动物，比如流浪狗，比如猫——就在刚才，我还遇到过两只猫，两只小奶猫，黄色的，在昏暗的路灯下，从栅栏的缝隙间，伸出两颗小脑袋来，警觉地看着我。我唤了它们一声。它们不但不听我的，还慌张地缩回了脑袋。其中一只，胆子略大，在缩回去的过程中，还停顿一下，似乎在进一步考察我是否有恶意。但它还是消色在栅栏另一边的绿化带里了。说到猫，我当然还遇到过别的猫，各种猫，大大方方旁若无人散步的猫，鬼惊鬼诈见人就逃的猫，谨小慎微小心翼翼心事重重的猫，它们各有个性，我据此构思并写作了一篇小说《猫脸》，一位朋友看了这篇小说后，比我还兴奋，写了这样的一段话："一个浪漫奇幻美妙的故事，描述的却是一个血腥的真相。有谁知，艺术的真实是浸润在血腥的功利里的？透过美好的假象，看看当下社会，哪一个层面又不是一张被屠宰、被描绘、被剥离的猫脸？"

树上突然掉下一个人来，应该也有一篇故事诞生啊，关于这棵树的，关于这条街的，都行。奈保尔不是有一部小说叫《米格尔街》吗？美国作家斯坦贝克的《罐头厂街》也是一部名著，我喜欢《罐头厂街》，是因为作者描写的是一批下层人物的故事，他们中有流浪汉、小商贩、罐头厂工人、打鱼者，甚至还有赌棍。这些人聚焦在"罐头厂街"上，有着自己的秩序，有着自己的人生理念，虽然生活在下层，却不失善良和美德。用书中人物的话说，这些人都"很健康""干净得让人诧异"。他们的话，是用来反证资本主义上流社会光鲜的外表下，所从事的肮脏的勾当的。另外，从王跃文所发朋友圈的微信上得知，何顿先生有一部新长篇，叫《幸福街》，据悉是五易其稿。何顿擅长描写长沙市民的日常生活，擅长描写小人物的喜怒哀乐，这部《幸福街》值得期待。

那么在经常途经的这条街上，一个夜跑者，偶遇了两只胆怯的小奶猫和一个从树上掉下来的人，会有什么故事呢？我能否写一部书名为《五里桥二街》的小说呢？

对，这条街叫五里桥二街，很庸常很普通的一条街，因为五月某一个夜晚的奇遇，它变得立体起来，丰富起来，也开始让我想入非非，开始虚构一些无厘头的故事。我每次走在街上，从树下经过时，都会下意识地朝树上望望。我当然没有再望到树上会有一个人蹲在上面了，但我总期望能望见什么。

2019 年 5 月 26 日草于 G56 高铁上

望虞台

深秋的时候，坐在望虞台临水的露台上喝茶，看山，看湖，看水，心也顿时安静了下来。

望虞台我来过几次了，都是和好友潘吉、老浦、皇甫等人喝茶，有时候是参加朋友的文艺活动，潘吉的长篇小说首发式也是在这里搞的——这是一个绝好的喝茶、搞活动的地方，景色优美，在尚湖穿湖而过的路侧，算是尚湖的中心了，四面都是水，一抹如画的虞山就在湖岸，湖上有白鹭在飞翔。

在什么地方喝茶，就会有什么样的心境。我虽然不是个讲究的人，但，也不喜欢在闹哄哄的场合喝茶。开会时的茶也是寡淡的，因为十有八九的会都是无聊的，特别是那些空洞无物的人讲空洞无物、装腔作势，甚至是谎话连篇的话，茶的滋味都受到了污染。我也不喜欢看所谓功夫茶的表演。如果喝，必定只能是一个人，一个人喝功夫茶，那才是真享受。如果是喝绿茶，我喜欢两三个好友，在一个安静的地方，不用谈什么大事，闲聊最好，有一句没一句的，有一搭没一搭的，谈什么内容不重要，人对就行了。如果是谈生意，那必须有酒才过瘾。因为茶是要品的，慢慢地品，阳光绿水，气定神闲，看光阴一点儿一点儿地流逝，就比如坐在这望虞台边，远眺虞山，近看秋水，自己拿一壶开水，再拿出自带的茶叶，泡茶，人生享乐莫过如此了。

我曾在尚湖另一个临水的茶社喝茶，是在夏天。之所以记得是在夏天，是因为茶喝好了，从湖边栈道往回走的时候，有人在湖里游泳。两个人，一男一女。正要走过去时突然有人喊我。循声望去，看到游泳者是散文家、诗人庞培。他在水中只露出一颗头来，跟我举手示意，挺有喜感。那天还有一个印象，就是在茶社的对面，有一个小岛，岛上布满了高大的植被，葱葱绿绿的，在那些翠绿丛中，有各种鸟儿起起落落。有一只大鸟，我不认识它是什么鸟，很勤劳，不停地从小岛上起飞，向虞山飞去，又从虞山飞回。我至少看到它往返了三趟。我猜想，它可能是为它的一窝小雏鸟打食去的。我们在外边奔波，不断地回家，和那只大鸟差不多。那天喝茶的人中也有上述提到的三位好友，他们也看到那只鸟了。我们都不作声，隔着一片开阔的湖面，看着它忙碌。

望虞台边的茶，刚沏上，看着虞山白茶的叶子在杯中舒展，看那茶汤渐渐变绿，茶香也便淡淡地溢出了。就这么和茶对视一番，任茶香在四周萦绕，在感觉差不多时，持杯小饮一口，慢慢品着，仿佛自己就是一介古人了，所有的杂事都忘到了九霄云外。话当然也会说几句，声音不大，和茶无关，和工作无关，和身边的湖也无关。有一只白鹭飞过来了，从我们身边绕一下，又飞走了。又一只白鹭，从湖的远处向我们飞来，越飞越近时，能看到它亮晶晶的眼睛。它仿佛也在看我们，翅膀几乎不动地停在我们的正前方，停在湖之上，然后，忽地拐个弯，向湖岸边的水杉林飞去了。成片的水杉一棵棵地立在水里，我曾划着小船从树丛中穿过，还顺手捞起过水中的菱角秧，摘两颗红菱剥了吃。现在，林子里，停着一大群白鹭，它们不时地会派出一两只"信使"来看看我们。它们在林子里小憩，就像我们在这里喝茶，享受的，都是生活。

望虞台的老板叫苏锡明，中等的个头，挺精干，经营茶社很讲究，也搞饭店，还热爱文艺，望虞台便成了文人雅士的聚会之地，经常举办一些好玩的雅集。如前所述，我偶尔也会被朋友拉来玩，欣赏他收藏的许多图书和名人字画。他当然也卖茶具，每一件都是极精的工艺品。苏老板也说过，做茶、做菜，和你们写文章的一样，都不是一味地为了钱，都有自己的情怀和追求，都想做出精品来。我相信他的话，因为我吃过望虞台的菜，无论是摆盘，还是菜品的滋味，两个字可以形容，俱佳。我和苏老板互加了微信。我看到他发在朋友圈里的不是菜品，不是茶叶的广告，而是尚湖的风景，并且，只冲着一个角度，拍一个景，那便是一抹青青虞山下的那十七孔桥、桥两端的长堤、长堤上那排排垂柳和沿岸的花。他隔三岔五地发一张，而且只发一张，不是九宫格排满的那种。从同一个角度，拍同一个风景，这不仅是在记录时光的记忆，也是在记录人生的感悟啊。我常常暗自佩服他的定力。

接下来的许多个日子里，我在翻看朋友圈时，都会看那一抹烟云似的山，看那俊朗的白石桥，并且感受到四时变化的垂柳和沿岸的花卉，就会想到望虞台，便会想着，哪天再和朋友去坐坐，喝喝茶。

2019 年 11 月 22 日草于北京

看山巅

　　山巅，山之巅。在山巅之上所看的山巅，就是开发区重大项目和重大工程了。

　　开发区的地形地貌我比较熟悉，二十多年前，我曾在开发区《大陆桥导报》做过一段时间的采编工作，"考察"过这块风水宝地：临海，并有河流穿过，而且背靠大山、两臂扶山（即三面环山）。穿区而过的河水即是引水上堂之意。"引水上堂"是引来了财路，"靠山"是留住了财富，都是好兆、吉兆。

　　当我登临开发区边上的大山，站立山巅，欣赏区内星罗棋布的企业格局和拔地而起的高楼大厦时，感觉开发区的气象真是非同寻常，清澈、宽阔的河流像一条飘带，绿色的山峦像一扇扇翠屏，加上葱葱郁郁的道旁绿化带，把整个园区点缀得欣欣向荣，蒸蒸日上。

由于当年我从事的是新闻宣传工作，曾对初进园区的重大项目进行过采访和报道，知道这些企业是开发区的"支柱"，体格庞大，抗风险能力强。在此后的无数年中，像这些当年的重大项目，开发区又引进了许多，那些原先的"龙头""支柱"，渐渐又被新的"龙头"和"支柱"所引领。开发区就是在这样不断引领、不断跳跃中，一步步走向辉煌。

看看关于开发区的新闻，就算是离开开发区二十多年的我，也会禁不住欣喜，禁不住点赞，比如由国电联合动力技术有限公司研发的、具有完全自主知识产权的 6MW 海上风力发电机组，早就在开发区成功下线了，这可是目前国内单机功率最大的风力发电机组啊。因为这个项目，为连云港市壮大风电产业集群、打造新能源产业千亿板块、提升核心竞争力等综合实力，注入了强大的助推动力。还有工业机器人项目，更是让人耳目一新。据悉，工业机器人是集机械、电子、控制、计算机、传感器、人工智能等多学科先进技术于一体的现代制造业中的重要自动化装备，附加值很高，应用范围很广，可迅速形成经济规模，带动相关产业群的发展。当然，老牌"龙头"豪森药业也没有消停，他们从 2010 年年初开始建设的创新医药产业园，总面积一千多亩，计划总投资约三十亿元。其中制药剂生产基地，全部按照美国 FDA 和欧盟标准设计。项目全部投产达产后，可新增销售收入八十至一百亿元。如此庞大、强健的规格，不仅进一步巩固了自身的优势，还为未来的腾飞和开发区的腾飞储备了足够的能量。采访中了解到，目前开发区各重大项目都在紧锣密鼓的建设当中：国家新能源产业和中小企业科技创新与成果转化示范园加快建设；恒瑞研发中心建成使用；康缘、豪森等一批医药产业园完成主体工程；中科院能源动力研究中心初具实验条件；清洁能源创新产业园育成区启动建设；国内首家省级高性能纤维检验中心投入使用；中日纳米研究院揭牌成立；中日（连云港）生态科技产业园上升为中日两国政府合作项目；规划展示中心已经建成开放……可谓数不胜数。

开发区不仅有这些丰硕成果的新兴产业和正在加快建设步伐的重大项目，而且在这些重大项目推进建设中，还不忘加快结构调整、培植发展后劲，在许多方面实现了新的突破，比如新医药、新材料、新能源等项目。

了解开发区的人，都知道这里不是一个平凡的地方，所谓的不平凡，就是开发区不是一个独立的开发区，是和全市重大项目和重大工程紧密相连的神奇的土地，是和石化产业基地、丝绸之路经济带、自由贸易港区等全市重大项目不可分割的一体。因此，开发区的重大项目更显弥足珍贵。

开发区就是一个大平台，重大项目就是平台上的明珠，推进重大项目建设的开发区人，就像绿叶上的茎脉，他们牢牢抓住机遇，迎难而上，才使得开发区能够不断发展壮大，有了今天的面貌。

开发区内的山有很多，说真话我不知道这些山的名字，但已经不重要了。当我再一次登上开发区内的一座山峰，欣赏开发的美丽景色时，已经不再像二十多年前那么激动和兴奋了，眼前的新市、新区、新街道，还有那些厂房、高楼，早已在我预料之中，我知道开发区人的大手笔还在描绘新的蓝图，更大更美的蓝图。

山巅之上看山巅，真的会有不一样的风景。要说开发区有多少辉煌的往事可以重提，要说开发区人的中国梦，要说历年来重大项目的推进和重大工程的建设，肯定是绕不过去的"话说从前"。站立山巅之上，看开发区人作就的华彩文章，看他们洒下的每一滴汗水和倾注的每一腔心血，还是禁不住感慨，那些年，那些事，那些收获的成果，那些重大的决策，真是笑也带泪，哭也芳华。

2016 年春于连云港开发区

虞山派

常熟是个好地方。

我不了解常熟之前，就知道常熟是个好地方了。有多好，古人已经为我们做了概括，共有四派可以代表——虞山诗派，虞山画派，虞山琴派，虞山印派。我不知道这个顺序对不对，反正我的态度是，更愿意把诗派排在前边。我知道虞山诗派的代表人物是钱谦益，虞山画派的鼻祖是黄公望，然后又影响了王氏诸家。虞山琴派的代表人物是严天池，虞山印派的代表人物是赵古尼。常熟的文学艺术，还不仅仅局限于这四大派，明清以来的藏书楼文化，曾经深深地影响了江南的一代代学子。晚清谴责小说的代表人物曾朴也可称"派"。金曾豪的动物小说在全国也有巨大的影响，称"派"毫不为过。书法家言恭达，也是一派。还比如吃吃喝喝的美食派，代表菜应该是阳澄湖大闸蟹，或者是兴福寺的蕈油面——这个不矛盾，因为吃吃喝喝也是有各种讲究和艺术的，属于"浮生闲情"派。偶寄浮生的美食文化，从来都是和文人密不可分的。所以，我认为，各种类别的文学艺术凡可称为"派"的，都可以以"虞山"来冠名。

很高兴参加常熟四位诗人诗集的首发式。我初读这四本诗集，很激动，突然就想到虞山的诗派。虽然现在我们讨论的诗是新诗，但新旧诗在许多方面是有传承的，诗意啊，诗境啊，诗心啊，诗情啊，诗景啊，等等方面，无论旧体诗还是新诗，都有这方面的追求——理论上的阐述我就不去多说了。具体在读王晓明、浦君芝、邹小雅、许文波四位诗人的诗集的时候，我有一个共同的印象，就是：他们的诗，都用了不少的篇幅去"抒情"常熟的山山水水，描摹故乡的物产风俗。

浦君芝的诗集《夜之书：虞山》，干脆以虞山来命名，这就表明了一种态度。虞山是俊朗的，也不失其柔美；虞山是现实的，又不失其浪漫。虞山本身就是诗，就是画，就是琴音。虞山的这首大诗里，有许多繁复的篇章。虞山的这幅长卷宏图里，分很多唯美的层次。虞山的这首古韵长乐中，有许多的音节乐章。浦君芝在虞山上细细寻觅，他发现了破山寺的《通幽》，发现了一个"书生\扑着光影\倾听一粒馨音……而后山，花木深深"。至于去拜访的旧山楼、宝岩寺、小石洞、南方夫之的墓、方塔园、梅颠阁、曾赵园，都"从历史的甬道深处"，散发出"悲悯、慈爱、正义与伤感"的气息，"它们来自仁慈的虞山＼又去往大地与民间"。浦君芝的诗里有一些不经意的抒情，明明感觉到是一种写实的意象，读后心头却有绵绵不尽的余音，袅袅不绝，仿佛一个美人在倩笑过后，虽然不笑了，那笑意还遗留在脸上，能感觉到那笑意一直还在，不仅是脸上的笑意，还有心里的笑意。比如整首的《梅花引》，比如《草木谣》最后的五句，比如《下雪了》的后一节，比如《唱山歌的女子》。我在沙家浜的芦苇荡里听过船娘唱《白茅山歌》，清唱，一边摇着船一边清唱，特别好听，声音很自然，很纯，没有任何修饰，宛如天籁之音，伴着因摇船疲劳而发出的喘息之声，太动人了，情不自禁就想化成那声音，融入那声音里。"唱山歌的女子流目顾盼。千年的民歌＼千年的心，在这里＼在大自然的滋养中久传不绝。"这就是递进，用不露声色的抒情来递进，效果更让人难以释怀。比如《游小石洞》，前两节读完以后，小石洞现在的情态和历史的烟云，已经说得很好了，可以结束了——就此结束也是一首好诗，但后三句得跟上——"洞旁那明代的藤溪草堂＼早已被漫漫时光＼深深埋藏"。这么一转，整首诗又达到了另一个境界，更高的境界，让你在无限的悲怆中，怅然若失。还有一首《无题》，是说小蚂蚁的。小蚂蚁这种小动物，太常见了，我读过关于小蚂蚁的童话，也读过关于小蚂蚁的寓言，这次又读了一首诗，颇有感触。我们小时候都看过蚂蚁，逗弄过小蚂蚁，看它们忙忙吵吵地搬家，看它们被人踩踏，被水浇，还有人朝它们撒尿，被尿浇得四下喷散时，大家都在笑。浦君芝也看到了这些，看到它们躲在枯叶下相知相爱，相互取暖。但浦君芝显然看得更远、更深，因为连阳光也躲得远远的、无人关注的小蚂蚁，和我们的命运居然那么的相似，一不小心，我们都活成了蚂蚁的模样。难道不是吗，终日里忙忙碌碌，各种操心，各种奔波，各种挣扎，各种疲惫，谁又能预知未来呢？这就是诗人夜读、夜思、夜写时得出的结论，对人类纯朴的爱，对人类悲悯的关怀。浦君芝是善于思考的诗人，诗离他很近，思想离他同样不远，正如他在诗集自序里所说的那样："我生活在虞山……社会变革带给我的惊喜或者忧伤，带给我精神上的冲撞。我最好的表达方式，就是常常在夜晚来临的时候，通过阅读和写作，让自己的灵魂，浸润在诗歌语言的光芒里。"

《这一天已来临》是邹小雅的诗集。小雅也写家乡，写常熟，写"那个叫陆家河的地方"，当然也写"远方"，写"小雅"。无论是写"玉龙雪山上""你的远方"，还是"在贝子庙前的台阶上"，小雅的诗都仿佛一幅幅黑白风景画，或者随意的、技法高超的速写，而且带有一点儿民国的气息。她写《窗台上的鸽子》，写《花殇》，写《虞山北路》，都接近于傍晚的尚湖边的风景，让人安静，让人默想，让人想起诗和远方。不信我们可以来读一段《陆家河岸》中的几节：

向着虞山做梦

把山看成青山

…………

午后，静静的河

刺槐开出的花

头发染成白，当虚无再次降临

我们，又怎么能够躲开

…………

四十年的光阴足以读懂一条河

一座山

　　"虞山""梦""静静的河""刺槐开出的花"，这些意象，我觉得就是一幅意境深远的黑白风景画，只有这样表达才更美。她写《虞山北路》，"香樟树越来越干净＼落叶在风中＼跑着，跑着，就抱成了团"。多美啊，这就是一幅小品画嘛，恬淡、安逸、耐品，是黑白风格的小册页。还有《柳絮飞》里的这几句，"想起某个人时＼柳枝就低过了水面……荇菜啊荇菜，他在水中央＼升起了一个个音符"。这里的某个人也是低调而内敛的，成了水中的倒影，但继续升华，又宛如水中央的荇菜，变为心灵中的音符。"和青蛙在空心潭边坐着时＼想起了夏天……说起了门泊东吴的典故……在唐诗宋词间稍作停留……离去时，瞥见，已蛀空了的枝＼还在长叶"这是《空心潭边》里的句子，我在读时，画面感立即呈现在眼前，而且穿越了长长的历史，是原生态的、旧时的风景小品。小雅的诗，清雅中透着岁月的风霜，娟秀中透着淡淡的哲思，就像她诗集腰封上提炼的那样，带有花的香味，带有城市和乡村的人情味，"每个季节都会发芽、开花、结果"。我还记得有一年秋天，邹小雅在王晓明的带领下，随常熟作家代表团到连云港访问时，她下海捡拾过贝壳，还在海边山嘴上采摘野山椒，我悄悄观察过，她的举手投足，就像这本诗集里的一些诗那样，是黑白的，日常的，生活的，背景是浩渺的大海，头顶是湛蓝的远天，身边的山椒树上，是一颗颗褐红色的果实，她投入地采摘，清新、淡雅而有内涵。

许文波的诗集，用《一意》作为书名，挺独特的。不知道别人怎么想，我第一感觉，就是有点儿禅意在里边，会让人盯着这两个字想一想，再想一想，然后就会有一些阅读的期待。《一意》共分为六辑，我最喜欢读的，还是第三辑《虞山之下》和第四辑《空心潭上》。虞山已经被说了很多了，每位诗人笔下的虞山都不一样，都有不同的风姿，不同的情态。许文波的虞山之下，并不仅仅指虞山的山下，而是更为宽泛，是指整个的常熟，指常熟诗人认为可以入诗或被感动的地方。这就对了，虞山就是常熟，常熟就是虞山，这和我脑子里固有的概念是一致的。在很多时候，比如我在和朋友吹牛的时候，我会把虞山诗派说成常熟诗派。说常熟诗派当然也没有错，但却充分表明了我的直觉和态度。而《空心潭上》这一辑里，诗人着笔都在兴福寺里，以空心潭为中心，扩展开去，或《倾听》或《共鸣》，或《循环》。有意味的是，《虞山之下》的"下"，涉及更宽泛的范围，《空心潭上》的"上"，涉及得更具象或更虚拟一些。一"下"一"上"所暗合的禅意，也颇耐琢磨。我很赞赏汉家先生关于许文波诗歌的评论，赞赏他的解读。我也赞赏江喜先生在跋中对许文波诗歌的分析。许文波的诗，有其独特的思考和表述，深沉、丰满、繁复、绵密、遥远，节奏和韵律感特别能抓人，读他的诗，你会情不自禁沉浸在一种特有的深沉里，会不由得被诗行牵引进思考的迷宫中。在《酣醉：紫》里，尤其能体现出来，"八百年光阴不只是弹指一挥＼已经失了语的是琵琶，失了色的是一幅江山如画＼＼我从一首宋词的上阙中逃离出来＼又一头跌入下阙，就像跌入虚空但真实的回忆里"。此情此感，既浓得化不开，又能感受到诗里的尖锐和不忍。这种绵密和深沉，这种尖锐和不忍，在《西城楼阁：落日》等诗里，又递进了一步，唤起人们更深切地去关注我们置身的世界和周遭的环境。

王晓明的诗集《秋天的庭院》，我觉得就是在写他家的庭院。他家的庭院，就是一个微型的园林，有亭，有池，有桥，有竹，有圃。他随便坐在一个什么地方，一边剥着大力豆，一边品着好茶，一边欣赏着陈年的旧物件，一边思考着，放眼世界，回首人生，看待世事，展望未来……池塘里的鱼儿，会跳起来看看他放在石桥上的《诗刊》《钟山》《花城》和《收获》，眼睛也瞥到他桌子上的，几页手写的涂改满篇的诗稿。

王晓明的诗是从《早晨》开始的，然后，《与王沐川在图书馆》里读一会儿书。这个场景多好啊，在安静的图书馆里，看着孙子读书，孙子借了两本书，一本是《托马斯登场了》，一本是《赛车总动员》，王沐川小朋友看入了迷，连"回家吃饭都不走"，这就是图书馆日常的状态，"安静得像一幅画"，读书者是画中的风景，而诗人在画外。看似写生活的日常，所透露出的意味却非同寻常。孩子们读书是世界的未来。可大人们，谁还在读书呢？我们现在看看各级新华书店的门市部，卖书的空间越来越小了，而且大部分只卖两种类型的书，一种是儿童书，一种是各种培训的读物。人们即便是阅读，也大都是浅阅读、轻阅读，在手机上随便翻翻。诗人提出的实际上是一个让人忧患的问题，隐喻尤其深刻。我喜欢这种平实的叙述，有扎实的笔力，语言节制，不事雕琢，于轻灵中营造出凝重之气，同时也让希望在阳光下发芽、成长。

诗人忧患的意识还涉及各个方面，特别是涉及那些消逝的故乡的风景。《在常熟的街巷》里，诗人写道："遗留下的老街巷＼是这个城市唯一的底气。"没错，我们现在看到的真正的老街，少之又少，大都是把真正的老街拆了，再用钢筋水泥做一些仿古的建筑，诗人洞察秋毫，早就看穿这一切，但那又怎样呢，只能感叹其"营养不良"，斥责为"怪胎"，形容为"丑陋"，而那些"斑驳的老屋、幽深的庭院"，"却一直闪着光华"。令人欣慰的是，还有南泾塘，还有山塘泾岸，还有琴川河在向东流淌。诗人于无奈、感伤中，所流露出的对破坏历史的痛惜，让人感同身受。真正的历史消失了，但灵魂却可以随生命一同前行，"我脚步能卷起一点暖意"，"就找对了这个城市粗壮的血管"。确实是这样，有些事物，尽管时间在向前迁移，却拒绝改写，因为改写之后无法真正还原，那破坏的不仅是历史，还有血脉、传承和根基。在写常熟，写旧时记忆的诗篇中，诗人对家园故土的个人情感一直萦绕在诗行中，就连外婆家门口一棵消失的老榆树，也让诗人感怀不已，因为"它粗壮的枝干\伸向天空\老屋因此而沉浸于它的绿荫"。至于《尚湖》《尚湖边的夏天》《旧山楼》《兴福寺》《虞山以南》《爱一座城市不需要理由》等诗章，无不让人感怀伤时，无论是"尚湖的梦在城市深处"和"岁岁丰富常熟田的歌声"，还是在"四百年的红豆树"下，诗人的家园情怀都表现得淋漓尽致。诗人说虞山，说尚湖，说"山水皆有秩序"，说尚湖可以"收纳着一切真实和虚幻"，说旧山楼"照亮了江南的山色"，"带着我们无尽的相思"，而"琴川河的琴弦，正细数着今天的故事"，就连"两岸的粉墙"，也"落满了诗行"。就算是不为大家熟知的小山台，在诗人的笔下也那么的唯美，也不忍它消逝："它是虞山的一个风景\但它并不张扬\春分沉醉的时候\落满了星光。"所有这些，都寄托着诗人对家乡的绵绵之情。灵魂需要安顿，情感需要寄托，记忆里的家园才是最好的家园。我相信，王晓明写这类诗，完全是内心的真情实感，他太在乎常熟的历史了，文开吴会，灵萃勾吴，才是常熟的根，才是常熟永葆青春的名片。诗集中，诗人还写了不少行旅诗，正好衬托了这些家园记忆的不可匮缺，"日暮乡关何处是，烟波江上使人愁"。因为人在旅途，极目所至，都是和自己记忆相左的风景，都是陌生，都是隔膜，这让诗人的灵魂感到焦虑和不安，需要寻找精神的居所和心灵的家园，因此，每个人赖以生存的家园，都与它储存的童年、少年记忆有关。所以，诗人王晓明《在黄公望墓前》才有这样的感慨："看云卷云舒\看世上湖山怎样日出。"

这就是我读虞山四位诗人作品集的粗浅的看法。

我重申一下，我不是诗评家，也不是诗人，我的上述发言，纯粹是一曲乱弹。但我要强调的是，他们是虞山的诗人，是虞山诗人中的代表。回到开头我所表达的意思，常熟是个福地，虞山是个福地，在这个适合艺术成长的福地上，有许许多多艺术都是有个性和特质的，都是有代表性的，都适合称"派"。仅就诗歌而言，据我对虞山诗坛的了解，虞山的优秀诗人不只他们四位，能列出一串长长的名单来，比如陈虞、许军、张维、张国灿、陶玉霖、阿笑、姚月、陆雁、毛振虞、翁立平、季建纲、承宁、金益、曹利生、陈玉、杨敏亚、楚衣等。而事实，在某一年的《星星》诗刊上，他们其中的一批诗人，确实以"新虞山诗派"的面目集体亮相。我想，那次亮相，如果仅仅是预演的话，那么这一次王晓明、浦君芝、邹小雅和许文波的诗集，就是那次预演的继续。接下来，会有更多更年轻的常熟诗人加入"新虞山诗派"的队伍中来，他们的共性和特质，都深深地受到虞山精气所滋养。

虞山是一座文艺的山，诗人的山。新虞山诗派的大旗，我看可以适时地举起来了！

（该文是作者于 2019 年 10 月 19 日下午，在常熟四诗人诗集首发式上的发言）

轻散文

　　人们感慨于生活压力越来越大、感慨于各种诱惑越来越多、感慨于被林林总总的大部头和眼花缭乱的图文书搞得不知所措时，我们精心打造的"轻散文"系列丛书，和广大读者见面了。

　　这既是一种全新的文体，也是一种全新的阅读方式。

　　我们所探索的"轻散文"，包括短而精美，轻而隽永；也包括回归自然，回归质朴。简单说，就是写自己日常的生活，写自己内心的感受。对所见所感如实呈现，对所思所想真诚相告。并希望，在人们对当下生活渐感浮躁和麻木的时候，能够发现生活的新奇和诗意，发现周围的平淡和美丽。这种写作的价值，事实上是散文文本的一种尝试，也是倡导一种新的写作姿态，即，精短而真实，亲切而和谐。自觉降低观察生活的视点，呈现那些很少被人关注或者未曾发现的视域，在快节奏的现代生活中，仔细并缓慢地品咂日常凡俗的美感和复杂，品咂生活的温润和愉悦，安抚当下人凌乱而无处寄托的情思，表达出对生命的尊重，对生活的礼赞。重新回到崇尚真实、体悟自身存在的散文传统，以改变当下散文的浮躁和矫饰。同时，也切合阅读者内心的感受，不知不觉中，和作者进行文本的互动和心灵的沟通。

不可否认，"文化散文""学者散文""历史散文"等所谓的"大散文"，推动了散文的复兴和发展。但是，现代散文的发展和流变，从来都是多元并进才枝繁叶茂的。"轻散文"概念的提出和实践，可以看作是对传统生活类散文的回归和创新。周作人的平和冲淡，梁实秋的"雅舍小品"、俞平伯的委婉清丽、林语堂的活泼幽默、孙犁的"芸斋"散札，皆可视为"轻散文"的前辈经典。孙犁说："我仍以为，所谓美，在于朴素自然，以文章而论，则当重视真情实感，修辞语法。"

所以，我们推出的这套"轻散文"，就不仅仅是追求文章的精美和短小，更是文风和理念的革命：文虽短小，意趣不小，有精神的见解，有优美的意境，有清新隽永的文采，更折射出时代的风貌和社会的深意。

这套"轻散文"读本，适合日常的阅读。无论你是学生，还是上班族；无论你是小资，还是蓝领；无论你从事什么样的职业，都能从书中发现自己的身影，找到阅读的乐趣和情感的依托。

2013 年 1 月 20 日于北京草房荷边小筑

（该篇是《中国书籍文学馆·轻散文卷》的总序，由作者代笔，中国书籍出版社 2013 年 9 月出版，出版时署名"编者"。）

小说的线头

最近几年，常常在街头遇到打招呼的"熟人"，却不知道对方是谁，有的还站下来说话，往往是，说了半天，我居然对不上号，想不起来对方姓什么叫什么，又不好意思问，直到对方说出了某一件记忆深刻的事，方才恍然。这让我很担心，是自己的记忆出现问题，还是本来和对方就不熟？更为奇葩的是有一次，对方戴一个大口罩，刹住电动车，停下来和我说话。大口罩让她只露出两只眼睛，上来就告诉我，知道吗？某某某死了。她说的某某某，我怎么也想不起来认识这个人，任凭记忆的流水如何泛滥，依然是毫无头绪。但她继续喋喋不休地告诉关于某某某的死因：自杀的……你说傻不傻，过不下去就离了呗，死了有什么好的？都怪那个男的，外头有人了……也怪她自己，她有你也能有啊，谁怕谁？唉，真是可惜！对了，你们当初不是也挺要好的吗？后来怎么……
我不是那个意思啊！嘻嘻嘻……哎呀，我是不是认错人啦？
你不是老丁？丁某？对不起，对不起……她为了掩饰自己的
尴尬，哈哈大笑两声，电动车一加速，走了。我站在路边发
了一阵呆。她讲的事，我丝毫不知情，巧就巧在，她说的丁
某，我还真认识。

这就是《歌声飘过二十年》的缘起，是这篇小说的
"线头"。

多年来，我的写作，很少有冥思苦想构思出来的，大都
是碰巧碰来的。话说那天，我走在回家的路上，满脑子都是
那个路遇的女人所讲的自杀事件。如果仅仅讲到自杀为止，
可能还不是一篇小说的东西，而她最后扯出来的丁某，并且
误认为我就是丁某，这就有点儿意思了。联想到有一次，和
几个年轻作家一起吃饭，不知道怎么聊起了音乐，又不知道
怎么聊起了《斯卡布罗集市》，有人立即从手机上把这首歌找
了出来，现场播放。其中一个80后的年轻人突然哭了，是真
哭，哭得又伤心又委屈。现场气氛一下子凝固了。然后，年
轻人痛不欲生地说，他的初恋就死在这首音乐中。他当然没
有展开来说。我也不知道他的初恋有多么的轰轰烈烈。由于
路遇女人的讲述，这个现场痛哭的年轻人的形象便从我的记
忆里走了出来，和路遇女人所讲的故事互相碰撞，互相融合，
又产生了新的故事，我再给他加了十几岁，就成了丁某了。
等我回到家里，这篇小说的大致轮廓就呈现出来了。

小说的线头

对我而言，一篇小说的"线头"很重要。但也不是每一个线头都能扯出花样翻新的故事来的。我从来不相信创作谈一类的东西，我也不相信那些名家所谓的创作谈。小说就是胡思乱想再自圆其说的产物。但我相信，每一篇小说的写作，都会有线头来触发你的灵感，这个线头能扯出你记忆里的某些东西，能牵出你读过的某本书、某篇小说、某个人物，于是下笔就有了把握。如果没有那个路遇女人的讲述，那个因为一首歌而哭泣的80后就不会从我的记忆里跑出来，也就没有《歌声飘过二十年》的这篇小说。

我不知道这篇文字算不算创作谈。反正，我的体验就是，一篇小说的写作，要有某个触动你的点，要有某个线头的适时出现。这个点，或者这个线头，都隐藏在我们日常的生活中，能感受到这个点，找到这个线头，也是要有点儿功力的。

2019年11月29日于北京草房荷边小筑

（《清明》杂志2019年第六期发表我的中篇小说《歌声飘过二十年》，该篇是为该杂志写作的创作谈。）

小说的"像素"

从 2011 年春天算起，我潜居北京九年多了，从第二年开始搬到现在所住的小区，也八年有余了。这个小区紧挨着通州，有一个好听的名字，叫"中弘·北京像素"。"像素"是个专用词，什么意思我只是大略知道，从来没有去深入探究过。我有几个搞摄影的朋友，和他们闲谈时，口中会时不时地蹦出这两个字。小区有几十幢造型不好看的高楼，而且全部是筒子楼，跟"像素"也没有关系。但小区里有不少和艺术有关联的企业和住户，也有不少艺术培训机构，分布在这些造型相似的筒子楼里，特别是每幢楼的底层，都被各色店家占领了。在这些店铺中，就有酒铺、书吧、茶社、画室、咖啡店、主题书店、音乐教室等，我还在某幢楼里碰到过一间玉雕工作室，在另一幢楼里，看到陶艺工作室，周末去小区的步行街散步，不经意间会和一拨正在表演的乐队相遇。

我在这里居住、生活、工作，时常去酒吧、书吧、咖啡店坐坐、玩玩，喝喝啤酒，喝喝咖啡，翻翻书，还会遇到一些"艺术家"出没于书吧、咖啡店举办的小型画展上。时间长了，会认识其中的一两位，然后，朋友圈渐渐扩大，他们中就有画家、音乐家、翻译家，也有歌手和鼓手。和他们聊天或听他们聊天的时候，一言半语中，能听出他们的故事和生活的情状。这就是我写这篇《恋恋的时光》的由头。而真正触动我写这篇小说的，是一次喝精酿啤酒时的遭遇。这家酒吧叫"某某酒铺"，就在我对面的那幢楼里，当时的顾客只有我一个人，在我差不多要离开时，突然进来一个中年人，跟吧台要了一瓶啤酒，一边喝一边欣赏墙上的一幅油画，看着看着，就泪流满面了，他对吧台老板说，我先回家了，十分钟后，你打我电话，邀请我来喝酒。女老板答应了，还跟他笑了笑。我感到奇怪，人都到了，酒都买了，坐下喝就是了，为什么还要别人再次邀请？而且是在十分钟以后。我也看了看那幅油画，主体是一个戴灰色围巾的女人，色彩有点儿晦暗，女人褐色的头发在风中凌乱着，眼睛特别大，却特别空洞。从艺术上讲，这幅画没有什么惊人之处。老板看出了我的疑问，告诉我，这幅画就是他画的，他是个画家。在回去的路上，我联想到那些和我有过交往的艺术家，联想到我生活的这个小区，联想到"像素"，也就是图像的元素，它们的基本原色及其灰度的编码，居然完全可以对应我们真实的生存现状，居然就是形形色色的众生，于是，这篇小说的轮廓就大致形成了。

我曾在去年的一篇创作谈里说过，对我而言，小说的"线头"很重要。但也不是每一个线头都能扯出花样翻新的故事来。我不相信那些玄虚、高深、混杂着主义和思潮并且引用几位名人名言的"创作谈"，我觉得小说就是胡思乱想、自圆其说的产物。但是，具体到每一篇小说的写作，那个首先触动你的"线头"很重要，这个线头能扯出你记忆里的某些东西，能牵出你读过的某本书，也能让你联想到生活中的某个人物。《恋恋的时光》的"线头"，就是那幅让作者悲伤落泪的油画。

生活远比小说要精彩得多。写小说就是写生活，把人们基本的"像素"和"编码"进行调节和拼凑，并呈现出来。作者所要做的，就是起一个园丁的作用，给原生态的生活修修剪剪，花是花叶是叶就是了。

2020 年 3 月 16 日于花果山下

（《小说选刊》杂志 2020 年第四期选发我发表在 2020 年第一期《小说月报原创版》上的短篇小说《恋恋的时光》。该篇是为《小说选刊》公众号写作的创作谈。）

《风过书窗》题记

　　这本小书是先期编好，写了后记，才回过头来写这篇题记的。古人所谓"题记"，都是放在书后的。"而一文之后，有所题记，后人称曰'书后'，抑或曰'跋'，则后序之变，前或曰'引'，又前序之变也。"（姚华《论文后编》）鲁迅在编《朝花夕拾》时，遵照古人所说，把小引放在前边；在同一时期编《野草》时，又将题词置于书前，而且他的另外几本书，如《坟》《热风》《南腔北调集》也是这么办的。

　　我的日常生活，无非是居家闲览写作、庭院散步思考和出门旅行观光。

　　我的阅读以闲书为主。所谓闲书，是相对而言，对我来说，就是些上不得台面的小说戏文、日记书信、碑帖画册、野史杂著、书目书话、年谱传记等，有的书倒是专业书（比如书目、年谱），但到我这里，都成了闲读之物。闲读之余，对书房里成天"耳鬓厮磨"的摆设和用品自然也有了些许兴趣，书签、瓶供、盆栽、灯盏、挂件、镇纸、茶具、橱架、桌椅条凳等，时间一长，就禁不住会对它们"有话可说"，写成小文，自娱自乐，积久便成册也。

休闲的另一种方式是散步或静坐望呆。庭院当然是散步的绝佳去处了。我们居家时，推窗一望是哪里呢？是每天都要路过的住宅小区。从大里说，小区是我们大家的庭院；从小里说，小区就是自家的后花园。谁不爱自家的庭院和花园呢？庭院里的花花草草、亭台阁榭、雕塑垒石、喷泉湖泊，乃至一块路牙石、一盏地灯、一棵苗木、一个垃圾桶，都是我们熟悉和亲切的。我每天都会数次从它们身边经过，不管是匆匆回家，还是出来散步，在平淡的岁月中，小区的环境是我们绕不过去的，与我们有着切身关联。久而久之，我也会对它们充满感情，也会倍感珍惜和爱护它们。自然，它们的日常也常常出现在我的笔下，成为我书写、感叹的对象。

旅行的妙处，相信很多人都有不同的感受。我的旅行大概离不开三种：一是，参加各种采风、笔会、改稿会、研讨会；二是，会会老朋友；三是，有目的地到某地看看名人旧居。这类闲文只能有感而发，硬写不得。沈从文说过："我这一辈子，走过许多地方的路，行过许多地方的桥，看过许多次数的云，喝过许多种类的酒，却只爱过一个正当年龄的人……"我遇到的只能是这些好风景。

几年前，和朋友们在杭州西湖小聚。闲谈中，想几人联手出一套休闲式的小丛书，回来便梳理自己未曾结集的旧文，着手挑选出一本，感觉"闲"得还不够老实，充其量是生活和闲居的混搭，便搁了下来。

去年岁尾和今春蜷居在燕郊，室外天寒地冻，室内暖洋洋，别的事不想做，也做不成，便收拾心情，重读了这本书稿，随校随改，且改动不小。这也是没法子的事，自家的文字，什么时候重读了，都会有改的冲动。这次修订，费时一月有余，修饰了一些篇章，但也没有做完，便又被别的琐事占用了时间。前些日子正值清明小假，又对个别篇章进行了修订。

今天在东三环长虹桥边通广大厦的一间办公室里，和同事们闲聊起编书和远行。编书就在手边，《海州野菜》《杂花生树》《书房杂记》及手头这本。远行呢，是惦念着即将开败的桃花，据说附近有一地方，桃林成片达十万亩之多，还搞了个桃花节，林间花下有各种名吃小食，很是诱人。花是看不成了，桃花饼也只能待到明年，回到燕郊，倒是紧手把这篇题记打理完。

2018 年 4 月 16 日于燕郊

《风过书窗》后记

夜色已经很深，室外疑有雨声，抬头一看，果然，窗玻璃上有雨花喷溅。我突然心安了，觉得在下雨天，迟睡是正常的事，可以把这篇后记敷衍完成。只是这雨不是时候，清明刚过，各种花儿都开放了，昨天我在小区里看到一树的梨花，真是好看啊！还有桃花涧的桃花，正想约朋友去看呢，这一夜风雨，不知还能保留几朵。但春雨总是如油贵，能适时地来临，也是赶着正好的春光啊！

书中篇章分为两卷，上卷为"推窗，对影邀月"，所收诸篇，涉及和我相关的两个社区。需要说明的是，这些拙文在一家晚报连载时，被要求署了不同的笔名，五花八门，有草乙、大富、小言、夏禾、吴苇、晓岩、惊涛、文宝、江北、明高等，在此不一一指出。这些文章，在一些相关的企业网站上会时有刊出，怕引起误会，特此说明。另外，这些文章收进本书时，原有的标题都做了更改，内文也进行了修订，有的改动还较大。下卷单纯多了，不存在署名问题，文章横跨的年代也较久，最早的《满目河山空念远》大约写于二十年前。

今天下午四点和朋友在咖啡馆喝茶、谈诗。说到生活的诸多艰辛，说到年岁渐长，人事纷繁，便唏嘘感叹；再说到有书为伴，有好友聚谈，遂又心满意足互道珍重。诗、小说与散文以及我们常谈的日常琐屑，都是我们要天天面对的，宛如我现在在灯下轻轻敲打着键盘，楼下妻儿早已经入睡，听窗外雨声淅沥，任时光从指间流走，有什么不可以面对呢？老实说，正是下午聚谈时的感触，才促使我把这篇后记写完。

2018 年 4 月 7 日于花果山下

《杂花生树》后记

　　这本小书是从《野菜部落》里分出来的。原书初版时分为两卷，卷一为"野菜情"（已经独立成书），卷二为"草木如诗"。这本小书就是以"草木如诗"为主，增加了这几年新写的篇什，有《宝岩的杨梅》《花光一片白云堆》《百龄海棠百年果》《满园"富贵"》《垂槐》《香樟花开》《金镶玉》《窗下的月季》《旱蒲》《花园·紫藤》《荆菜丛中一串铃》《枣》等多篇。

　　我对于花花草草的喜爱，由来已久。小时候，我曾经撸过紫穗槐的叶子，卖给生产队沤绿肥；撸过洋槐树的叶子，晒干了，打成粉，喂猪；割过益母草，采过车前子——这是两味中草药，卖给县药品公司；还打过桑叶子养蚕。后来我参加工作，在县城郊外的一个单位里当会计。这个单位人不多，面积大，有许多闲置的荒地，成立了一个苗圃。我就分管苗圃和园艺工作，跟着园艺工人学会了扦插、育苗等技术，私下里育过十几株龙松。我一度还想做个园艺家，但因为心仪写作，园艺家没做成，却根据这段生活，写过多篇小说。长篇小说《植物园的恋情》就是其中的代表之一。

文化人喜欢园艺的不少，叶圣陶和俞平伯晚年因为要种牵牛花，书信往来了十几封，相互推荐好的品种，讨论种植技术，还互赠种子，互邀看花，沉浸在花事中，其乐融融。老舍也在院子里种满了各种花草，有人去他家做客，就带着客人参观。鸳鸯蝴蝶派大家周瘦鹃更是痴迷花草树木，专门在苏州买了个大园子，培植各种花木盆景，免费让市民们参观。周瘦鹃不仅动手制作各种盆景，在院子里种了许多花卉，还把这些花花草草写成文章，出版了《花前锁记》《花前续记》《花前新记》《花弄影集》《行云集》《花花草草》等随笔集，成为一代园艺大师。汪曾祺也写过多篇这方面的文章，《花园》《云南草木状》《人间草木》《红豆相思》《晚饭花》《草木春秋》《果园杂记》《马铃薯》等，成为他散文创作的重要组成部分。

我的这点花草树木的情结，都在这本小书里了。原先我并没有想做散文家，觉得写散文不急，不像小说，有些东西不写，就再也找不回来了。而散文的题目，放多久也能写。我甚至顽固地以为，好的小说家，一定能写好散文，而好的散文家，不一定能写好小说。

最近几年，写散文逐渐多了起来，发现散文也不是那么好写的，写一篇散文，同样要呕心沥血，调动十八般武艺，才能敷衍成篇。今年散文随笔的收获不少，数了数篇目，仅春节以来，就有三十多篇，除了因为增补这本集子而写的十来篇之外，较多的是关于读书的随笔。我向来喜欢读杂书，这也为我的散文写作提供了素材，但总觉得感慨不够深，寄兴不够远，有的文章过于平直、干枯，缺少滋润和曲笔，这是要引以为戒的。

2018 年 6 月 25 日于燕郊

《海州野菜》后记

　　这本小书要出新版了，我前后又修订了一遍，把一些不必要的文字做了些删除，又新添了《薄荷》《龙骨》《野花椒》等篇。更主要的是把原书一分为二，变为两本，前半部"野菜情"改为《海州野菜》，后半部"草木如诗"改作了《杂花生树》。新版的《海州野菜》，把大量的插图都舍弃了，这也是统一这套小书体例的缘故，没有其他深意。

　　关于野菜，我在《原〈跋〉》里已经说了不少，在此不再多说。需要说明的是，我一直想把这本小书续写下去，可一直没有写——说忙，当然是一个堂皇的理由了，但总不能理直气壮，因为写作也可以是忙的一部分，为什么能忙那个而不能忙这个呢？所以，说到底，还是对写这类小文的兴趣减低了，这实在是不应该的。比如有几篇小文我是可以写的，一篇是《洋芋》，一篇是《水满菁》，还有《水须苗》《烂丫菜》《老灌茎》《曲线头》《赖蛤棵》等。洋芋就在我们书库院子的花圃里，花圃就在办公楼的窗下，朝夕相见。它是食堂李师傅栽种的，大约是从野外移栽来的也未可知，一个月前刚是嫩苗时我就认出是洋芋了，粗粗肥肥的茎，大大的叶子。我对它并不陌生，主要是我老家的屋后边就有，不是一株两株，而是一片，植株有两三米高，叶子有巴掌大，没有谁把它当成好东西，任其自生自灭。只在某一年的秋天，我们去拔它枯老的茎做烧火的柴火时，带起来几个生姜一样的根茎，这就是洋芋了，又叫洋芋头。听祖母说，腌制后，晒干，可以煮咸菜吃。不知什么原因，我们家从来没有收获过它，都叫邻居的瘸三老爹刨去了。（他从前是我们家的长工）水满菁，在我家的院子里，多到了成灾。今年清明节，我和母亲回乡下的老宅去，院子里的水满菁又肥又嫩，特别是水井边的，匍匐在地上，有盘子那么大，几棵就能炒一碟。我揪了几棵，洗洗，拿到石台上晾着，中午用它爆炒鸡蛋，入口真是鲜嫩，这是一种特殊的野菜味，好吃。母亲说，你要喜欢吃，再去铲点儿，晚上我包饼给你吃，你小时候就喜欢吃菜东菜西的。果然，母亲花了一下午的时间，包了十几块锄头饼，馅子除了水满菁主打外，还加了鸡蛋和鲜虾皮，鲜不鲜？真鲜，而且还吃出了小时候的滋味来。在燕郊的东外三环，我常常要从路边的林间小径里穿过。小径是用砖头铺的，六七十厘米宽，随高就低，弯曲起伏，两侧的林子下面，有各种野菜，许多我都写过了，也有没有写的，比如有一种叫"水须苗"的野菜，就从我的笔下漏过了。现在看它的样子也特别，窄窄长长的叶子，比别的野菜要出类拔萃，可能是故意吸引我的注意吧。有一次，我真的拔了几棵，一路上看了看，玩了玩。水须苗也是可以食用的。把它的叶子揪断了，会流出一种白浆，白浆滴在衣服上，会变成黑点，不好洗。夏天时，它会开一种黄色的苦菜花状的小花。烂丫菜是喂猪的好菜，牛也爱吃，胖胖圆圆的梗茎，有点儿像马菜（马齿苋），水分也特别多。稻田的田埂上最多，作为害草，它比较讨人厌，因为繁殖速度太快，生命力太强，就算在黄豆地里被连根锄起来了，太阳暴晒死了，只要一场雨，它又扎下须，活了过来。有一年在上海武康路上行走，被两旁的洋房老建筑所吸引，猛然间，看到一面墙的墙缝里，有一棵烂丫菜，只一棵，或者更严格地说，只一根独茎，茎上有五六片叶子，悄无声息地生长着。那石缝里根本看不见土，它的根是扎在哪里的呢？它能生长真是奇迹，而且有点儿洋洋得意。

我喜欢关注这些野菜，这些路边的杂草。我认识它们，我叫得出它们的名字。尽管这些名字，绝大多数都不是它们的学名，但那又怎么样呢？我小时候爱做的事就是挑野菜（我们乡间不说挖野菜，也不说割野菜，而说挑，仿佛遍地的野菜多得随便用担子就可挑一担回家）。放学一到家，不用进家门，在门口把书包往过道里一扔，挎起门口的簸箕，拿起镰刀，就下湖挑野菜去了。半个下午能挑满满一簸箕野菜。

祖母会在灯下把人能吃的野菜一棵棵地拣出来，洗净晾着，留着明天一早做咸饭吃，剩下的菜切碎，和稻糠搅拌在一起，喂猪。在这个过程中，祖母会教我们认菜，我最初的那点儿植物学知识（认菜名）就是祖母教我的。毫不夸张地说，家前屋后、田间地头，凡有野菜，我都能叫出名字来。这些菜名很有意思，比如有一种野菜，叫"老婆脚趾盖"，听了就想笑，还有一种野菜叫"臭娇娘"，听了名字就觉得有一种怪味。

　　如今几十年过去了，祖母也去世三十多年了，母亲也八十岁了，关于野菜的文章，早就集成了这本书，如今重新印行，重读这些文字，小时候的记忆禁不住就会涌上心头。老实说，写野菜，就是写童年，就是写亲情。我不写这些文字真是不对。我想我以后还会写的。是为记。

　　　　　　　　　　　　　　2018 年 6 月 24 日于燕郊

《艺影可亲》后记

　　去年 11 月开始搬迁书房，从河南庄搬到秀逸苏杭，到现在，搬了好几个月，也还是半拉子工程。旧宅里的书只搬出了三分之二，而新居里的书房虽然面积不小，大大小小书橱更有二三十组，但已经塞满了。书还要不要搬？搬来怎么放？不搬的话，有些书又确需要用，想查阅时怎么办？都是问题。但在边搬边整理中，会看到朋友们送我的一些字画，会看到一些信札、手迹，会看到书画册页，也会随手摸到我曾经读过的书和写过书评的书，这些有不少属于艺术类的，连带着想到那些散落在各种报纸边边角角的艺评小文，就像故人相见一样亲切，会看了又看，想了又想。于是，我便有了动手编辑这本小书的冲动。说干就干，我花了几天时间，把这些小文章从电脑里翻出来，大致做了个排序，完事。

我对和艺术相关的纸品产生一点儿兴趣，是很久以前的事了。我那时也不过六七岁，似乎还没有入学，在一家乡镇供销社轧花厂宿舍里看到一个"画家"，他姓什么叫什么我完全没有记忆了，仿佛听说他是从哪里"下放"来的，似乎不太得志，一个人住一间宿舍，宿舍里有一张床、一张旧桌子、一张旧椅子，别的什么都没有。我父亲在轧花厂隔壁的废品收购站工作，喜欢干木匠活儿，帮同事、朋友做些简单的家具。我父亲帮这个画家做了一个带镜子的脸盆架。父亲送脸盆架给他时，我跟着一起去玩，看到他一间屋子的墙上挂满了画。我父亲刻过版画，印过门神，对艺术也略懂一二，在欣赏这些画的时候，问我喜欢不喜欢。我心里喜欢却羞于回答。画家看出来了，说，来跟我学画画玩吧。我没敢答应。临走的时候，画家随便找了几张桌上的画，叠叠卷卷送给我，让我拿回家糊墙。我当真把这些画拿回家糊墙了，又被村上一个本家叔叔看到了，跟我要了几张去，当年画贴，还说要有，再给他找几张。我后来再去供销社玩，在食堂吃饭时，多次见过这个画家，还从他宿舍的后窗里，偷看他贴在墙上的那些画，有一次，还碰巧看到他正在画画。他的窗后边是一片大麻地，密不透风的大麻比我高多了，我躲在那里看了好久。不久后，听父亲和同事闲聊，知道这个画家回省城了，口气里对画家充满了钦佩。长大后到县城工作，最喜欢看文化馆橱窗里的那些五彩缤纷的画，油画、国画、水粉画、水彩画，还有木刻，都会想到住在轧花厂宿舍里的那个画家，觉得当初要是能跟他学画，橱窗里的这些画，说不定也能有我的一张。现在想想，那些水墨画，还是很高级的，很可惜一张都没有保留。我没有成为画家，没有机会学是一个方面，更主要的，还是很快就迷恋书籍了。废品收购站里有收购来的旧书、旧报、旧杂志，《东海民兵》《黄海前哨》《解放军画报》等都是我特别爱看的。对有插图的旧书，再破再烂，也要收藏起来。这可能就是我对艺术最初的萌芽吧。

把这本小书编好后，觉得还有两篇文章值得一写：一篇是我在《城市晚报》开专栏时，有个未曾谋面的朋友给我画过两幅漫画，作为专栏的题花；另一篇是东海版画家曹鸣凤为我刻过一幅肖像，尺寸很大，精装了框送给我，特别精美。漫画和版画，我都喜欢，一直想写篇文章，一来对他们表示感谢，二来也显摆一下。可这本小书的交稿日期在即，只好等以后再说了。

2018 年 5 月 1 日于花果山下秀逸苏杭

《书房杂记》题记

　　爱读书的人和写东西的人总是离不开书房。书房里不仅会产生作品和思想，许多杂杂碎碎的东西也是书房的一部分，是主人多年搜求所得，体现的是主人的情趣和爱好。我除了搜求喜欢的书籍，对其他东西兴趣并不大。一来是经济不足；二来是忙忙碌碌，也没有时间去淘宝。但也不是说一无所有，如果日常碰到自己喜欢的小物件，价格又适宜，总会松松腰包的。这样，书籍渐渐丰富了很多，小物件小摆设也充斥着书房的角角落落。

　　十多年前，流行博客，在书房里"无事此静坐"时，也会信笔涂鸦几篇，移到博客里，看着也还俊雅。有几篇小文章，需要一个总题目，回头看看这组小文，不是关于书的，就是关于书房物件的，反正都和书房有关，便加了个总名

《书房九歌》，正好九篇小文，算是一组，有两万余字。不久后，有人看好，要发表在一个图书馆的内刊上，这又勾起了我写这方面小文的兴趣。

我的主业是小说写作，长篇、中篇、短篇、微篇都写，杂志上发表了很多。除小说而外，其他任何工作，我都看作玩票，所以，写了几篇又搁了下来，任其躺在电脑里不去理会。2012 年到北京，所涉及的工作是出版行业，策划出版了许多书籍，连带着把自己的书出了几种。本希望我的小说都能出版，却遇到意想不到的困难，这些历年来在杂志上发表的小说（有的还是我看重的代表作，被多家选刊选载，比如《钟山》《十月》《花城》等杂志上发表过的《谋杀》《丁大宝的艳事生涯》《报料人的版本》《水关河两边》等），却很难在出版社结集出版，我前前后后编了十余种集子，能顺利出书的只有两三本。出版社的朋友会婉转而善意地告诉我，这一本就不出了吧，那一本也以后再说吧。我开始也纳闷，这些小说并没有触及禁区，怎么就不能出版呢？后来闲聊中，他们会开玩笑说，你那些小说文学水准是有的，但是……要是某某写的当然能出版了。好吧，小说出不了，就出几本散文随笔集吧。在选编《书灯下的流年》《尚书有味》《德意志阳台上》《朱自清在西南联大》等集子时，我多次看到《书房九歌》以及和它相近的几篇文章，也屡次想归整一下，出一本这方面的小书。数数篇目字数，当然不够了，便又重新写了几篇，范围并没有扩大，还是关于书和书房的，并且又把从前的十几篇略加修改。这次因编辑别的散文集，便顺手把这些小文结集在这里，我给它命名为《书房杂记》，实际上就是书房里的风景，但愿它的命运不会像我的小说那样多灾多难。

2017 年 12 月 1 日于燕郊

《书房杂记》编后

　　我零星写作的散文随笔，主要有三种主题：一种，是关于书的（《流年书影》《尚书有味》）；一种，是关于旅行的（《在德意志阳台上》）；最后一种是关于生活的（《野菜部落》）。写法都以小品文居多，自己的经历、感悟，加上材料的引用、知识的延伸。我不善于抒情，写不来格调叵测、婉转流利的篇章。我的气象不大，大历史的厚重巨制也拿捏不准。我还是喜欢坐在书房里冥思苦想，任由自己的思绪像一条流水，虽然是弯弯曲曲的，却一直向大海奔去，中途可能会遇到一些山峦岗岭，绕过时还要浸透冲刷些泥沙，也会遇到一些泾浜汉浦，总得灌注漾洄一番。至于岩石暗礁、水草青苔，也会轻拂、抚弄、流连、徘徊，这些都不影响水流的行程——生活的情趣尽在其中了。

这本小书，拖拖拉拉，到今天总算编定了。在编辑过程中，有一半篇幅进行了修改或重写，又新写了几篇。回头看看，其实还没有做完。关于书房，还有许多可值得记录，比如砚滴、笔架、笔洗、墨床、靠垫、字画等，每一个题目都会勾起心里久存的记忆。仅就字画而言，就可作一篇专门的长文。但是，手头要做的事情太多，一件一件总也做不完，不久前还发愿，要把手头的几个短篇小说改完定稿。可编辑、看稿、看清样、定封面、做选题又实在用去了我太多的时间。本来这些活儿我干了三十多年了，从 1987 年起就做编辑工作了，起初编辑各种内部报刊，2000 年到晚报编文学副刊，2007 年又编文学杂志，2012 年开始编文学、文化类图书，编辑工作一直没有中断过。编一本小书，对我来说，应该驾轻就熟。但编辑是一项事无巨细的工作，怎么做都似乎不尽如人意，一经上手就放不下来，哪还有时间去写小说呢？就说这本小书吧，从去年 12 月初起手到现在（虽然中间也做了其他事），想想当初在写《书房九歌》的时候，曾想写一篇《书房续歌》。如今"续歌"没有写成，却成就了一本小书。是为记。

2018 年 3 月 17 日于燕郊

关于《一生低首紫罗兰——周瘦鹃文集》

　　凡欧美四十七家著作，国别计十有四，其中意、西、瑞典、荷兰、塞尔维亚，在中国皆属创见，所选亦多佳作。又每一篇署著者名氏，并附小像略传。用心颇为恳挚，不仅志在娱悦俗人之耳目，足为近来译事之光。惟诸篇似因陆续登载杂志，故体例未能统一。命题造语，又系用本国成语，原本固未尝有此，未免不诚。书中所收，以英国小说为最多；唯短篇小说，在英文学中，原少佳制，古尔斯密及兰姆之文，系杂著性质，于小说为不类。欧陆著作，则大抵以不易人手，故尚未能为相当之绍介；又况以国分类，而诸国不以种族次第，亦为小失。然当此淫佚文字充塞坊肆时，得此一书，俾读者知所谓

哀情惨情之外，尚有更纯洁之作，则固亦昏夜之微
光，鸡群之鸣鹤矣。

以上文字，是当年在教育部任职的鲁迅，审读了出版社
送审的周瘦鹃《欧美名家短篇小说丛刊》后，和周作人一起
写的审读报告。这篇审读报告，最初发表于 1917 年 11 月 30
日《教育公报》第四年第十五期上。从这篇审读报告里，可
以看出周氏兄弟对周瘦鹃的这部翻译小说的看重。

周瘦鹃的《欧美名家短篇小说丛刊》于民国六年作为
"怀兰集丛书"之一种在上海中华书局出版，分上、中、下三
卷，天笑生、天虚我生和钝根分别作了序言。天笑生在序言
中肯定了周瘦鹃的文字"自有价值"。天虚我生更是对这部巨
制不吝赞美之词。钝根在序中说到周瘦鹃爱读小说时，介绍
他这位朋友境况是："室有厨，厨中皆小说。有案，案头皆小
说。有床，床上皆小说。且以堆垛过高，床上之小说，尝于
夜半崩坠，伤瘦鹃足，瘦鹃于是著名为小说迷。"可见周瘦
鹃热爱小说的程度，也就不难理解他耗费一年多的时间，来
翻译这部《欧美名家短篇小说丛刊》了。该书上卷曰"英吉
利之部"，共收英国短篇小说十余篇；中卷分为"法兰西之
部""美利坚之部"；下卷分"俄罗斯之部""德意志之部"。
几乎在每篇小说前，都有原作者小传。通过小传，大体能了
解作者的生平和这部小说的写作背景，让读者能更好地理解
小说。该书一经出版，影响很大，一时有"空谷足音"之誉，

也给周瘦鹃带来很大的知名度。

关于周瘦鹃其他的原创文学，我们在《周瘦鹃自编精品集》（广陵书社2019年1月出版）的编后记里，曾经有过简略的介绍：

> 周瘦鹃的写作，一出手就确定了他的创作方向，即适合市民大众阶层阅读的通俗文学。他发表的第一篇作品《落花怨》（1911年6月11日出版的《妇女时报》创刊号），就带有浓郁的市井小说的味儿，而同年在著名的《小说月报》上连载的八幕话剧《爱之花》，同样走的是通俗文学的路子，迎合了早期上海市民大众的阅读"口感"，同时也形成了他一生的创作风格。之后，他的创作成了"井喷"之势，创作、翻译并举，许多大小报刊上都有他的作品发表，他一时成为上海市民文化阶层的"闻人"，受到几代读者的欢迎。纵观他的小说创作，著名学者范伯群先生给其大致分为"社会讽喻""爱国图强""言情婚姻"和"家庭伦理"四大类。"社会讽喻"类的代表作有《最后之铜元》《血》《十年守寡》《挑夫之肩》《对邻的小楼》《照相馆前的疯人》《烛影摇红》等，"爱国图强"类的代表作有《落花怨》《行再相见》《为国牺牲》《亡国奴家里的燕子》等，"言情婚姻"类的代表作有《真假爱情》《恨不相逢

未嫁时》《此恨绵绵无绝期》《千钧一发》《良心》《留声机片》《喜相逢》《两度火车中》《旧恨》《柳色黄》《辛先生的心》等，"家庭伦理"类的代表作有《噫之尾声》《珠珠日记》《试探》《九华帐里》《先父的遗像》《大水中》等。他的这些成就的取得，不仅在大众读者的心目中影响深远，也受到了鲁迅等人的肯定。1936 年 10 月，鲁迅等人号召成立文艺界抗日民族统一战线，周瘦鹃作为通俗文学的代表，也被鲁迅列名。周瘦鹃在《一瓣心香拜鲁迅》中还深情地说："抗日战争初起时，鲁迅先生等发起文化工作者联合战线，共御外侮，曾派人来要我签名参加，听说人选极严，而居然垂青于我。鲁迅先生对我的看法的确很好，怎的不使我深深地感激呢？"

除翻译和创作通俗小说而外，周瘦鹃还创作了大量的散文小品。他的散文小品题材广泛，行文驳杂，有花草树木、园艺盆景、编辑手记、序跋题识、艺界交谊、影评戏评、时评杂感、书信日记等，涉及社会生活的多个方面。此外，周瘦鹃还是一位成就卓著的编辑出版家，前半生参与多家报刊的创刊和编辑工作，著名的有《礼拜六》《紫罗兰》《半月》《紫兰花片》《乐园日报》《良友》《自由谈》《春秋》《上海画报》《紫葡萄画报》等，有的是主编，有的是主持，有的是编辑，有的是特约撰述。据统计，在1925年到1926年的某一段时间内，他同时担任五种杂志的主编，成了名副其实的名编。另外，他还写作了大量的古典诗词，著名的有《记得词》（一百首）、《无题》（前八首）和《无题》（后八首）等。

周瘦鹃一生从事文艺活动，集创、编、译于一身。在创作方面，又以散文成就最大，其中的"花木小品""山水游记""民俗掌故"被范伯群称为"三绝"（见范伯群著《周瘦鹃论》）。而"三绝"之中，尤其对"花木小品"更是情有独钟，不仅写了大量的随笔小品，还成为闻名天下的盆景制作的实践者。据他在文章中透露，早在20世纪20年代末期，他就在苏州王长河头买了一户人家的旧宅，扩展成了一个小型私家园林。从此苏州、上海两地，都成了他的活动基地，在上海编报刊、搞创作，在苏州制作盆栽、盆景。而早年在上海选购花木盆栽的有关书籍时，还曾巧遇过鲁迅。在《悼念鲁迅先生》一文中，他透露说："记得三十余年前的某一个春天，一抹斜阳黄澄澄地照着上海虹口施高塔路（即今之山阴路）口一家日本小书店，照在书店后半间一张矮矮的小圆桌上，照见桌旁藤靠椅上坐着一位须眉漆黑的中年人，他那瘦削的长方脸上，满带着一种刚毅而沉着的神情。他的近旁坐着一个日本人，堆着满面的笑正在说话。这书店是当时颇为有名的内山书店，那日本人就是店主内山完造，而那位中年人呢，我一瞧就知道正是我所仰慕已久的鲁迅先生。"买有关盆栽的书而邂逅鲁迅先生，周瘦鹃自称是"三生有幸"，而此时，他还不知道鲁迅曾经大加赞赏过他的《欧美名家短篇小说丛刊》。鲁迅也偶尔玩过盆景的，他在散文集《朝花夕拾·小引》里，有这样一段话："广州的天气热得真早，夕阳从西窗射入，逼得人只能勉强穿一件单衣。书桌上的一盆'水横枝'，是我先前没有见过的：就是一段树，只要浸在水中，枝叶便青葱得可爱。看看绿叶，编编旧稿，总算也在做一点事。"这个"水横枝"，就是盆栽，清供之一种，如果当时周瘦鹃能够和鲁迅相认，或许也会讨论一下盆栽制作也未可知啊。

这次编辑出版"一生低首紫罗兰——周瘦鹃文集"文丛，是在"周瘦鹃自编精品集"的基础上，对周瘦鹃主要作品的又一次推介，或者说是一次延伸。文集中不仅收入了他很多的原创作品，如小说、散文、随笔、小品、序跋、后记、编后记等，也收入了他的翻译小说，即从他的那部影响深远的《欧美名家短篇小说丛刊》里，精选了部分篇什，分为《人生的片段》和《长相思》两册。周瘦鹃的其他原创作品，除"花花草草"之外，也精选了一部分代表作，编为六册，分别为:《礼拜六的晚上》(散文随笔)、《落花怨》(短篇小说)、《女冠子》(短篇小说)、《喜相逢》(短篇小说)、《新秋海棠》(长篇小说)、《紫罗兰序跋文》,这些作品,和《花前琐记》《花前新记》等作品一起,代表了周瘦鹃一生中的主要创作成果。

　　由于水平有限,在选编过程中不免有不妥或失当之处,敬请读者朋友们多多批评指正!

　　　　　　　　　　　　2019 年 7 月 25 日于花果山下

《中国民间对联故事》读后

　　当我读完毛桂余先生的新著《中国民间对联故事》后，非常惊讶，也非常感佩，觉得毛先生用通俗易懂、轻松活泼和条理清晰的语言，叙述出了中国古代楹联的博大精深和独到内涵，是一部功德无量的大著。不仅讲述了精彩、有趣的对联故事，还普及了对联知识，了解了对联的形成、发展及其作用和影响。

　　毛桂余先生是中国民主建国会会员，江苏华特建筑装饰股份有限公司（一级资质、上市公司）董事长、高级工程师，中国建筑装饰协会研究院副院长，他不仅是企业家，还是美学家和作家，兼任连云港市美术协会副会长，对中国传统文化有着精深的研究，多年来，他利用出差的机会，对散落在中国民间的对联故事进行全方位的搜集、挖掘和整理创作，终于给我们奉献出了这一部沉甸甸的厚重之作。该书由江苏凤凰文艺出版社 2019 年 11 月出版，封面设计精良，内容编排疏密有致，极具美感。著名文学评论家、小说家、中国计量大学中国文化研究中心主任李惊涛教授为《中国民间对联故事》撰写了序言。李教授在序言中高度评价了该书的文学价值、美学价值和社会贡献，分几个方面阐述了其影响、审美和意义，并称毛桂余先生做了一件"功德无量的义举"。高雅、大气的封面所选用的，是国家一级美术师陶明君先生的《园林写生百图》中的一幅代表作。选择此画作为封面的主体配图也是设计者的别有用心，该画不仅体现了中国画的精髓，有小桥、假山、流水、亭廊阁榭，关键是，隐藏在翠屏一样的假山和绿树乔木后边的古建筑上，镶有两副对联，和全书的题旨交相辉映。

众所周知，在中国，无论我们走到哪里，对联都会和我们不期而遇——在不同的名山大川，在典雅的园林里，在名人故居，在亭台楼榭，在进山的山门，就连宾馆的门厅或大堂里也有撰写得当、文采飞扬的对联。这些对联，都能反映出旅游景点、名人故居等风景名胜的特点和情怀，既丰富了内容，增添了风采，也给人们留下深刻且难忘的印象。但是，对联毕竟是一种特殊的文体，并不是所有人都能了解其背景和引申之意的，如何让普通人了解和对联相关的知识及故事呢？这就衍生出一种特殊的文体——"联话"。

对中国传统文化稍有了解的人都知道，对联有着悠久的历史，历朝历代都有文人积极创作，留下了许多名联，更有许多文人还撰写了多种与对联有关的小品和随笔，特别是到了明清两代，文学家和学者的杂著里都有联话，有的还专门刻有专著，较有影响的就有赤心子的《奇联撷萃》、冯梦龙的《金声巧联》、梁章钜的《楹联丛话》、林庆铨的《楹联述录》、李承衔的《自怡轩楹联剩话》、朱应镐的《楹联新话》、林宗泽的《平冶楼联话》、梁恭辰的《楹联四话》等。特别是梁章钜，可以说贡献最大，不仅编撰了十二卷本的《楹联丛话》，还有续话、三话、剩话、丛话补遗等多种专门著作，可谓是洋洋大观。北京大学名教授、海州大乡贤白化文先生，曾经点校过梁章钜的《楹联丛话》。（他本人也创作了一本《闲话写对联》，书中也收入了部分联话作品，对当代楹联文化做出了突出贡献）连云港文化名家彭云先生，也喜欢撰写楹联，还写过一篇名曰《绝对》的联话，文中提到的一副对联，只有上联，因无人凑成下联而成为绝对——上联曰："来郝鹏，去郝鹏，多此一举。"其讲述的是，抗日战争时期，日伪政权苏淮特别行政区主任叫郝鹏，统管小陇海线一带（即连云港至徐州），后来又成立伪淮海省，省长叫郝鹏举。这两个一前一后在海州一带欺压百姓的汉奸，姓名相似度极高，后者只多一"举"。因为这个对子寓意深长，一时成为谈资。

毛桂余先生创作的《中国民间对联故事》，虽然更注重的是故事，但是多数篇幅也具有联话的属性，不仅可以当成联话来读，也可以从多个角度去进行解析，具有教化、智慧、文学、民俗等多重意义，正如毛桂余先生在后记中所说：这些对联故事，"往往在极短的篇幅里，蕴含着很强的审美功能，引起内心强烈的冲击，可以启迪人的思想，陶冶人的情感，提高人的认识；也可以传授知识，开发智力，展示历史生活画面，探究人生哲理"。此外，从这些对联故事中，还能梳理出对联这一特殊文学样式的发展历程，可当成"中国民间对联史"来阅读，其贡献不可谓不大矣。

毛桂余先生不仅花费了大量的心血搜集资料、采访创作，在该书的编排上，也采取了较为科学和合理的分类，根据全书的内容和特点，分为"古代名人联""贤人流传联""民间流传联""风景名胜联""茶余饭后联""联外拾趣"六个部分。

倾读是书，我们能充分感受到作者的敏锐和细心，仿佛跟着作者走进了楹联的大千世界里，感受到楹联文化的深邃和奇妙。"古代名人联"和"贤人流传联"所选的古人，许多都是如雷贯耳的名字，孔子、朱元璋、李清照、苏东坡、黄山谷、汤显祖、郑板桥、陶澍、魏源、纪晓岚、左宗棠等，能列出长长的一串，他们撰写的对联，与他们相关的对联故事，都能见情见义，体现不同的情怀和智慧，并能生发出多重的意趣和感慨。有的名人（贤人），还和海州有着密切的关联，比如陶澍和魏源，书中就收录了多篇关于他们的故事，如《陶澍童年顺口联》《陶澍祖孙出妙联》《魏源胸怀装乾坤》等。陶澍作为钦差大臣、两江总督、江苏巡抚，曾多次来海州视察，写了不少关于海州的诗篇，比如《晓发沭阳入海州》《重登云台山》《题海州宿城仙人屋》等，也乐于为当地名胜作对，《中国民间对联故事》里就收入陶澍为三元宫作的一联："海甸涌名山，烟复云回，位业真灵参五岳；洞天开福地，阳舒阴霁，馨香瑞应启三元。"陶澍在海州留下的名联还有不少，在东磊的玉兰山房，就留有一联，曰："奇石似人花下立，仙人如鹤竹间来。"在云台山关帝庙作有一联："义气干霄，近指白云开觉路；威声走海，遥凭赤手挽洪流。"九龙将军庙作有一联："倚树论功名，爽籁流声清涧壑；在田占利用，甘膏洒润普桑麻。"九龙桥茶庵作有一联："云水漫匆匆，半日闲谈僧院竹；海山还历历，一庵同吃赵州茶。"水帘洞作有一联："百丈水帘，自古无人能手卷；一轮月镜，迄今何匠敢行磨。"同样的道理，作为陶澍幕僚和重要随从人员的魏源，对海州的文事也做出过重要的贡献，如著名的云台山玉女峰《海曙楼铭代》，就是魏源的作品。在《中国民间对联故事》一书中，虽没有陶澍和魏源关于海州的对联故事，但从已经收录的几则中，能看出幼年陶澍和魏源过人的才华和智慧，对于他们能在海州留下这么多诗文楹联就能生发出切实的联想了。在读"民间流传联""茶余饭后联"和"联外拾趣"时，我有时会忍俊不禁，为民间的智慧人士的聪明、幽默而叫绝，有时对反映的人生况味和生存行状又会陷入深深的沉思，所收的几十则故事，可以说情趣、哲理交相辉映，篇篇精彩，彰显了其民间立场和乡土情怀。在"风景名胜联"一辑中，作者所选的对联故事同样耐人寻味，或对得精巧，让人拍案叫绝；或讲述了对联中的美感和意味，与风景名胜切合得天衣无缝，让人在体会对联的文学性的同时，又能了解其中的掌故和逸事。

可以毫不夸张地说，《中国民间对联故事》是我读到的同类作品中，文学性和趣味性结合得非常成功的一部，也同样具有很高的审美价值和文献价值。读完全书，我对散落在中国民间的对联有了更深的了解，对中国楹联这一特殊的文体，对其起源、发展和演变的过程，有了大致的认识。这本书显示了毛桂余先生在这方面所下的功夫，也体现了其深厚的学养和知识，确实是一部不可多得的好书。

2020 年 2 月 17 日写于花果山下

从"新打油诗"说起

　　《野草》一书里，收有一篇和全书风格不太一样的"拟古的新打油诗"——《我的失恋》。鲁迅做这首打油诗的前因后果和造成的影响，已经有许多人写过文章了，原本我也不用凑这个热闹。但在编《走近鲁迅》的丛书的时候，又得便看了几篇这方面的相关文章，发现每一篇都各有侧重，也各有所漏，所表达的意思不尽相同。我查对了《鲁迅全集》和相关书籍，把这些材料重新归纳、勾连，从客观的角度，更全面地再重述一遍，让关心那段公案的读者朋友，读到相对全面的版本，相信也能让读者朋友有更新鲜的认识。

　　先说"打油诗"这种题材，相传是唐代一个张打油创造的，最著名的就是那首《雪》，诗曰："江上一笼统，井上黑窟窿。黄狗身上白，白狗身上肿。"这首诗的妙处是，通篇未写一个"雪"字，却能感到满篇都是雪，并且格调诙谐，轻松幽默，十分传神。因为这位诗人经常写这类诗，并且常有惊人之句，这类诗就被冠以"打油诗"了。香港作家董桥，对于那些不高明的诗人以自嘲的口吻称自己的诗是打油诗时，很不屑地说，呸，你也配打油。可见打油诗也是不容易做的，不仅要用语通俗，诙谐精巧，还有要相当高明的意境。

再说鲁迅的这首打油诗，不仅在前边加了个"新"字，还有"拟古"二字，足见鲁迅也是用了心思的。"新"，是指"五四"以后胡适之等人倡导的白话诗，"拟古"，是指他这首诗的源头——汉代张衡的《四愁诗》。该诗列举了东、西、南、北四个方向的地名，分别是泰山、桂林、汉阳、雁门，诗人在这四个地方寻找心中的美人，而绝世美人又不可得，引起了诗人内心的惆怅和伤感。《四愁诗》的每节都按"所思、欲往、涕沾、赠我、何以报、怀忧"的次序来描写。鲁迅所拟的"古"，就是这首诗。

现将《我的失恋——拟古的新打油诗》抄录如下：

我的所爱在山腰；

想去寻她山太高，

低头无法泪沾袍。

爱人赠我百蝶巾；

回她什么：猫头鹰。

从此翻脸不理我，

不知何故兮使我心惊。

我的所爱在闹市；
想去寻她人拥挤，
仰头无法泪沾耳。
爱人赠我双燕图；
回她什么：冰糖葫芦。
从此翻脸不理我，
不知何故兮使我胡涂。

我的所爱在河滨；
想去寻她河水深，
歪头无法泪沾襟。
爱人赠我金表索；
回她什么：发汗药。
从此翻脸不理我，
不知何故兮使我神经衰弱。

我的所爱在豪家；
想去寻她兮没有汽车，
摇头无法泪如麻。
爱人赠我玫瑰花；
回她什么：赤练蛇。

从此翻脸不理我。

不知何故兮——由她去罢。

鲁迅写这首新打油诗，据他在《三闲集·我和〈语丝〉的始终》里说，当时他给《晨报副刊》投稿，因为副刊的编辑是他的学生孙伏园，稿子登得就快些。但是有一天，孙伏园跑到鲁迅的寓所，对他说："我辞职了。可恶！"鲁迅问其辞职的原因，"不料竟和我有关系"，鲁迅写道，报社新来的一个留学生，"到排字房去将我的稿子抽掉，因此争执起来，弄到非辞职不可。但我气忿，因为那稿子不过是三段打油诗，题作《我的失恋》，是看见当时'阿呀阿唷，我要死了'之类的失恋诗盛行，故意做一首'由她去罢'收场的东西，开开玩笑的。这诗后来又添了一段，登在《语丝》上，再后来就收在《野草》中。"这段文字说得比较详细了，有写作的缘由，又有稿子被《晨报副刊》抽下的原因，最后收到了《野草》中。那个抽鲁迅稿子的留学生叫刘勉己，这个刘勉己也倒霉，在抽稿时，还被孙伏园揍了一顿，孙在《回忆伟大的鲁迅》一文中说："抽去这稿，我已经按捺不住火气，再加上刘勉己又跑来说那首诗实在要不得，但吞吞吐吐地又说不出何以'要不得'的理由来，于是我气极了，就顺手打了他一个嘴巴，还追着大骂他一顿。"事实上，鲁迅和孙伏园并没有完全说透彻。其实他所说的"失恋诗盛行"，是有所特指的——针对徐志摩的一首爱情诗《去吧》。徐的这首诗最先发表在 1924 年 6 月 17 日的《晨报副刊》上，诗曰：

去吧，人间，去吧！

我独立在高山的峰上；

去吧，人间，去吧！

我面对着无极的穹苍。

去吧，青年，去吧！

与幽谷的香草同埋；

去吧，青年，去吧！

悲哀付与暮天的群鸦。

去吧，梦乡，去吧！

我把幻景的玉杯摔破；

去吧，梦乡，去吧！

我笑受山风与海涛之贺。

去吧，种种，去吧！

当前有插天的高峰；

去吧，一切，去吧！

当前有无穷的无穷！

徐志摩这首诗的背景，是他此时正处在失恋状态中——

追求林徽因未遂，心情极度苦闷，便才情迸发而创作了这首情诗。这首诗在青年中影响很大。鲁迅是《晨报副刊》的忠实读者，看到这首诗后，用他自己的话说，"开开玩笑的"，便跟了一首诗，就是上述提到的"拟古的新打油诗"——《我的失恋》。大约刘勉己看出鲁迅这首诗是有影射的，弄不好会把玩笑开大，也许是为息事宁人计，才决定要抽下来，没想到惹恼了鲁迅和孙伏园，也成就了中国文坛一段有趣的公案。孙伏园辞职后，便和一帮志同道合的朋友办了《语丝》周刊，由他亲自主持，鲁迅的这首诗便在《语丝》上发了出来。平心而论，徐志摩的诗还是不错的，而鲁迅的打油诗也不失通俗、诙谐的品格，并且带有嘲讽的内容，有着隔山打牛的意思。孙席珍在《鲁迅诗歌杂谈》中也认为，这首诗就是针对徐志摩的，还考证分析说："一曰猫头鹰，是指徐作的散文《济慈的〈夜莺颂〉》；二曰糖葫芦，指其所作一首题为《冰糖葫芦》的二联诗；三曰发汗药，是从徐与人论争时说的一句话抽译出来；四曰赤练蛇，是从徐的某篇文章中提到希腊神话里的人首蛇身女妖引申出来。"

然而，此事并没有就此结束，鲁迅在 1934 年 12 月 20 日《集外集》的序言中写道："我更不喜欢徐志摩那样的诗，而他偏爱到处投稿，《语丝》一出版，他也就来了，有人赞成他，登了出来，我就作了一篇杂感，和他开一通玩笑，使他不能来，他也果然不来了。这是我和后来的'新月派'积仇的第一步；语丝社同人中有几位也因此很不高兴我。"那个时代的文风很好，经常打笔仗。对徐志摩诗歌欣赏和不欣赏的人，都可以写文章批评，有的近乎玩闹。比如上海《小日报》，就刊登一首《第一诗人》的诗，署名丹翁，诗曰："诗人居第一，中国徐志摩。徐君富理智，妙处固自多。我不工徐体，不敢评泊之。我苟效徐体，且以徐为师。"这首看是吹捧的诗，多少也有点儿戏谑的成分。

鲁迅写"打油诗"，不止这一首，我在编《鲁迅诗话》时，就发现了多首"打油"之作。比如发表于 1924 年 11 月 17 日《语丝》周刊第一期的《"说不出"》，文中就嵌有一首打油诗，曰："宇宙之大呀，我说不出；父母之恩呀，我说不出；爱人的爱呀，我说不出。阿呀阿呀，我说不出。"这是鲁迅在看了周灵均发表在《京报·文学周刊》的《删诗》而写的一篇批评文章，反对周的观点，并且在这篇文章里嵌了这首打油诗来讽刺。再比如收在《华盖集》里，有一篇《咬文嚼字》，写作于 1925 年 6 月 5 日，发表于同年 6 月 7 日的《京报副刊》上，文中有一则说："据考据家说，这曹子建的《七步诗》是假的。但也没有什么大相干，姑且利用它来活剥一首，替豆萁伸冤：煮豆燃豆萁，萁在釜下泣——我烬你熟了，正好办教席！"还比如收在《集外集拾遗》里的一篇《南京民谣》，也是打油体。诗曰："大家去谒陵，强盗装正经；静默十分钟，各自想拳经。"鲁迅看透了蒋介石政权的钩心斗角和争权夺利，便利用"民谣"的这种形式，对国民党内部的假正经、真摩擦进行了讽刺，可谓入木三分。

值得一说的，还有 1931 年出版的《二心集》，书中有一篇《唐朝的钉梢》，文中说："上海的摩登少爷要勾搭摩登小姐，首先第一步，是追随不舍，术语谓之'钉梢'。'钉'者，坚附而不可拔也，'梢'者，末也，后也，译成文言，大约可以说是'追蹑'。据钉梢专家说，那第二步便是'扳谈'；即使骂，也就大有希望，因为一骂便可有言语来往，所以也就是'扳谈'的开头。"后面，鲁迅引用他读《花间集》里张泌的一首诗："晚逐香车入凤城，东风斜揭绣帘轻，慢回娇眼笑盈盈。消息未通何计是，便须伴醉且随行，依稀闻道'太狂生'。"写了一首打油诗，总结了这种钉梢，诗曰：

夜赶洋车路上飞，

东风吹起印度绸衫子，显出腿儿肥，

乱丢俏眼笑迷迷。

难以扳谈有什么法子呢？

只能带着油腔滑调且钉梢，

好像听得骂道"杀千刀"！

此诗虽然不完全是鲁迅的原创，"打油体"的幽默、讽趣也是十分好玩的，诗中所谈，也由'钉梢'发展成了'扳谈'。

借古典诗词打油的，还有 1933 年 1 月 31 日写的《崇实》里的一首，后来这篇文章收在《伪自由书》里，该诗也是由崔颢的《黄鹤楼》改造后的打油体，诗曰：

> 阔人已骑文化去，
> 此地空余文化城。
> 文化一去不复返，
> 古城千载冷清清。
> 专车队队前门站，
> 晦气重重大学生。
> 日薄榆关何处抗，
> 烟花场上没人惊。

这首打油诗的背景，在《崇实》里是这样的，日本人已经虎视眈眈了，"北平的迁移古物和不准大学生逃难，发令的有道理，批评的也有道理，不过这次都是字面，并不是精髓。"又说，"倘说，因为古物古得很，……但我们也没有两个北平，而且那地方也比一切现成的古物还要古。……为什么倒撇下不管，单搬古物呢？说一句老实话，那就是并非因为古物的'古'，倒是为了它在失掉北平之后，还可以随身带着，随时卖出铜钱来。"而"大学生虽然是'中坚分子'，然而没市价，假使欧美的市场上值到五百美金一名口，也一定会装了箱子，用专车和北平一同运出北平，在租界上外国银行的保险柜子里藏起来的。"于是便有了上述这首辛辣的打油诗了。特别末一句"烟花场上没人惊"最为尖刻，把当时的政治生态和民众生态淋漓尽致地描写了出来。

鲁迅给大众的印象，通常都是横眉冷对的，其须发直立，严肃无趣，毫无人情味。其实研究过鲁迅的人都知道，他也是一个风趣而幽默的人。早年鲁迅给许广平写信，讨论北师大校长压制学生的事，末尾的祝福语是"顺颂嚷祉"，意思是祝她和校方吵架幸福快乐。我在《鲁迅至萧红书信里的文学话题》里还写到过对萧红和萧军的称呼的变化，也有些调皮的意思："萧军的本名叫刘军，萧红的笔名叫悄吟，1934年萧红和萧军从哈尔滨来到上海后，一直同居，鲁迅给他们写信，抬头都是'刘、吟'相称。早期的信上，鲁迅还有些顾虑，称他们为'两位先生'，但后边的祝语，是'俪安'。鲁迅第一次祝他们'俪安'的时候，还在信末半真半假地问：'这两个字抗议不抗议？'可能是得到萧军、萧红的默许吧，以后就都是'俪安'了。在对萧红的称呼中，随着交往的逐渐深入，也经历过几个变化，由'先生'，到'兄'，到'悄吟太太'。"这种称呼的变化，初相识时是不明白他们的底细，所以就胡乱称呼一番，也带有点儿试探的意思，待到明白后，就称"悄吟太太"了。

书信中常有幽默，写文章同样也不失幽默的态度，比如他收在《故事新编》里的那篇《奔月》，有一段嫦娥和羿的对话，能把人笑喷：

"哼！"嫦娥将柳眉一扬，忽然站起来，风似的往外走，嘴里咕噜着，"又是乌鸦的炸酱面，又是乌鸦的炸酱面！你去问问去，谁家是一年到头只吃乌鸦肉的炸酱面的？我真不知道是走了什么运，竟嫁到这里来，整年的就吃乌鸦的炸酱面！"

"太太，"羿赶紧也站起，跟在后面，低声说，"不过今天倒还好，另外还射了一只麻雀，可以给你做菜的。女辛！"他大声地叫使女，"你把那一只麻雀拿过来请太太看！"

"哼！"她瞥了一眼，慢慢地伸手一捏，不高兴地说，"一团糟！不是全都粉碎了吗？肉在那里？"

"是的，"羿很惶恐，"射碎的。我的弓太强，箭头太大了。"

"你不能用小一点的箭头的吗？"

这段对话，读来真让人忍俊不禁。而嫦娥奔月的原因，竟是羿的射术太高明了，把大动物都杀死吃光了，最后只能射麻雀来做炸酱面吃，嫦娥吃腻了，很生气，就独自奔月了。如果把这个故事写成诗，一定又是一首打油体。

鲁迅喜欢做打油诗，是他的一种幽默，他是借幽默来抒发自己的情怀和感想的，借幽默来批判社会诸多不公和不良现象的，是另一种形式的"战斗"。

这里可以岔开一笔，鲁迅的弟弟周作人也爱作打油诗。并且专门命名为《苦茶庵打油诗》，达二十八首，不过瘾，又写了《苦茶庵打油诗遗补》二十一首。但我读下来，周作人的打油诗，未免过于"正经"，还不够完全的打油。这就有意思了，写了不少篇没有标榜是打油诗的鲁迅（除了那首《拟古新打油诗》），写了多篇打油诗，而标榜打油诗的周作人却不怎么打油，这就是幽默的态度不同吧。

2019 年 10 月 30 日于燕郊潮白河畔

有品位的人生

——《名人与生活》前言十题

《恋爱的水罐》前言

人非草木，孰能无情。

每个人在与人交往中都会产生情感，不同的情感会对交往中的人产生不同的影响。情感是一种主观体验、主观态度或主观反映，属于主观意识范畴，但任何主观意识都是人对客观存在的反应，情感是一种特殊的主观意识，必定对应着某种特殊的客观存在。

人对于客观存在的反应实际上是一个典型的价值判断问题，符合人的需要就是事物的价值特性，是一种客观存在，态度和体验均是人对事物的价值特性的认识和反映。

社会交往中，情感具有两极性，好的情感使人愉快，不好的情感能够损人。人们都希望表达或感受好的情感，那么使人产生好情感有哪些因素呢？

在社会交往中喜欢就近是人之常情。人受社会活动圈的限制，"物理上的就近性"使人只能在周围寻找朋友，因为活动圈之外的人、遥远的人无缘结识。好的性格能使人产生好感。心理学研究证明，性格是有好坏之分的，有些性格是人所欢迎的，有些性格则是人难以接受的。如温柔、体贴的性格，易让人产生好感；严于律己、坦诚待人的性格令人尊敬。美国科学家富兰克林认为人好的美德或品格是：节制欲望、自我控制、少说废话、有条不紊、信心坚定、节约开支、勤奋努力、忠诚老实、待人公正、保持清洁、心胸开阔、谨言慎行、谦虚有礼等。仪表堂堂的人受人喜欢。此种情感的产生来自晕轮效应，仪表堂堂的人讨异性喜欢，也使同性产生嫉妒。播音员、节目主持人、演员成为公众欢迎的人，除个人的努力外，都缺不了天生丽质的原因。情趣相似的人之间易产生好感。所谓"酒逢知己千杯少，话不投机半句多"，如对绘画、音乐、电影、体育、旅游、收藏、文物等情趣一致时，或者政治观点、经济观点、学术见解相似时，彼此愉悦，就谈得拢、合得来；反之，就是对牛弹琴、无共同爱好，交往便无法持续。

对高度评价自己的人带有好感。刘备三顾茅庐，诸葛亮为报知遇之恩，立下誓言"鞠躬尽瘁，死而后已"。燕太子丹尊荆轲为上卿，意在刺秦，荆轲要报知遇之恩，士为知己者死。

人与其他动物的本质区别之一，人有丰富的情感，爱情、友情、亲情更是在文学史上被大书而特书。本书精选现当代文学大家散文、小说近三十篇，给读者朋友们体味一下他们的情感。

《我的精神家园》前言

书，记载了人类的智慧，读书，是智慧的传承。若无书，或无人读书，则文明就无从谈起，人类或将永远蒙昧。

读书一事，可谓传承久远矣。

《礼记·文王世子》中载："秋学礼，执礼者诏之；冬读书，典书者诏之。"

唐代韩愈《感二鸟赋》序："读书著文，自七岁至今，凡二十二年。"

《元史·良吏传》："读书务明理以致用。"

近代夏丏尊、叶圣陶《文心》十四："正是王先生的声音，原来王先生在读书哩。"

书，拓展了我们的人生。人生的长度一定，宽度，却由我们自己拓展，读书的多寡，成为拓展人生宽度最重要的手段。不读书的人，只有一个人生；读书的人，却可以拥有无数个人生。读书是通往梦想、完善自我的一个途径，多读书，让我们得以心地清明、视野开阔、阅历丰富，笑看人间风云淡。人一生是一条路，在这条路上或蹒跚或矫健的每一步，连成每个人一生唯一的轨迹，这路只有一次，不能存档，亦不能重来。而在人生的道路上，我们所见的风景是有限的。书就像望远镜，让我们看得更远、更清晰。读书可以丰富知识，完善思想，提升境界。

有高人曰，阅读面一定要广，要不断扩大。保持一生的阅读习惯。不断进步，终身学习。一生中都要不断丰富自己。人是要提高境界的，而人的境界是无止境的。人生应有意义、有价值。要学会自主学习。读书和没读书肯定是不一样的，境界会不同。书犹药也，善读之可以医愚。

本书精选现当代大师写读书的文章三十六篇，与您共享读书之乐。

《摇曳秋风遗念长》前言

人生百年，生活的环境会不停地变化，身边的人也在变，有的暂时离开了，有的永远地离开了。

人是有感情的，不论环境还是人，当我们和他们在一起的时候，我们会对他们产生感情，当有一天，他们离开了，或者我们离开了他们了，便会产生怀念。

"叹西风卷尽豪华，往事大江东去。"（冯子振《鹦鹉曲·赤壁怀古》）

西风卷走的，不仅是豪华，还有时间，还有那些逝去的情感。

往事不可追，既已远去，只能放在心里，或者写在纸上。

本书精选现当代文化名家怀旧文章三十六篇，请读者朋友们感受一下作者笔下那些已然逝去，且永远不可能再回来的人和事。

《领悟人生》前言

人生最美，就是一路行走，一路拾捡前人散落在草丛里的思想瑰宝；观一颗从暗夜里醒来的露珠，赏一株在悬崖边绽放的花朵，装一襟从时光隧道里吹来的轻风，然后染一身智慧的芬芳。

世间所有的美好都是良医。人间清欢，花草树木，诗书乐茶，每一页琐碎的日子里都藏着细微的美，每一处细微的美里都藏着温柔的智慧。那些暖意，如花盛开，抚慰着我们被世事打磨沧桑冷硬的心灵。

哲理，是感悟的参透，思想的火花，理念的凝聚，睿智的结晶。它纵贯古今，横亘中外，包容大千世界，穿透人生社会，寄寓于人生百态家长里短，闪现出思维领域的万千景观。人生在世，为了追求自身的幸福，实现人生的目的，在千里迢迢的生活之旅上，会遭遇各种各样的事情，认识形形色色的人物，在这些人和事的碰撞中，会有瞬间智慧的闪光，这些闪光往往就是哲理的体现。

散文素有美文之称，优秀的散文不仅在语言表达上清新隽永、生动活泼，在精神层面上也见解独到、意境深远。在人心浮躁，低俗文化横行的今天，散文无疑可以涤荡人的心灵，填补空虚抚慰焦虑。

本书精选鲁迅、周作人、老舍、戴望舒、朱自清、郁达夫、梁遇春等现当代文化大家的哲理作品。这些散文或感怀友人，或描写山水，或谈古论今，或穷究科学，展示出了作者的斐然文采、细腻情愫、深邃思想、清新立意，同时给当代人以精神上的享受和艺术上的熏陶。（此篇系罗路晗所作）

《清洁的精神》前言

原始社会，人类通过结绳和口传等方法记录历史事件。

周朝后，开始有独立职能的史官，专门记录历史事件。《尚书》是世界上最早的史书。从西周共和元年（前841）起，中国有了按年记载的编年史。西汉时著名的文学家、史学家司马迁撰写了《史记》，创建了纪传体的历史记录体裁，《史记》的规模在当时世界范围内是空前的。之后东汉时班固著《汉书》，延续发展了《史记》的体例，是中国第一部纪传体断代史。这两部历史著作，奠定了中国古典史学的基础，后来的历史学家沿用《史记》和《汉书》的体裁，将各个朝代的历史汇编成书，组成了"二十四史"，对应了各个朝代（从秦统一开始，一直到唐、宋、元、明、清朝）。除断代史之外，唐宋间出现了通史，如司马光的《资治通鉴》，这是长达一千三百六十二年的编年体通史，是一部传奇的史书。

正史虽然可靠性强，一般主观看法较少，但是正史为了简洁可靠，许多细节都未予记载。不过还好，我们有稗官野史。比如《唐语林》《古今笑》《容斋随笔》《梦溪笔谈》等，都会让我们看到正史中记载不到的那些枝蔓，那些大事记录背后的事情。

每个人的一生都是极其精彩的，那么一个朝代呢？一个民族呢？几千年的历史，其中的阴谋诡计，机关算尽，爱恨情仇，金戈铁马，有多少故事，有多少血泪，有多少恢宏壮阔？以史为镜，可以知兴替。历史中蕴含的精彩和经验，实在是过于丰富。

本书精选现当代文学大家二十二篇文章，为读者朋友展示他们眼中的历史。

《佳茗似佳人》前言

闲居者，闲适的生活也。

闲适者，清闲安逸，优游自在也。

白居易《与元九书》："至于讽谕者，意激而言质；闲适者，思澹而词迂：以质合迂，宜人之不爱也。"

苏轼《与监丞事一首》："君自名臣子，才美渐著，岂复久浮沉里中，宜及今为乐。异时一为世故所縻，求此闲适，岂可复得耶？"

郁达夫《一个人在途上》："这一年的暑假，总算过得最快乐，最闲适。"

周国平《白兔和月亮》："可是，说也奇怪，从前的闲适心情一扫而光了。"

文人雅士历来对闲适情有独钟，闲适的产生离不开心情和环境。翻检古人的诗句，闲适俯拾皆是，因人和环境的不同演绎出独具个性色彩、各不相同的闲情逸致。

"几处早莺争暖树，谁家新燕啄春泥。""竹外桃花三两枝，春江水暖鸭先知。""古木阴中系短篷，杖藜扶我过桥东。""停车坐爱枫林晚，霜叶红于二月花。""鸡声茅店月，人迹板桥霜。"这些诗句中都能发现闲适的影子。

最典型的闲适应该是："采菊东篱下，悠然见南山。"陶渊明抛却为五斗米折腰的烦恼，归隐田园，"登东皋以舒啸，临清流而赋诗。"作者的欣欣然历历在目。

"明月松间照，清泉石上流。"王维晚年过着半隐居的生活，隐居时，念佛、写诗、听溪水声，"晚年惟好静，万事不关心"，岂一个闲适了得。

红尘扰扰，我们身心疲惫，正需要静下心来，找到一点儿闲适。

寻一清净之地，放下生活的压力、众人的期待。卸下一身的疲惫，忘记尘世的烦扰，到大自然中去。放空自己，放飞思绪，让灵魂得到净化。宠辱不惊，看花开花落，且任他云展云舒，任他物欲横流，我依然追随自己的初心。什么功名利禄、人情世故、红尘浮华，都一笑了之，且随它去吧。汝等纷纷扰扰，又与我何干呢，老夫且喝一杯茶去。

本书精选现当代文学大家散文、小说四十四篇，给读者朋友们体味闲适。

《无为是一种境界》前言

《荀子·解蔽》："是以辟耳目之欲，而远蚊虻之声，闲居静思则通。"

贾谊《新书·修政语上》："静思而独居，譬其若火。"

梅尧臣《送李载之殿丞赴海州榷务》诗："世事静思同转毂，物华催老剧飞梭。"

爱因斯坦说过："学习知识要善于思考，思考，再思考。"

周敦颐："思则睿，睿作圣。"

克雷洛夫曾说："伟大不只在事业上惊天动地，他时常不声不响地深思熟虑。"

思考是人类进步的力量。思考产生新的知识，新的知识越来越多，催动着人类前进的步伐。从古今中外的文明发展来看，思考是一切得以进步的基础。

本书精选现当代文化大家三十七篇文章。梁启超的《最苦与最乐》、陈独秀的《人生的意义》，与您探讨人生的滋味；史铁生的《病隙碎笔》展示了一个安静思考的人对人生对社会对世界的看法；韩小蕙的《兵马俑前的沉思》，通过历史遗迹翻阅那千百年前的世事沧桑。

每一篇文章都有它的灵魂，等待着您的思考去发现它的意义。

《壶中日月长》前言

据《吕氏春秋》《博物志》载，公元前785年，杜康父亲杜伯被周宣王杀害，杜康为躲避灾祸，逃到河南汝阳县一带做起了牧羊工。孤苦飘零、抑郁难舒的杜康难有好胃口，放牧时所带的秫米团常有剩余，便被杜康扔进附近的桑树洞中。日积月累，秫米团堆积甚多，突然一天，杜康发现桑树洞中多了些味道鲜美的透明液体。饮后但觉味道甘美，精神爽朗，于是便仿照这种方式，酿出秫酒。周平王迁都洛阳后，得以尝到杜康酒，认为口感绝佳，于是将其定为宫中御饮，封杜康为"酒仙"，赐名杜康村为"杜康仙庄"。

这便是酒的起源，公元前785年至今，恰三千年矣，三千年的传承，酒已成为华夏文化非常重要的一个组成部分。"古来圣贤皆寂寞，惟有饮者留其名"（李白《将进酒》），前有竹林七贤之刘伶，"饮杜康酒，一醉三年"，后有大侠古龙一生以酒为伴，最终以酒陪葬。哲理如"此中有真意，欲辨已忘言"（陶渊明《饮酒》）；豪放如"五花马，千金裘，呼儿将出换美酒，与尔同销万古愁"（李白《将进酒》）；无奈如"醉里挑灯看剑，梦回吹角连营"（辛弃疾《破阵子·为陈同甫赋壮词以寄之》）；闲适如"绿蚁新醅酒，红泥小火炉"（白居易《问刘十九》）。

不光是诗人们，酒文化已渗入中华大地的每一个角落。草莽豪杰有武松武二郎，景阳冈前豪饮十八碗，携"透瓶香"之冲天酒气，一顿拳脚了结了一只吊睛白额猛虎。统治者有魏武曹孟德感慨道："何以解忧，唯有杜康。"即便是闺阁中的黛玉，也要"须得热热地喝口烧酒"。

酒，既能使人忘记烦恼，忘记哀愁，也能助人雅兴，壮人胆色；可将生活中的抑郁之气抛却脑后，亦可激发潜能，催生斗志；不但能帮助睡眠，还能提神醒脑。酒真是有趣呀，可上可下，宜正宜反，且两面之间，仅差毫厘。若善饮者，则欲取所需，随手拈来；若不善饮者，则望酒兴叹，徒呼奈何。内中学问，呜呼高哉。

文人雅士与酒，从来都有天然的缘分，醺醺然、陶陶然之下，文思泉涌，斗酒百篇。本书精选现当代文化大家谈酒的文章，给读者朋友们展示了一个文人大家们的酒世界。

《民食天地》前言

中国菜，历史悠久，可以上溯到商朝的伊尹。早在周朝时，即出现被称为"八珍"的名馔。秦至南北朝，伴随着经济文化的发展，及大量域外蔬菜传入中国，菜肴的发展格外迅猛。汉代娄护发明"五侯鲭"，是中国最早的杂烩菜。马王堆出土的竹简上记有菜肴上百种。北魏贾思勰撰写的《齐民要术》中，载有两百多种菜肴。由于佛教的传入和流行，其所倡导的斋食理念逐渐产生影响，使素菜得到进一步发展。隋唐时，胡人文化加剧影响中原地区，胡人菜肴也渐渐形成气候，不可忽视。

宋代，中国文化、经济迎来高峰，中国菜也出现了一个高峰。汴京和临安的市肆中，冷菜、热菜、羹汤和花色菜等名目繁多。当时，市场上已有标明南、北、川味的菜点，中国菜的主要流派在宋朝时已经形成。

元明清三代，北方游牧民族文化剧烈影响中国，菜肴的发展也受到了很大的影响。在文化的融合中，满汉全席等出现并大大改变了北方人的饮食习惯。随着信奉伊斯兰教的少数民族迁居各地，清真菜在中国菜中渐占一席之地。中国菜的风味流派已基本形成。晚清至民国初期，随着外国人来华，中国菜又融合了一些西菜的特点。

中国幅员辽阔，不同地域，地理、气候、物产、人文环境差异极大，导致各地形成了不同的菜系。唐宋时，南食、北食即各成体系，至清末，八大菜系已然形成，为鲁、苏、粤、川、浙、闽、湘、徽。可谓眼花缭乱，且各个特色明显，绝不至于搞混。

人生在世，吃饭乃头等大事。一顿不吃饿得慌，一天不吃，就得头晕眼花，五脏庙轰鸣作响。人人爱吃，谁都跑不了。著名的吃货，春秋时，有食指常常大动，终因吃而杀掉郑王的公子宋；晋朝时，有为了吃口鲈鱼而辞官归隐的张翰；宋有贡献了一道千古名菜的东坡居士；明有那个在《金瓶梅》里把做菜写得精细入微、花样百出的兰陵笑笑生；清有大文豪袁枚，干脆写了部《随园食单》，列了三百二十六种饭菜的做法，烹饪的种种技巧全部包含，简直不能再全；近有留学归来不回家，先去饭庄吃一嘴的梁实秋先生，真是不胜枚举，吃货文化源远流长啊。

本书精选现当代文人大家谈吃的文章四十一篇，其中不乏梁实秋、汪曾祺等老饕。许多文章中菜的做法可直接当作菜谱，读者朋友们切不可轻慢看之矣，切记切记。

《仁山静水》前言

游记者，游历的记录也。

所谓读万卷书，不如行千里路，这说法或许有些绝对，但是道理还是有的。

人们生活压力大，旅行时，一切生活的担子皆抛之脑后，并且去的是个全新的地方，彻底离开原来的生活及环境，精神可得彻底放松。

旅行虽累，但触目皆是新鲜，看风景，赏民俗，听故事，平添无穷的幸福和快乐。

旅行时，我们可以亲眼看到美丽的自然、人文景观，了解当地的气候、风俗、宗教，听到当地的传说、典故。

一切感受、见闻都是新的，一次旅行，就是一次知识的积累，一次视野的开拓。旅行时常常结识新的朋友，若志趣相投则极易成为终生好友，即便旅行结束因距离太远而没有来往，也是一段美好的回忆。

旅行之乐趣，实在美好。

但是多数人的生活，在多数时间，是待在一个较小的范围内的，或一个城市，或一个乡镇。我们没有时间和精力出外游历，去那些不曾去过的地方，去领略那些从未见过的美丽。还好有游记，游记帮我们解决了，至少部分解决了这个问题，我们可以通过游记，迅速了解某处的风土人情。

这样看来，颇有望着画儿解干瘾的意思，实在有些郁闷。但是，换个角度想想，或许我们能从名家游记中，看到一些只有作者本人才能注意到的不一样的东西呢。

何况世上精彩的地方那么多，我们又哪能一一都去领略一番呢，看看游记吧，或许看到哪个地方让你特别有兴趣，抽个时间，邀上一二好友，或者带上身边最重要的人，去一趟吧。

本书精选现当代文人大家游记三十四篇，请君过目。

（本篇文字是《名人与生活》文丛里每本书的前言，由广陵书社于2018年1月出版，出版时没有署名。）

漫谈林斤澜

　　林老的小说语言：简约、孤峭、民间化。

　　最能体现作家创作风格的，我认为是语言。一个作家的面目清不清晰，语言尤其重要。没有独特的叙事语言，这个作家不太可能被人记住，比林老老一辈的作家，像沈从文、老舍、萧红等，他们都有非常鲜明的小说语言。比林老小一辈的作家，像马原的小说语言，苏童的小说语言，余华的小说语言，莫言的小说语言，都特别有个性。

　　在林老这一辈的作家当中，在语言上有独特追求的，林老尤疑是首屈一指、独具一格的一位。

　　从大里说，林老的小说语言典雅大方、内敛含蓄，善于将日常口语、方言书面化，这种语言往往非常传神，能化平凡为神奇。

以《溪鳗》为例：

　　袁相舟刚一进门，溪鳗就往里边让。袁相舟熟人熟事的，径直在吊脚楼中间靠窗坐下，三面临空，下边也不着地，不觉哈了一口气，好不爽快。这时正是暮春三月，溪水饱满坦荡，好像敞怀喂奶、奶水流淌的小母亲。水边滩上的石头，已经晒足了阳光，开始往外放热了；石头缝里的青草，绿得乌油油，箭一般射出来了；黄的紫的粉的花朵，已经把花瓣甩给流水，该结籽结果的要灌浆做果了；就是说，夏天扑在春天身上了。

　　…………

　　素日，袁相舟看溪鳗，是个正派女人，手脚也勤快，很会做吃的。怎么说很会做呢？不但喜欢做，还会把这份喜欢做了进去，叫人吃出喜欢来。（注意，把喜欢做了进去。美不美？是不是化平凡为神奇）

林老的小说有简约、奇拙、民间化的风格。
以《丫头她妈》为例：

　　她妈的食量很好，什么都吃，吃什么都有滋味……虾头蟹脚都不用着抿牙细嚼，嘴巴呱呱地响着就消失在深海似的咽喉里。

…………

她妈从小种田，现在才觉得种出来的东西，珍贵。在众人眼里，旺俏。她先把旧箩换成新筐，敞口，好把细菜摆开。

再以《溪鳗》为例：

袁相舟看见过屋里暗洞洞的，汤锅的蒸气仿佛香烟缭绕，烟雾中一张溪鳗的鸭蛋脸，眍眼窝里半合着眼皮，用一个大拇指把揉透的鱼肉，刮到汤锅里，嘴皮嚅嚅的不知道是数数，还是念咒。（汪曾祺也对"揉透"发过感慨）

林老小说中的语言经常有一种涩味。这种涩味是与其小说情节的"晦涩"相辅相成的，林老曾经说过："我不喜欢那种全景式的盆景，山重水复、亭台楼阁、樵夫钓叟……随处都是讲不尽的故事。"

林老的叙事风格，以藏为主、隐而不露（不显山，不露水，不去强调）。

林老小说叙事风格，首先具有古典的审美特征，但这种古典又不是那种渲染人情美和人性美的单纯古典美，而是向着险、奇、怪的路子上去，着重表现人性的幽秘，甚至有挖掘人性丑恶的倾向，但叙述方式仍是温和淡雅、从容不迫的。比如《溪鳗》里的镇长。从传统的眼光看，这里的镇长应该是个反面人物，是他把溪鳗一生给害了。但人的情感是复杂的，他废掉后，溪鳗反而照顾他一生。

在"矮凳桥风情"系列中，像《溪鳗》这样的小说还有好多篇，颇似中国古代的笔记体小说，以一人、一事来勾勒小说的结构。比如《袁相舟》就是，主人公袁相舟堪称中国现代底层知识分子的典型。作家借助片断捕捉的方式，淡化人物经历中传奇性。

林老的小说又运用了一些现代手法，能够将意识流、心理刻画、夸张、变形等手法运用到作品中。对细节真实并不太考究。譬如《卷柏》中所谓来头很大的老实厨师，失势后痛苦地幻觉变成一棵柏树（是一种典型的孤独症的症状）。

《溪鳗》中的鳗鱼的描写，也多处体现出意识流的魔幻意。

林老的小说里，有一种特有的怪诞美学——既然现实生活中充满了种种社会病症，那么体验方式必然是分裂的。可不可以这么判断呢，怪诞、断裂正是林老小说文体的精神实质。

林老小说的叙述策略是"借一斑略知全豹"。

汪曾祺曾经这样概括林老小说的一个显著特征，"实则虚之，虚则实之。""无话则长，有话则短。"这几句话总结了林老的短篇小说在主题、选材、美学形态方面的特征。

短篇小说因其文体的限制，往往需要包含更精炼、更紧凑的艺术内涵。

林老的创作对于短篇小说文体的处理是有其独到之处的。首先，林老小说的主题往往是模糊的和悬置的。这种无主题的特征，反过来又促成了小说主题的多义性，使得作品在很短的篇幅内呈现出一种开放性结构。《青石桥》写的是一家三代的爱恨仇杀。但杀戮的原因不得而知。事后，一家人又平静地生活在一起。仇恨和宽恕都是那样自然。作家究竟要表达什么主题，小说中是不明朗的。这种主题悬置的手法其实是作家有意而为的。可以使读者产生相当丰富的阅读期待和审美联想。(《溪鳗》也是这样的主题)

其次，林老的小说通常借助了中国传统艺术中的"写意"手段，追求的是疏朗的阅读效果，在情节转和、悬念留置、人物对话方面都颇下功夫。在林老的小说中往往刻意留有"包袱"不去揭示。比如《溪鳗》中女主人公的来历、与镇长的关系、女儿的父亲究竟是谁，都留有相当的想象空间。人物的对话也是点到为止。

在结构方面就是格外注重"空白"的运用，这种空白是基于短篇小说自身的艺术特点而采取的策略。

在林老的小说中，往往缺少紧张的正面冲突。在情节方面并不具有太大的刺激性。

现在，林老的文学成就，还没有被广大读者充分接受，这和他在中国当代文坛的地位不相符。林老的作品，特色鲜明，和他齐名的作家汪曾祺已经拥有大量的汪粉且作品出版持续狂热，而林老则略显冷清。

（该文是 2017 年 10 月 29 日在北京金融街字里行间书店和刘心武谈林斤澜的提纲）

后　记

　　在我的中篇小说《中介》（在 2016 年第十二期《小说月报·原创版》发表后，被《小说选刊》2017 年第一期选载，并入选《2017 年中国好小说》）第二次获得江苏省紫金山文学奖时，主办方让我在颁奖典礼上发言，摘录如下：

　　　　算起来，写作的历史已经三十年了。三十年，不算短了。能够一直坚持，三十年里一直坚持做这一件事，还是挺佩服我自己的，同时也庆幸我选择了这个职业。

　　　　这让我想起长跑运动。

　　　　写作就是一次长跑，而且是没有终点的长跑，不计距离的长跑。

我们就是一个写作的长跑者。长跑的路上有各种各样的风景，有各种各样的困惑，有各种各样的犹豫，也有各种各样的欢乐。简单说，就是有各种各样的喜怒哀乐。同时，长跑的过程，也是思考的过程，观察的过程，无法预知前方有什么路、有什么风景，这很让人好奇，也很刺激。

我时常在跑到一条河边时想，是顺着这条河寻找一座桥，还是自己搭一座桥？或者找一条船？要么干脆，下河游过去？当然，我不会想象扎一对翅膀飞过去。

河对岸有森林，有沼泽，有小径，也有雪山草地，那里的风景也许更美，也许不如我跑过的、看过的风景，但我只有穿过这条河流，才能走进对岸的风景里，去体察，去感观，去发现。

我是说，获奖只是长跑路上一个小小的节点，一处小小的风光，是一条拦在前边的小河流，真正的大风景，依然在河的对岸。

正如我在发言中所说的，一个写作者的写作生命有多长，完全取决于自己的耐力，这里的耐力不仅和体力有关，也和阅读、交往、游历有关，也和自己的思想和世界观有关。

这么多年来，我一直以小说写作为主，发表和出版的长、中、短篇小说共计五六百万字了。但也一直坚持散文写作。2019 年在古吴轩出版社出版了一套散文系列，共有六本，分别是《海州野菜》《杂花生树》《风过书窗》《书房杂记》《艺影可亲》《掬云居序跋》。这六本小书，基本上把我从前写作的零零散散的小文一并收入了。新编的这本《几案清华》，大部分是近年所写的新作，个别篇什是上述六本小书的"漏网之鱼"。但也有五篇小文，曾收入过《风过书窗》一书中，即《那片湖》《秋鸣》《花果山鸟鸣》《探梅帖》《去平谷看桃花》。之所以重复收入，是因为这五篇文章在后来发表时，又做了较大的改动，虽然标题一样，内容已经大相径庭了，说是另一篇文章也不为过。

我对我的写作，包括小说在内，一直持怀疑的态度。怀疑我的文字有没有价值，或有着什么样的价值。在怀疑中阅读，在怀疑中写作，在怀疑中思考，在怀疑中进步，同时会不断地修正自己的写作，这种修正，或许是自我的完善，也或许是更远地偏离了某种方向。谁知道呢！具体说到这本书中的六十篇小文，我的态度是真诚的，在快节奏的现代生活中，我缓慢且细致地去品咂日常生活的美感和复杂，品咂生活的温润和愉悦，品咂人与人之间的友情和关爱，用文字，去安抚我略显凌乱的、无处寄托的情思和感想，以此表达对生命的尊重和热爱，对生活的礼赞和抒情。在这样的写作中，我会发现生活的新奇和诗意，发现周围的平淡之美和和谐之美。

　　是为记。

2019 年 11 月 25 日于北京长虹桥

2022 年 9 月 6 日修订于北京长楹天街